在喜欢你的路上，我一腔孤勇

卓越泡沫 著

四川文艺出版社

目录

CONTENTS

Chapter 01

肖臣决定去shǐ

01

我不知道一个女人爱上一个男人会罗列出多少种理由。

可我知道，一个女人嫌弃一个男人，无非两种可能：一、不是嫌他这不好，就是嫌他那不好；二、嫌他这也不好，嫌那也不好。

跟林豆豆分手的三天前我刚刚做了一个对男人来说很重要的手术。

据说主刀的张医生以前在美容院里给人割双眼皮。我在手术台上千叮咛万嘱咐，说您就按照单眼皮的标准给我割就成。包子好吃不在褶上，再说，我就想提高点生活质量，褶再漂亮也没什么实际功效。

我光说了“生活质量”，可没说是什么生活。尽管如此，这位五十多岁的女大夫还是向我投来了颇有深意的一瞥。

我有点无奈。活了28岁，除了儿时跟随老妈和几个姨娘去女浴池洗澡之外，还没有向哪个异性毫无保留地袒露过。我给林豆豆发了条短信索要鼓励，她很快就回复：什么！你被人割了皮包？要不要报警？

我说：大小姐，你把关键词读颠倒了，不是皮包，是……嗯……

半晌，她问，忧心忡忡地：呃——那会不会很疼？

我说：这个还未可知，不过我决心已定。葵花宝典上不是说了吗，欲练神功必先自宫。我这个手术性质差不多——要想琴瑟和谐，首先要把自己身上不合规格的东西给“和谐”了，以此来迎接跟你同居的日子。

林豆豆又发了什么，我已经不知道了，麻药起了作用。

一个小时后我醒了，下身火烧火燎的。四下无人，我偷窥了一下，看见我“弟弟”成了木乃伊。

然后我发现了林豆豆的最后一条短信，她说：肖臣你记错了吧？我什么时候答应跟你同居了？

这个玩笑开得有点大发。

医生嘱咐我要平躺，要多休息，术后几天不能走动、不能喝酒、不能着凉，可我已然管不了那么多了，我忍着隐隐作痛的伤口把豆豆约到了电台楼下的咖啡厅。

我一股脑地说：“林豆豆你可得讲道理，我不是个低级趣味的男人，可不等于我没有趣味啊。咱俩做了五年的情侣，但凡有点项羽的精神我都能硬把你挂在弓上！我尊重你，可你也得尊重我呀，不是你前几天说不反对房事的吗？怎么转过脸就不认账呢？”

林豆豆把玩着咖啡杯，笑得一脸玩味：“没错啊，我说过不反对房事。可房事房事，那是有房子的男人才能做的事，没房子那不叫房事，那叫野合！敢问兄台，你有房子吗？哪怕一室一厅，哪怕一个卫生间都成。”

我有点傻眼。

我的老家在农村，祖上都在修理地球，父亲是个老中医，母亲在务农。虽说我发展得不错，跳出农门成了十里八村的骄傲，可我有一处致命伤——我买不起房。

我相信这个城市里一定会有杰出的80后小伙子在28岁之前就淘到了自己的第一个三十万，继而豪情万丈地按揭一套两室两厅。很遗憾，我不属于那个卓越的圈子。我工作了五年，做到项目副经理，攒了不到二十万。前年家里遭了洪水，我拿出三万给父母修葺房子。去年小侄子发烧险些诱发脑炎，是我的两万块让小家伙避免成为植物人。如果豆豆迁怒于我这个凤凰男，我是一百二十个心甘情愿，可事实却是，我把大半的积蓄都花在了她的身上，最后却落了她的埋怨。

林豆豆是电台女主持，今年24岁，是比我小了三届的学妹，我读大四的时候她还是个小新人。

林豆豆出现之前，我的感情世界几乎一片空白。

大一的那年，我对学校里的异性说过最多的一句话是："麻烦，四两饭！"

大二的那年，我曾有过一段朦胧的恋情，那时候我还不大懂爱，且玩心太重。情人节的那天，女方提出跟我玩一个"谁先理谁，谁就输了"的游戏。我兴奋地答应了，并且乐颠颠地坚持了两年之久，待到大四那年情人节，我回味了一番之后，心中升起疑问——我是不是被甩了？

于是我知耻后勇，果敢地追求了林豆豆。

那时她还是个刚入校的青涩小丫头，主持毕业会演忘了串词，晚会刚一落幕她就跑回后台号啕大哭，嗓子哑得不成样子。当晚我避开楼管员偷偷用电饭锅给她熬了水果羹，放了很多白梨进去，第二天小心翼翼用饭盒装着捧去了女寝，红着一张脸在女生宿舍下面喊林豆豆的名字。

"梨是润嗓子的。"站在她对面，我说。

说完了这句，我就再也想不出别的话来。林豆豆的笑容让我呼吸不畅。

那是我大学四年最勇敢的举动，它换来了我正儿八经的第一段也是迄今为止唯一一段爱情。

那天她穿花格子衬衫，笑眯眯地说："学哥你是不是不好意思了？你脸和脖子都红了，连手也是红的哎——我很让你紧张吗？"

我抖了抖手，很腼腆地笑笑，龇牙咧嘴地说："烫的。"

林豆豆热泪盈眶。

02

恋爱的最初两年是我最快乐的时光，每天下了班，我都会拖着一身的疲惫带着豆豆去食堂的雅座吃单炒。月色涤荡的夜晚，我们牵着手轧平了校园里的每一条路。每每她撒娇地说某某又换了新手机，谁谁又买了新裙子，我就变着法地满足她，手机换了仨，裙子买过一打，一路优越地支撑着她成为别人眼里的某某和谁谁直到她毕业进入电台。

林豆豆有一个很娴雅的本名，做节目时还有个朗朗上口的艺名，豆豆这个名字只是我对她的私家昵称而已。这里面巧妙地运用了一点点借代的手法，借代嘛，特征代本质，局部代整体。豆豆曾经一脸委屈地说她不想叫这个名字，馒馒都比豆豆听起来有声势。我说那你还是叫“旺馒”吧，旺仔的那个旺，比较贴切。

说实话，林豆豆相貌中等，如果把身材考虑进去，那就是中等偏下。挺起身板大家都是成竹在胸的女人，一弯腰胸垫就能砸在脚上。有一次挤公交，豆豆被一个男人贴了一下上半身，我当时就不干了，这种亏说什么也不能吃！豆豆很淡定地拉了我一把，说：“唉，也没那么严重啦，差了好远呢。”

这让我有一种很天然的安全感。我觉得出身农门的项目副经理肖臣和胸部看不出一点儿坎坷的女播音林豆豆是一对再般配不过的情侣，所以我跟她保持了五年“接吻以上，同居未满”的关系也没有丝毫疑虑。我踌躇满志地认为林豆豆的初夜乃至未来的几十年都属于我。

种种迹象表明，我的如意算盘错得离谱。

首先是林豆豆在试用期满的那个月利用职务之便去了趟韩国大邱，回来的时候我就不认识她了。我不知道那里填充了什么高分子聚合材料，总之豆豆回国的第一件事就是挥舞着剪刀把此前的胸衣通通剪开，抽出海绵堆在厨房里洗碗用。动了手术的脸上布满瘀青，被人扔了颗炸弹似的，看得我噤若寒蝉。豆豆却一脸不在乎，青面獠牙的，说："这是毛毛虫变蝴蝶之前最后的蛰伏！"果然，一个月之后，一只绚丽的蝴蝶破茧而出。林豆豆重生了，跟此前那个平易近人的灰姑娘不可同日而语。

再就是，好吃懒做的林豆豆开始玩起了健身、高温瑜伽什么的。说真的，我觉得健身卡之于林豆豆的意义充其量就是个没装电池的手电筒，它没法照亮林豆豆的好身材，无非也就是漫漫长夜里的一个依傍。我就不说她三个礼拜只上过一节课的事儿了。第四个礼拜她又想去，穿着瑜伽服出的门，挂着暖宝回来的。

你再怎么呼风唤雨的瑜伽也敌不过兴风作浪的"姨妈"啊。

可林豆豆不这么认为，她俨然觉得一个月上一节课也足以让她成为美丽的瑜伽女皇。

还有就是，豆豆入V了。玩过微博的人都知道什么意思，不知道从哪天起，林豆豆的名字后面多了一个黄澄澄金灿灿的"V"。从那一刻开始，我和豆豆就注定不再是一个级别上的男女。你不知道这些"V"都是从哪儿来的，大到企业总裁，小到守公厕的，铺天盖地如雨后春笋。豆豆只跟带V的博友聊天，哪怕对方只是个皮包公司的小主任，她也会巴巴地跟着人家盖楼。我不是V，我只是个V家属。任我发十条八条的评论敲到手指发麻，她连一个表情都懒得回复我。跌份儿！我记得早在上世纪50年代初社会主义改造就基本完成了，三六九等消失了这么多年，林豆豆却在我眼睁睁的注视下摇身一变成了"高级人"。

"高级人"林豆豆开始出席应酬了。老板、高管、企业家轮番坐庄，所到之处都是我望而却步的高级场所。豆豆不再因为一部手机和一条裙子跟我撒娇，她经常会在茶余饭后不经意地跟我说，她单位的某某又去法国深度了，谁谁换奔驰跟换头花似的。艳羡之情，溢于言表。

我怯怯地笑，眼睛凝视在她好看的发髻上，她的头花还是我送的，已经戴了很久，需要补钻了。

我笑得很落寞。五年之后，林豆豆要的优越感我终于给不起了。

青春的最大死敌是QQ空间。它总是不知疲倦地把一批又一批的毕业照换成婚纱照，再换成宝宝满月照。更让人不堪的是，它居然会把年龄自动加一岁。有多少人曾经信誓旦旦地要让25岁一百年不动摇，却在某天失手点了自己的QQ空间，哇哇大叫地问显示器上这个28岁的老怪物是谁。

青春迟暮的我决定加速进程，买了套几千块的西装，拎着不菲的礼品去豆豆家里拜门。豆豆再三面授机宜，告诉我无论如何要说自己是个独生子，千万，千千万万！

我家里还有个懂事的小妹，老早就对我说："哥，我是不会拖你后腿的，我嫁人的时候不问家里要嫁妆，不仅如此我还会帮你攒彩礼，我全力支持老哥的婚姻大事！"

多好的小妹啊！多暖人心窝的话呀！

林豆豆的这番叮嘱自然引起我不小的反感。可我又想，豆豆之所以撺掇我撒谎，也是为我好，为我俩好，至少她是在帮着我应付家里人。

还没等我完成自我安慰呢，林豆豆又说："真的，求你了肖臣，我妈要是知道我跟一个不是独生子女的男人在一起不清不楚地相处五年，非打折我的腿不可。"

我的自我安慰就这样被林豆豆一句狠话打得七零八落，那种茫然，和自慰被打断差不了多少。

到了她家，屁股还没沾到沙发，豆豆的妈先是问了我的家庭，又问了我的工作。林伯母兰花指一挑："我们家豆豆那可是万里挑一的好姑娘，男方没有一份优越的工作可是万万不行的，前几天有个姐妹给我们豆豆介绍对象，是个搞土木工程的，我连见都没让她见！你想啊，搞土木工程，那小伙子还不得又土又木？肯定不行。对了，你是做什么的？"

我当时汗就下来了。

搞土木的就又土又木了？——顺着这个鬼斧神工的逻辑去想，借我多少个狗胆我也不敢告诉伯母大人我是个搞软件的啊！

我唯唯诺诺地说，我是个程序师，编程序的。

“哦——”她长长地应了一声。

“做到……嗯，副经理。”我没敢说自己仅仅是个“项目副经理”。

即便如此，我也没有赢得伯母大人半点儿青睐。茶叶还没泡软，她就迫不及待地把实质性的问题摊在桌面上。

“房子。我女儿的婚房在哪儿？”

我只说了句“我在攒首期”，豆豆妈就笑得一脸冰碴。她说：“你这五个字里错了仨——首先这个‘攒’是不对的，我要的是立竿见影；其次，‘首期’的说法也通不过，我女儿必须住进一个全款的大房子里。还有一宗最重要，你父母不能跟着迁过来。”

“那个，阿姨……”我踌躇地低着头跟捡钱似的，好容易鼓了口气，扬起脸笑眯眯地说，“能不能再放宽些条件？我在日企上班，我们单位有好多同龄的日本驻在员，他们结婚都是先租房，再按揭。大家都是80后，有几个能独力买得起房子的？还还还，还全款……您说是不？”

一直在屋子里看中超联赛的豆豆爸发话了，他说：“那是日本，这是中国，每个国家都有自己的国情。在咱们国家娶媳妇，就得男方买房子！你说房子贵，这个我们都知道，不贵我们还不要了哩！”

我如同被人打了一闷棍，求助般看着豆豆妈，她老人家眉头恰到好处地拧了那么两下，似笑非笑地说：“既然日本姑娘那么通情达理，你干脆找个日本媳妇算了。”

我连水都没喝一口就走了。

林豆豆送我出了小区，我忍着忍着还是发了一通小脾气。我说：“我可是第一次登你们家门，未免太刻薄了吧？什么叫‘你找个日本媳妇算了’！找日本媳妇我坐火车来你们家干吗！”

林豆豆的口气很向着她父母，她说：“你没听人说吗——住美国房子，雇中国厨子，娶日本妻子，乃是人生三大享受。我妈那是为你送上一份善意的祝愿好不好！”

我仿佛听见了一个最好笑的笑话。

“你觉得我能娶个日本老婆吗？”

“我觉得你能！”

“我是说——你觉得我能有心思娶个日本老婆吗？”

“我的意思是——近水楼台先得月，为什么不呢？”

我点了一支烟：“林豆豆，你什么意思啊？来真的是吧？”

豆豆看着我气鼓鼓的样子，笑得手舞足蹈。

这一趟我算来错了，这场婚我也求错了。我在攒首期——五个字里，我错了仨，就剩下两个正确的字：我在。

如果我是名唯物主义者，尊重物质，就不难发出“我在故我思”“我在故我爱”之类的豪言壮语；如果我是名彻底的唯物主义者，深刻理解物质的含义，就不难得出另一个结论——

我在，顶个屁！

没有提亲的资本，我灰溜溜地从豆豆家离开了。

03

半个月之后，我卷土重来。我决定绕过豆豆的父母，直接在豆豆身上开刀。我要把她法办，以男友的身份行使老公的权利。

我委婉地向林豆豆提出“求合体”的意愿，我作着揖，一躬扫地，礼貌得就跟《新三国》里吕布对貂蝉一样：布愿和小姐行合体之事。

说白了这就叫生米煮熟饭，从古至今的男人们最无耻的一招。我承认吕布很无耻，可是当你面对一个像王允那样老谋深算的准岳丈，无耻不过是智慧的灵感以不太体面的名义闪了下光。

为了迎接那神圣的一刻，我特意去男科询问手术的必要。

男科的医生说话很隐晦，用了一刻钟替我分析利弊，听得我一头雾水。大意是说，这个手术必须要做，否则你就永无“出头之日”了。我皱着眉问他，其实也没必要非挨这一刀吧？一来我怕疼，二来杜蕾斯什么的最奢侈了，我有这么天然的条件哪儿能不利用？医生和蔼可亲地说，你想得不够全面，人人都说要提高夫妻生活质量，可你知道吗，质量跟长度单位，跟时间单位，都没有绝对的关系。更多时候，人们追求的是一种夫妻之间的情趣。只有动了这个手术，才方便上项目。

我就不懂了：“什么项目不项目的？”

他没好气地说：“入口柔、一线喉什么的，你明白不？”

我红着脸小声说：“我有点……嗯，没明白。”

可想而知，医生更没好气了：“现代夫妻的生活，不光是动作和肢体上的，有时也停留在口头的层面上！你不手术怎么行呢？”

我辩解：“接吻我没障碍啊！我能用舌头给樱桃梗打结。”

他笑着摇头：“口头——有口的出口，有头的出头。”

我更不懂了。

医生勃然大怒，一拍桌子：“我文明行医，你非逼我说那些不堪入耳的词汇吗？你非逼我告诉你，如果不动这个手术，你就……”

“啊——”我恍然大悟，拦下了医生的话，“我明白了我明白了！”

这专科医院的大夫就是有素质啊。不文明的措辞一概没有，露骨的话全给打上了艺术的马赛克。为了那句“入口柔、一线喉”，为了更好地用口头诠释爱情，为了增进夫妻间那些心照不宣而又喜闻乐见的情趣，我有拒绝手术的理由吗？

至此，我们又回到故事的开端。天底下最滑稽的事莫过于一个处男弓着腰，夹紧双腿忍着疼跟他相爱五年的女友交涉同居事宜。

林豆豆很优雅地啜了口咖啡，忧伤地叹了口气：“肖臣，有句话我想了很久，晚说不如早说。我跟你恋爱了五年，最好的年华，我都伴在你的身边，可我没有几个五年可以让你挥霍。咱们，分开吧。”

我笑了，我问她，我挥霍你什么了？

林豆豆一怔，慌张的表情稍纵即逝，如同无根的蒲菊抓到了泥土，脸色在一片红润里逐渐理直气壮。“你这么坦然地问我，可你怎么不想想你都给过我什么！”

我继续笑，可心里埋了一片鬼哭狼嚎的坟冢。我给过她不计回报的关心，给过她最质朴的呵护，作为一个小人物我给了她超出小人物标配的爱情，我给了她五年如一日的守候。

也许，忠诚也算一点。可我疼得已经想不起来了。

豆豆的嘴唇很好看地勾起来，想做出一个微笑，却落下泪来：“肖臣，我承认你对我很好，但这是一个财富爆炸的时代。嫁得好，我的父母和子孙都会幸福；嫁得不好，一辈子的失误要用不知道几辈子的时间来更正。平平淡淡的幸福吸引不了我，咱们——好合好散吧。”

我讪讪地摇头：“我不同意，我接受不了，我……”

豆豆缓缓地嚅动着嘴唇，她艰难地说：“那我再告诉你一件事，你知道virgin是什么意思吧？其实，我已经……已经早就……早就不是V了……”

我用了十秒钟试着平缓自己。我抬起头问她：“是在高中，是在我认识你之前，对不对？”

我盼望着听见一个肯定的答案，结果只是看到她很残忍地摇了摇头：“不，就在不久前。”

我明白了。

我很有风度地朝侍者敲了下红酒杯，示意买单。

她说过，房事房事，那是有房子的男人才能做的事。我本来还想问她“如果我买得起一部车，你是否考虑跟我车震”。

可如今我什么都不想说。

豆豆声泪俱下：“肖臣，你是个好男人。真的。”

这句话一出口我就知道一点儿戏都没了，因为女人口中的“好男人”有个共性——都是用来辜负的。

离开咖啡厅的时候天空应景地飘着小雨。我孤魂野鬼一般游弋在大连的CBD，街道上没有一个人，沥青路面和写字楼的玻璃窗都是亮晶晶的，镜子一样晃得人灵魂发慌。急速驶过的豪车溅起一溜水花，车里的调笑如同天空滚过的闷雷，有本事在你的耳廓里回荡很长时间。广厦顶层的大屏幕转播着记者对某房地产界大腕的采访。

记者：中国30岁以下的人买房占比高达30%以上，您怎样看待这一现象？

大腕：这说明百姓太有钱了！房子太便宜了！你买不起，可你父母一定买得起，啃老嘛，可以适当啃一下的。

记者：这可难为了农村走出来的年轻人，不仅沾不到父辈的光，还得兼顾着家人的疾苦。

大腕：这就是他们的不对了，你都买不起房成不起家了，你为什么不回农村？

记者：……

大腕：要么也可以遵从“20年婚嫁法则”嘛——奋斗20年，等到40岁的时候，娶一个20岁的姑娘。

记者：20岁的姑娘通常很挑剔。

大腕：那你也可以娶个60岁的嘛！

记者：民众会不会认为您的言论太过张扬狂妄，没有人情味？

大腕：这叫率真，是个优点。

我就在雨帘里站了足足一刻钟，仰着头，听着那个率真大腕侃房价和婚姻，直到观众席上一片骚动，一位哥们儿从包里掏出双旅游鞋，不容分说地朝大腕砸了过去，四下一片掌声。这一场景足够喜感。我不知道那扔鞋的主儿出了什么情况——买不起房，出身农村，还是遵从法则娶了个60岁的大妈——如果换成一天前，哪怕是一个小时前，我都能由衷地笑出来。可这一刻我只想哭，没人比我更可怜。

豆豆说这是个财富爆炸的时代，大腕说买不起房的人滚出城市。一个小时前我还是轻松逍遥心无旁骛的日企项目副经理，一个小时后我从时代浇铸的哈哈镜里生生把自己照出一条狗的模样。

我决定去shǐ。

Chapter 02

毫无预感的初见

04

在我定下了“去shǐ”这个基调之后，当务之急就是找出一个恰当的shǐ法。

林林总总的方案里，我比较看好“客shǐ他乡”。古今的名人大多都是用这种办法了断人生，王昭君、郑和、马可·波罗、本·拉登……这能让我联想到一种迟暮的壮丽，天长地久有时尽，此恨绵绵无绝期什么的。活都活得不从容，shǐ就干脆咬牙切齿地shǐ。

我打电话给项目组里的小弟宁宣，问他最近一期日语培训的时间，顺便给我报个名。哥要学日语。

我们公司常年有日语培训，这给一些业务不精进又企图靠巴结领导上位的员工创造了绝佳的机会，因此公司内部的日语课常常爆满。老师大多是从日本高薪聘请的女外教，不仅懂技术，更要精通日汉两门语言，如果人样子再漂亮些就更不得了，一节课的收入堪比我两个礼拜的加班费。

这种课我向来不报名。首先我是吃技术饭的，在我们这种习惯了卖手艺的员工的思维里，用嘴干活显然缺乏技术含量。其次是日语老师通常不大养眼，在大多数男人眼里扶桑国还是盛产美女的，有眼缘不说，还很上镜。可事实却是我们换了几批女老师，相貌周正者无几。大家垂头丧气之余感觉扶桑国只有两种女人：上镜的，不上镜的。

宁宣在电话里窃窃地笑："学日语？你哪根筋不对啊！堂堂项目副经理，跟我们这些打溜须的小兵凑什么趣？"

我跟他说，很诚实地："我想出国，去日本做劳务输出。"

宁宣很纳闷地说这可就奇怪了，我刚嘟囔了一句这有什么好奇怪的，就听见他阴阳怪气地说："你的脑神经是不是都长小脑袋上了？怎么动了个男科手术就把你动傻了！谁不知道你身在日企，最反感的就是日本文化？再说你这么一个不见鬼子不拉栓的人，这么多年来连只垃圾股都没抛过，跟随自己二十多年的肉说割就给割了，归根到底是好事情要临近了吧？新娘子豆豆允许你赴日劳务吗？"

我说："别再跟我提她，分了，就刚刚。"

宁宣沉默了片刻，又恢复了油腔滑调："嘿，我说，就算谈了五年的恋爱告吹，你也不至于跑日本那个人间炼狱去折磨自己吧？十步之泽，必有香草，这棵苗不活咱们去栽另一棵不就完了？"

我甩了甩手机上的雨水："你甭废话了，道理我懂，可如今哪一棵香草不追求温室栽培？我买不起大棚，栽谁都不活。"

宁宣很认真地想了半天，说："你这不是自暴自弃吗？去了日本你就买得起房结得成婚了？"

我讪讪地笑了下，说："这你就不懂了。"

虽说我也自诩文质彬彬，说一口标准的普通话，可豆豆他们家还是把我当乡下人看待，我花了这么多年都没和城市人同化，就更没可能在日本混得风生水起了。可他一定没想过这样一个道理——同样是形单影只地飘着，我宁愿飘到外国去，差距悬殊偶尔也是好东西，它能让你的失败看起来更体面些。如今连国足都学聪明了，热身赛专门找世界冠军对练，输了也不会责怪你，谁叫咱实力不济呢？可一旦冒出个邓卓翔，把法国队都给打个1∶0，那就权当过年吃饺子了。

还有一点我没对宁宣讲，我受不了父母那热切的目光。他们不懂什么时代论什么财富爆炸，他们不知道啥叫富二代，他们只知道天道酬勤。我名牌大学毕业，小名叫软件工程师，出门是亮闪闪的西装革履，从头到脚的软件条件就像装了姜饼系统的手机。可我没法告诉他们，我的硬件没法支持我运行一部流畅的人生。就像姜饼一头装在了大哥大上，综合评定还不及个山寨机，在豆豆他们家眼里我跟开摩的那些人气质很配。

“回头酒桌上说，”我嘱咐宁宣，“你先把名给我报了。”

“报名可以，但是最近一期明天早晨就开课，你这个状态来得了吗？”

“皮肉小伤，不碍事。”我说。

“那你可别迟到了，”宁宣说，“据说这期日语培训请来个叫夏树的日本女人，小脸儿一板，那叫个严厉！”

05

雨下了一整夜，我就失眠了一整夜。我总是在电闪雷鸣的间隙看见林豆豆的背影。自从去过韩国，她那棱角分明的颧骨就变得柔和而富有线条感，有点法国女星玛丽昂·歌迪亚的味道，嘴角牵动的一瞬最是甜美。

然后她缓缓转过身，冲我点着头，笑靥如花地说：八嘎。

我就猛地醒了，并且发现睡过了一刻钟。那声“八嘎”不是没由来的，我想，我恐怕要挨一个日本女老师的训了。

这是一个平淡无奇的早晨，我没有丝毫不同寻常的事情要发生的预感。

雨没有停的迹象，出租车一如既往地堵在东方圣荷西门前的红色饱和区，过往的车辆哼哼唧唧，如同艮到极致的熟妇。照例有追尾事故发生，女车主张牙舞爪地冲向肇事者，亮出镶了钻的法式美甲和血红的牙龈，周围的车子鸣着笛，驾驶位上的男人们骂不绝口，副驾驶位上的女人们则对着事故的方向举起智能手机，匆匆拍照后，又心满意足地登录微博，满脸都是钻冰取火的幸福感。

这种粗制滥造的rush hour，灰色、生冷，让人透不过气，适合一场蓄谋已久的殴斗，比如情敌决战，泼妇骂街，不适合一个刚刚失恋的小伙子坐在车里苦闷地酝酿情绪。

宁宣的短信在8：31发了过来。

第一条：你怎么还没到啊！这日本妞，真是极品啊啊啊啊啊！

第二条，模仿吴孟达在月光宝盒里的口气：老婆，出来看天仙了。

我简直嗤之以鼻。

不是我对所谓的天仙级日本妞有免疫力，而是宁宣的手法太过拙劣。生活里总有一些男人喜欢YY美女，丰胸、翘臀、腰线……如同一个个别开生面的符号划开你的大脑。事实却是YY常有而美女不常有，于是这些人往往捏造出一批YY对象，再对这些差强人意的人选施以自欺欺人的YY，乐此不疲。上回宁宣告诉我日式料理店里有位服务生酷似影视剧里的女主角，像得还不止一个人！我斥资五百大元带着他一探究竟，结果只看见一个青青涩涩的小丫头。我指着小姑娘的背影问他哪部片子的女主角这么脱俗出尘。他说，理直气壮地："容貌像杜拉拉，身材像山楂树，还不够吗？"

我就无言以对了。像，的确像。

我花了五百块跑那儿看一个集王珞丹和周冬雨之大成的服务生。三文鱼被宁宣嚼得咯吱响，他咬生鱼片，我咬我的牙。

这一次他居然有脸故技重施搬出一个日本女老师来，我不想不屑一顾都难。

司机问我，要抄个近道吗？

我说，不！就这么堵着，我不急。闭上眼，美美地靠在椅背上打了个盹。

反正也是无聊，我在打盹的当儿顺便在脑子里勾勒了一幅日本女老师的画像。恕我恶毒，如果不是宁宣的力荐，或许我会勾勒得温柔一些，可此刻我满脑子都被一些凶险的画面占据——皮球一样的身材、能去马戏团当钻圈道具的O型腿、内得让人视觉抽筋的八字脚、死鱼一样的眼皮……

我把自己吓着了，再没了睡意。插上耳机，《神秘园》的提琴曲飘在脑子里，我怅怅地抹着车窗上的雾气，再看着它一点一点重新模糊，如同我混沌的神经。

习惯性地省下一块钱——计价器刚刚蹦到29.2元我就叫了停车。下了车我把公文包朝脑袋上一顶，撒丫子跑进公司正厅。怎奈雨大得超乎想象，短短二十米不到，我就被浇得浑身半透袖口滴水了。站在公司培训室门口的时候我晚了35分钟，第一堂课尚未结束，我听见了整齐的朗读声，由一个女人带领着，她声线甜美，有好听的尾音。

抖了抖公文包，我礼貌地敲了三下，推开了门。

我和这个叫夏树的女老师在下面这三秒钟里四目相对。

我有点发蒙。

尽管先抑后扬这个桥段很老套，可我还是忍不住赞美这个叫夏树的老师。我从未在电视（电脑屏幕）以外的地方见过这样标致的日本女子——如果我非说这个女人没有早年的藤原纪香有韵味，那未免太过吹毛求疵了——所以我决定重说上面这句话：即便我网罗记忆里所有日本女人，电视、电脑色香俱全的都算上，她们也没有面前的这个夏树老师来得令人震撼。

虽说都是黄皮肤黑眼睛的亚洲人，可在细节上日本和中国的女孩子还是有着不小的差异。难能可贵的是面前的女人有一张中式脸孔，眉如新月、双眼含波，浑身透着江南女子的婉约。她穿了一身正统的职业装，扣子系到领口的那种，皮肤瓷白、双腿笔直，穿上八厘米的细高跟婷婷袅袅到了我的眉际。也许在我敲门之前她正讲到有趣之处，此刻的脸上还有尚未退去的笑意。

我就这么被她“叮”了一下，在原地站了良久，不知所措。

06

夏树和蔼地笑了一下，微微含胸地点了点头，说了一句日语。

我没听懂。

她向我施了一礼，继续着方才的话，吓得我赶紧还礼，还是听不懂。

我求助地看着在座的同事，盼着能有人给我翻译一下。

宁宣咯咯地笑了：“她是说，你湿成这样，还不快进来！”

一句话让男同事爆笑不止，女同事纷纷咂舌。我下意识地瞥了一眼讲台上的夏树，她好像听得懂这句玩笑似的，脸一直红到了耳根。

我觉得，在面对一个美女老师温文尔雅的笑容时，我有必要表现得礼貌一点儿。

“我来晚了，对不起。”我学着她的样子，一边鞠躬一边说。

夏树老师不疾不徐地笑：“我们刚刚学习了日语‘对不起’的说法，迟到没什么，可这个单词一定要学会的。请问——日语的‘对不起’你会说吗？”

我使劲地摇头，下巴上摇摇欲坠的水珠噼噼啪啪地掉下来，狼狈不已。

她说，极尽温柔地：“跟着我念——”

“嗯。”

“狗没拿伞。”她说。

我：“……”

这个玩笑……是不是很有内涵？

后来宁宣告诉我，日语里“对不起”就是“ごめんなさい（Go-Men-Na-Sa-Yi）”，读快了可不就是“狗没拿伞”？

“怪就怪你自己太应景，”宁宣说，“我都说了这女人是极品，你不但不注意形象，相反还把自己淋得跟落汤鸡一样。”

我挨着宁宣坐下，听着他眉飞色舞地说：“哎哎，怎么样，我眼光不错吧？这女老师有够美不胜收、绝色难求吧？你是塞翁，林豆豆是你丢的马，谁说你离开她不是另一种福分？我看这个夏树老师就不错，嗯——考虑考虑？”

我把教材翻得哗哗作响，看都没看他一眼。

“这老师多大年纪啊？”我问，“该不会是个90后吧？”

宁宣贼兮兮地笑：“没那么萝莉好吧？据说24了，按照中国的属相，应该属兔。”

林豆豆也属兔，她们两个同岁。

我在座位里扬起脸，看着她用碳素笔在白板上写下相当于汉语拼音的日语五十音图，回过头，声情并茂地教大家朗读，笑眯眯的眼睛弯成两弯月牙。

越是赏心悦目，就越容易勾起我的难过。我看着美丽的24岁女老师，想起了和我相处五年又分手了22个小时的林豆豆。目光游离，像个落满了灰尘的长焦镜头。

前半堂课很快结束了，教室里很闷，学员们三三两两地出去吸烟透气。我颓然坐在位子上，戴上耳塞。

《神秘园》的专辑播放到最后一首，曲目是《Serenade to Spring》，我懒洋洋地趴在桌子上，目不转睛地看着讲台上的夏树收拾教材，用板擦把白板上的讲义一点一点擦干净。和许多初入职场的日本女孩儿一样，她擦白板的动作很卖力，弓着的小腿绷得紧紧的，大波浪的长头发一漾一漾。擦完了最后一块，她转回身，用手背撩了下额头的碎发。出其不意地，她给了我一个微笑。

教室里就剩下我们两个，窗外的雨花溅到玻璃上，小提琴声在耳畔轻轻飘着。

这是我和她的初遇。这长长的一瞥开始了我新的感情故事。那时我不知道夏树这个名字会在我未来的日子里扮演着何等重要的角色，我更不知道等待我的情节就像那首提琴曲，婉转悠扬，还有一股雅致的忧伤。如果我是个先知，我一定会潜心静气地听着音乐，享受着如此得天独厚的初见。可那天我只是心烦意乱，尤其是spring什么的，让我神经起疹子，就像一只视听都被春的气息塞满，却孑然一身的野猫。

很快，夏树老师下了讲台，径直朝我走过来。

还是那么彬彬有礼，她说：“我是夏树，请问您的名字？”

中文说得不错，虽然还是有外国人的口音。

“夏树老师。”我站起身。

“哈依！”她的眼睛眯成一条线。

“我叫肖臣。”我勾了下嘴角，告诉她。

“哈依！肖桑，哈依！”

说真的，她总那么郑重其事地“哈依”弄得我很不习惯。我总是能想到大导演陆川，想起他的《南京！南京！》，想起剧中的范伟、高圆圆、江一燕，最终想起那些面目狰狞的日本男人和心口不一的日本女人——他们都会笑得很卖力地跟你说“哈依”。

这两个字有些莫名地刺耳。

后来我才知道，这个“哈依”，就相当于汉语中的“嗯”“啊”“哦”“呵呵”，就和中国的口头禅一样，你总不能要求日本友人不说口头禅吧？

“肖桑，能写一下你的名字给我看吗？”她笑盈盈的，完全不给你拒绝的余地。

更何况，我也不想拒绝。美女老师问我名字，虽不至于心旌荡漾，可我还是没来由地陶醉了一下下。

这个时候我绝对想不到有一个古老的成语叫作“笑里藏奸”。

直到——夏树老师把我写好的名字和自己的名册逐行核对，终于，她找到了肖臣两个字，在出席栏的第一个格子里重重地打了个“×”。

我傻眼了。

我梗起脖子问她：“这什么意思？我只不过是迟到而已，不用这么狠吧？”

夏树老师那恪尽职守的两靥象征性地赠了我一朵微笑：“抱歉，部长先生交代过，学员迟到一律按缺席对待。”

我张大了嘴，就跟吞了个没剥皮的鸡蛋似的，噎得半天没喘上这口气。

“还有，”夏树老师仿佛想起了什么似的，又对我说，“肖桑，请你和你的同事不要拿我开玩笑，尤其是男女之间的玩笑。我学过五年中文，可以听懂一些。我希望得到你们的尊重。”

她一口气地说完这些，我立刻就觉得她笑得没那么善意了。

如果说接下来发生的故事完全是一部肖臣与夏树老师的交锋史，那么这第一回合她就给我来了个下马威。

那天下课，我看见男学员们众星捧月一样地把她围在当中，答疑的同时穿插着闲聊。

他们还问她要电话。

答个疑也用得着问女老师要私人电话？知之为知之，不知问百度的道理也不懂吗？

看着夏树不明就里地双手捏着自己的名片轮番派发，我讪讪地舔了舔门牙。

Chapter 03

和日木女人正面交锋

07

我面前摆了六个明晃晃的空酒瓶，宁宣还在抱着第一瓶笑眯眯地小酌。

我把分手的来龙去脉讲给他听，说到动情之处，眼泪吧嗒往下掉。他始终笑嘻嘻撑着下巴，并且在我振臂一挥青筋暴跳的时候，打了个十分香甜的呵欠。

不知哪位名人曾说过：如果你有个好知己，就等于把忧愁开方，让快乐平方。对此我深信不疑。我怀疑的是，在宁宣面前我的忧愁都是小于1的——不开方不要紧，越开越多！本来我都不怎么难过了，看见他抱着肩膀跟听大戏似的，我越说越感觉苦大仇深。

他拍了拍我的肩膀："兄弟，不是我不够投入，是我觉得你这出苦情戏一点儿都不苦情，跟国产电影似的，雷声大雨点小，最后愣给演出喜剧的效果来。没错，你跟林豆豆五年苦恋最后劳燕分飞，可这有什么惨绝人寰的？这太正常了！如今的女人就和金融危机时期的资本家一样，人家是宁可把牛奶倒河里也不给穷人喝，她们是宁可剩着也不愿意嫁给穷人。可说到底男人不能只为结婚而活吧？跟我学学吧——我不买大房子、不相亲、不结婚，可我身边从来不缺女孩儿！为什么？你说说这是为什么？”

什么为什么！你是个泡良男，我是个正道儿上的男人，这就是答案。

宁宣这孩子早年还是不错的，女朋友温柔又漂亮，两人琴瑟在御、谈婚论嫁，连婚纱照都拍了。结果女友和日本上司传出点绯闻，成了gossip girl。不同的是，gossip girl最多是XOXO那么点事，可那姑娘和部长已经上升到OOXX的高度。别看都是两个X两个O，排列不同意义也不同，前者是搂搂抱抱，后者是嗯嗯啊啊。宁宣冲进房间的时候两人的声势刚起来，他冲上去打塌了上司的鼻梁。而对她，他一根手指都没舍得碰，只是闭上眼决绝地告诉她滚蛋。从此宁宣游戏人间，成了现在这副模样。

几年后，他已经发展了十几个皮肉上的女伴，可谓招之即来，来之能战。他一个月能啃四十袋方便面，可每个闻名的酒吧里都有价值不菲的存酒。如今看来我把他培养成唯一的知己是个最大的错误，我俩根本就不是一个重量级上的选手。我是良男，他是泡良男；我是太监，他是皇上，我能想他之所想，可他急不了我之所急啊！在我感叹“曾经沧海难为水”的时候，人家已经谈笑自如地泛舟太平洋了。我一杯接一杯喝得自己都快背过气了，人家小口小口地啜，满脸的云淡风轻，还不停地把玩着玻璃杯，直让我想起一句名言：每一杯红酒都是一串葡萄的灵魂。

可我们喝的是黄澄澄的青岛纯生。

我真想扯过他的衣领冲他吼：你当小麦就没有灵魂吗！你这种喝法简直是在亵渎麦芽你知道不?

宁宣放下酒杯，一本正经地说：“我有个一举两得的办法，既可以让你从失恋的痛苦中解脱出来，又能让你在林豆豆面前扬眉吐气。”

我一听来了精神：“愿闻其详。”

他舔了舔嘴唇，慢腾腾地说：“你觉得那个叫夏树的日本女人怎么样？”

我刚刚鼓起来的兴致立刻就降到零，别提多泄气了。

“喂喂！”宁宣敲了敲桌面，“没道理做出这样的反应吧？比年龄，两个人都是24岁花样年华；比身份，一个是外籍女教师，一个是国产女播音；比相貌，一个是清水芙蓉，一个是整装待发；比身材，一个是真材实料，一个是纳米技术……越比优势越明显嘛！再说，林豆豆的妈不是有言在先吗，有种你就去找个日本媳妇回来——如今上帝关了一扇窗，可他老人家开了一扇门啊，这夏树老师不就是天上掉下来的好机会？你可千万别用实际行动告诉我你是个没种的男人！”

我把酒瓶一蹾说：“对！就算夏树老师哪儿都好，哪儿哪儿都好，可问题是这跟我有什么关系啊？那女人的优越条件大家都是看见了的，我连相处五年的林豆豆都搞不定，这个满嘴‘哈依’的外籍友人我高攀得起吗？”

宁宣微微一笑：“搞定搞定，搞了才能定——放心，有我给你保驾护航，还有搞不定的美女？”

我白了他一眼，满心疑虑地问他：“有这样的好机会你自己不上，至于费这么大工夫给我创造条件？莫非你有悬壶济世的瘾？”

宁宣一扬脖喝干了最后一口：“说话可是要凭良心的——兄弟，今天我可全看见了，自打见了她第一眼你就喜欢上了吧？哎哟，那个若即若离的眼神，那个似笑非笑的表情，看得我鸡皮疙瘩掉一桌子。你说蛇为什么要冬眠呢？看看你眉飞色舞的样子就能自动蜕层皮。我可提醒你哦，如果你非逼我横刀夺爱，你可就一点儿机会都没了。”

为了尽快结束这个话题，我煞有介事地问他：“夏树是她的姓氏吧？那么她名字叫什么？”

宁宣掏出圆珠笔，摁住我正在倒酒的手，在我手背上写了两个字。

我翻过手背，看见他龙飞凤舞地写着：悠爱。

原来她叫夏树悠爱。

我反复地念了两遍：“这个日本女孩儿的名字很别致嘛，听起来就有诱惑力。”

宁宣点点头：“要是能在她名字后面加个‘.torrent’的后缀，那就更有诱惑力了。”

08

夏树，日文写法是“夏樹（なつき）”，发音是Na-Tu-Ki。

只睡了一觉，我就把她给忘了。

我喝得酩酊大醉，连我自己是谁都记不得了，哪里还有心思去惦记什么日本女老师？可早晨起床的时候轮到我傻眼了，我又起晚了。按照惯例，那个日本妞还得笑得像一尊精致的假人，眼眉弯弯、嘴巴甜甜，回头穷凶极恶地在我的名字后面打上第二个×。

我不想让她用这种方式记住我。

所以我一骨碌跳下床，把牙刷和毛巾塞进公文包，跑下楼就去街上拦车。

途经堵车带，我付了车费一溜烟地颠儿了一站多地，拦了第二辆车，这才畅通无阻地到达公司。

我正在打卡的时候上课铃就响了。我披头散发满脸腌臜地撞开培训室的门，夏树的日语课已经开始了。与其说我在弯腰行礼，不如说我在双手拄着腿喘息。

“狗没拿伞，狗没拿伞……”

夏树老师微微皱眉，用中文回答我：“没关系，回到座位上课吧。”

我呼哧呼哧地拎着包刚迈了两步，眼角的余光告诉我夏树悠爱正以一个隐蔽的姿势掏她的名单。我就站住了。我扭过脸凝视她那只握笔的手，眼睁睁地看着她在“肖臣”后面斜着画了两笔。

这不叫没关系，没关系不是这样的，这很有关系！

虽然我不是什么帅哥，可我还是或多或少地注重一点点形象的。以往我上班前可是洁面乳、爽肤水、润肤露三部曲，一套下来还得搽一点儿提拉紧致的复活霜。能让我脸不洗、头不梳跑来见人的，妹子你可是第一个！不仅如此，方才打车用了我33.6元，连票都来不及要，我跑了三里地浑身湿得跟刚从水里捞出来似的，就算搁健身房好歹还有人递我条毛巾呢。没错，我是晚了一分多钟，可你得看到这一分钟的背后是我长达一个早晨的努力啊！你知道爱因斯坦和三个小板凳的故事吗？你们日语有“情有可原”的说法吗？你知道华盛顿他爸为了向他诠释“宽容”的含义，哪怕心里滴着血也要拍着他的肩膀说“儿子，well done，只要你能认识到错误，樱桃树不是问题。砍，随便砍”吗？

可到了我这儿，一分钟怎么就成问题了？

我气势汹汹地杀了回去。

“我说这位……这位桑……”我运了半天气，还是没办法把她绕口的日文姓氏念出口。

“呃……哈依。”

“我就晚了这么一点点，没必要上纲上线吧？”

夏树老师又开始玩眯眼微笑那一套了。或许她听不懂“上纲上线”是什么意思，但这并不耽误她一脸诚恳地回答我：“部长先生有吩咐呢，上课铃结束之前还没有到达课堂的学员，按照迟到处理呢。”

我有点受不了夏树悠爱的尾音，她就这么“呢”来“呢”去的，语气平缓，可说到底不肯妥协。

对，部长还说呢，迟到的一律按旷课处理呢——我心说这叫什么狗屁规定啊？我就晚了一分钟，一分钟！凭什么就旷课了！

夏树悠爱见我两眼喷火的样子，有点难为情，迟疑了片刻说：“这样吧肖桑，我在名单上给你做一个注释好了。”

言罢拿起笔，很郑重地在“肖臣”后面的“×”上画了个括弧，括弧里写着“迟到一分钟”。

我气得邪火一下子拱在了脑门上：“拜托，这种多余的注释做了还不如不做！你写明了一分钟又能怎么样？一分钟就不算迟到了？”

夏树老师放下笔，看得出这一次她笑得很勉强。她说：“你这个问题很好，一分钟就不算迟到了？不，当然要算！既然肖桑已经意识到了这个错误，就请回到座位上，下次改正就好呢。”

我很惭愧，非常惭愧。我一个28岁土生土长的国产男青年被一个接触汉语才五年的日本丫头片子给绕进去了。

09

那边厢，宁宣他们笑得都快面瘫了。我气鼓鼓地坐在位子上，额头上的汗珠子噼里啪啦地掉在教材上，这第二回合，我再次完败给夏树悠爱。如果说上一次我尚且沉迷在夏树悠爱的美貌里虽败犹荣的话，那么这一遭我是真的赌气了。宁宣乐哈哈地不以为意，他是那种以纠缠美女为最大乐趣，被美女打了左脸能伸过去右脸的货色。爱美之心人皆有之，我也不能免俗。可在我看来，要想悦目，先要赏心，我心都被你伤了，长再漂亮也无非是副皮囊而已。

我开始不喜欢这个女人了。直接表现为我插着耳机听课，把教材翻得山响，并且二十分钟不到，我就大剌剌地趴在了临时拼凑的铝合金课桌上。

并非我猖狂，而是日语太过小儿科了。传说当年武氏大郎挑着炊饼筐横渡东瀛，开创了东瀛文化的先河，我听着夏树老师声情并茂地讲了十几分钟日语句型，不禁赞叹发明这个笑话的人很有思维逻辑性。

日语里最常用的“は……です”句型，那不就是古汉语中的“者也”句式吗？

土豆者，一挖一麻袋是也。

用日语说，就是“土豆は一挖一麻袋です”了。

这种句法我早在15岁上初二的时候就已经滚瓜烂熟、倒背如流了，我有必要在十多年后正儿八经地听个日本女人再讲一遍吗？想罢我舒舒服服地伸展开双手，睡得肆无忌惮。

我伸开的双手碰到了一片凉丝丝的肌肤。一睁眼，夏树老师就在我的眼前。她的胳膊拄在我的课桌上，没有笑，嘴唇是抿着的，复杂的眼睛里密不透风地传递着信息，仿佛在说“你为什么要跟我过不去呢”。

我直了直腰，把耳塞摘下去，若无其事地跟着学员们大声朗读，也不管发音是否正确。待到夏树一转身，我再度卧倒，谅她也不敢把我怎么样。这可不算欺负她——我很坦然地想：迟到一分钟也算迟到，迟到就按旷课处理，旷课的我本来就应该在家里睡觉。

这一觉睡得很香甜，夏树悠爱不再打扰我。直觉告诉我第一节课已经结束了，学员们三三两两地出去休息，我睡得一心无挂甚至还做了个梦。我梦见自己置身仙境，一个开满鲜花的幽兰山谷，微风拂过的时候有醉人的芬芳，这是哪里？瑞士吧？只有班得瑞的音乐里才有这种带香味的森林和日光。我惬意地伸手挠了挠腮帮子，醒了。

我看见夏树悠爱就在我身前，抱着肩膀欣赏我的睡态。那好闻的芳香就是从她身上飘过来的。

我先是吓了一跳，继而大为光火。

“夏树老师。”我说。

“啊哈依。”冷不防地，她被我吓了一跳。

“如果我没搞错的话，这是休息时间吧？我在休息时间睡觉有问题吗？你站我身边做什么？”

她说，怯生生地：“我在看……呃，看你手背上的字，那上面写有我名字呢。”

我一下子就睡意全无了，由于早晨走得匆忙，昨晚宁宣写在我手背的“悠爱”两个字原原本本地挂在那里，完全忘了擦掉。我一下子就囧了，本来我和夏树悠爱对峙得好好的，可手背上莫名其妙地写着人家的名字，还是个省略了姓氏的昵称，这让我如何解释才好？

夏树老师不卑不亢地站在那里等说法，从气势上就把我灭了。

我编了个瞎话：“呃，是这样，我这人记性不好，总忘记你叫什么，写在手背上时刻提醒自己……”

她扑哧笑了：“那你应该记我的姓氏，而不是名字。”

“那么……肖桑，”她挑了挑眉毛，“既然你已经知道了我的名字，请你不要再用‘这位桑’的叫法了，在日本，这种称呼是粗鲁的。”

我难为得跟什么似的，好半天才结结巴巴地说：“我……不会念……”

她也拿起圆珠笔，在我手背的“悠爱”两个字上标注了平假名（即日语拼音）：ゆあ。

我横竖看了半天，扬起脸露出真诚得发亮的眼睛。

“还是不会念。”我说。

夏树被我整无奈了，长长地吁了口气：“那你就叫我夏树老师好了，汉语的叫法是‘三赛’，这总可以了吧？”

培训室里最后一个学员也出去了，偌大个课室里又只剩我们两个。夏树悠爱柔声道：“如果我方才的态度让肖桑感觉不舒服，请多多原谅，部长先生吩咐的事，我必须做好才行。”

说完，她给我鞠了个45度的躬。我正在犹豫着是否站起来回礼的时候，看见夏树毫无芥蒂地笑了，两个好看的梨涡一下子露了出来：“那么，我和肖桑已经算朋友了吧？”

我点点头：“啊。”

“请把你另一只手伸出来。”她说。

我一头雾水地伸出了左手，掌心向上，被夏树悠爱抓过来一把扣在桌子上。她在我左手的手背上写了几个字：不要迟到哦。

“好了，”她松开手，“既然肖桑喜欢用手背做备忘录，那么我就记在你手背上好了，这样明天你就不会迟到了。”

于是剩下那节课我始终在拄着下巴寻思两件事：

第一，这日本小丫头做事果然有套路，什么鞠躬、赔礼、做朋友，通通是为警告我不要迟到做铺垫。亲民政策无处不在啊。

这第二件事我思考了很久——凭什么夏树悠爱只是在我身边站了站，我就能做一个美丽到极致的梦？

我用了整整一堂课也没想通。

Chapter 04

对夏树老师的战略

10

开了一下午电话会议，部长在和日本总部研讨下半年的战略部署。

看到“战略”两个字的人一准儿会倒吸一口冷气，别误会，我们公司不是倒卖军火也不是研发生化武器的。

我们做机顶盒，就是有线电视上接的那个像DVD一样的东西。

如果你对日本文化稍微有所了解，就知道日本人喜欢把名词往邪乎了用，“战略”在日语里仅仅是“全方位”的意思。

我们也做战略路由器。

去年我们部门自主研发了一个月，终于做出了一款4接口路由器。提交成果的时候日本部长的眉头拧得跟横断山脉似的，他在计算器上噼里啪啦地敲了一阵告诉我，这台路由器的成本是82元。

“市场上16接口路由器的售价也只不过90元。”翻译告诉我。

我踌躇了半天，让翻译转达部长，说我们也可以做成16接口的。

两个人再次嘀嘀咕咕了半天，翻译双手一摊：“忘了告诉你，人家那个90块的是有线无线都支持的两栖路由器。”

我们小组的人面面相觑，咧着嘴“咝”了半天，再无底气说上一句话。事实证明，我们产品做得不错，可需求分析做得不够“战略”，这一个月工时算白搭了。

圣诞节开忘年会的时候日本部长喝得一脸猪肝色，醉醺醺地揽过我的肩膀说：“肖，你这个人，战略的，不足。”

我一边赔着笑脸一边陪着酒，脑海里浮现出《地道战》的经典画面：老鬼子山田拍着伪军汤司令的肩膀说“你的，军人的，不是，战术的，不懂”，我憋了一肚子火，心想看在钱的分儿上我就不装自己是八路军武工队了。

可今天开会的时候，我又把“战略”这个茬儿想起来了。我的确是个活得很没战略的男人。你问我理想，如果搁三天前，我会说想跟林豆豆结婚，生个小宝宝。最好是女孩儿，因为女孩儿长得像爸，长成我这样的闺女会在未来三十年里都很让人省心。可时针已经无情地转了六圈，现在你问我理想，我的回答是过一个不用加班的周末。周末做什么？睡觉。睡觉为什么？为了周一更好地加班。天！想想我都觉得悲哀，我已经被加班给洗脑了。难道上班不是为了更好地享受生活吗？可我能享受什么呢？家徒四壁，顾影自怜，好容易鼓起勇气做了个包皮手术，现在想起来就像一个穷光蛋借钱买了个鳄鱼皮的钱包一样滑稽。

在部长对着可视电话叽里呱啦的时候，我已经发了一个下午的呆。我怔怔地看着右手背上的“ゆあ”和左手背上的“不要迟到哦”，思绪又飘到了美丽的日本女老师夏树身上。我甚至把手背端在鼻尖偷偷嗅了下，当然，只有油笔味和我的汗味。那一个瞬间我被一种精致的忧伤击中了——她下午没有课，她在做什么呢？在酒店里看闭路电视还是躺在浴缸里拨弄着花瓣与牛奶？她还会像白天那样剑拔弩张连笑容都那么官方？还是，她会像一只乖巧的小猫蜷在沙发上，就和许多24岁的女孩子一样，慵懒地享受着难得的午后时光？

耳廓里隐约有宁宣不怀好意的笑声——自打见了她第一眼你就喜欢上了吧？哎哟，那个若即若离的眼神，那个似笑非笑的表情……

部长双手拄着会议桌，问大家意见。

我抠着手指头，问自己心声。

肖臣，你28了，面对夏树这样的日本小丫头，你还能不能“战略”一点儿？

我整个下午都过得昏昏沉沉，到家更是一头倒在床上，连澡都懒得洗。我一觉睡到深夜，醒来的时候浑身烫得跟热水壶一样。

几天来都处于伤心与恼火中，淋了雨，又大醉了一场，导致我刀口发炎了。

我本能地想给林豆豆发短信，拿起手机才想起我们已经分了。我撑着吃了片扑热息痛，大热的天我围上一床大棉被，一边出着冷汗一边瑟瑟发抖。五点的时候我想给宁宣打个电话，让他替我向夏树老师请个假。权衡片刻，我又放弃了。

发了高烧的大龄青年肖臣，在这个可怜兮兮的早晨竟然无比想见那个日本女老师一面。这是人的通病，越是可怜的时候就越能激发出万丈豪情。

这一次我提前了一刻钟起床，怎奈浑身乏力动作迟缓，好容易对着镜子完成三部曲，还没等搽我的无敌复活霜，我就已经比平时晚了十分钟了。

连滚带爬地钻进出租车，我只对司机报了地点，就脑袋一歪，痛苦地蜷在了后座上。

再次苏醒已经到了公司门口，司机找零钱的时候我就听见上课铃像送葬曲一样响彻公司的走廊。

如出一辙，我敲了门，垂头丧气地回了座位。这一次我没敢和夏树悠爱纠缠。那第三个×，我认了。

11

我以为沉默就可以息事宁人，结果我错了，夏树老师不这么认为。

方才的口若悬河随着我走进课堂戛然而止。好半天，她也没再说话，教室里静得很不自然。我四下打量，发现学员们的眼珠频繁地切换于我和夏树的两张脸上。我怯生生地抬起眼睛，不出所料地看见夏树悠爱目不转睛地盯着我，一脸的神圣不可侵犯。

“肖臣同学！”她点了我的名字。

这回轮到我“哈依”了。

她没再尊称我为“桑”，而是用字正腔圆的中文说：“是谁允许你径直走回座位的？”

我讪讪地站起来。不是谁允许的，而是……而是以前不都这样吗……

“你已经连着迟到三天了！”她说，“中国有句古话，叫事不过三，那么肖臣同学你是不是要给我一个解释——为什么迟到？”

我风起云涌的眉毛紧了紧，最终还是松开了：“我生病了，这个解释，可以吗？”

“うそ！”她兀自说了句我听不懂的日语，一脸的不相信。那副表情仿佛在对我说：你就忽悠我吧！

“哈——”夏树悠爱一下子笑开了，“是啊，生病了——我一年教两百堂日语课，百分之八十的学员会以生病为理由迟到，可我不明白的是，你的身体机能很差吗？如果真的很严重你为什么要来上课呢？请你回答我，什么病这样精确，能让你不多不少又晚了一分钟？”

我有气无力地回答她：“我身体发炎了。”

“身体怎么会发炎？”她追问。

“因为我前几天刚刚手术过。”

“什么性质的手术？”她不依不饶，继续追问。

我豆大的汗掉了一排，组成个省略号的形状。

夏树悠爱笑了：“肖臣同学，我不是三岁小孩子，请你在寻找借口的时候充分考虑到这一点。”

是啊，我考虑了，我深思熟虑！——就因为你不是三岁小孩子，不然我敢让你验伤你信不信？

我心想。

身旁的宁宣堵着嘴，笑得屁股一颤一颤，都快失禁了。

半晌，我屈辱地扬起脸，头发挡住了我无焦的眼睛。我说：“对不起，我说谎了，没有手术这回事。”

夏树面无表情地咬了咬嘴唇，“唰”地一转身，拿起讲台上的名单给我打了第三个×，这才恢复了讲课。

这一个华丽的转身让我明白，此前的“做朋友”“善意的提醒”就像单边撕毁的条约，通通不再有效。如今夏树悠爱已仁至义尽，大有跟我恩断义绝的意思。

我像鹰隼一样盯着她，恨不得盯到她的肉里——咬嘴唇？这叫什么表情？你把一个诚实的大好青年逼到了屈打成招的份儿上了，凭什么不仅没有半点得意，相反还把嘴唇咬出个很受伤的味道来？

这个夏树悠爱，让我游荡在迷恋和憎恨之间，我都快精神分裂了。

我狠狠一脚跺在宁宣的帆布鞋上，疼得他一蹦。我用牙缝跟他对话：“你能不能别笑了！看我出丑你有瘾是不是！”

宁宣憋得满脸通红，是那种忍耐着，忍耐着，保不齐下一秒就忍得喷出来的经典表情。“不行了不行了，”他说，“我为什么没拿手机拍下一段视频来呢？她居然问你什么性质的手术！”

我负气不再说话，于是这堂课基本都是宁宣在找话题赔不是。

头发沉眼发花，虽然我赶来上课是想看几眼夏树那美丽的姿态，可经历了方才的回合，我一眼都不想再见她。我只想睡觉。可这个天杀的夏树悠爱，仿佛看穿了我的心思，她不在讲台上站着，而是不疾不徐地游荡在过道上巡视，意思很明显，她要和我斗到底。

宁宣捅了我一把：“看你今天萎靡不振的样子，干脆给你点清新的刺激得了！”

我一头雾水地听见他不怀好意地说：“嘿，我让你跟她来个第一次亲密接触，如何？”

还没等我问他所以然，他已经举手提问了。

未语三分笑，他说：“三赛，课文里的这句话，我没大看懂，您能不能给我指点一下？”

“啊哈依！”宁宣的提问换来了夏树老师响亮的回答。

显然宁宣点头哈腰的样子让夏树悠爱很受用，这会儿她绷着的小脸笑了个春风和煦，细碎的小步子踱过来，八厘米高跟鞋啄在地板上，嗒嗒的声音如同欢快的发报机。

我很快就明白了宁宣的意图。

我坐在外面，他坐在里面，夏树若是给他答疑，就得隔着我踮起脚探过身子。

我们仨就像字母“A”的形状，他们俩站着对话，我是中间趴着的那一横杠。说真的，我一直调整呼吸试图把心如止水进行到底来着，可当夏树把全身重量都抵在桌沿，努力地把小腹以上的部位探过来的时候，我就不怎么inner peace了。首先是她的气息，铺天盖地，再是她的声音，近在咫尺。她的扣子虽然系到了颈下，可随着身体前倾，纽扣与纽扣之间如同饱满的花生一般裂开了“8”字形的缝隙。我在第一个裂口处看见一大片冰肤雪肌，第二个裂口……第二个裂口我没怎么敢看，面红耳赤地卧倒在桌子上。

可宁宣有多坏呀！问着问着就直起了上身，这下可难为了夏树老师，本来就倾得有够狼狈，这会儿一手扒着书，一手撑着桌角，生生让“A”字形演变成了“4”字形。

不是撇清，而是事实——我还是中间那一横杠，我趴得老老实实，一动都没敢动。

即便如此，悲剧还是发生了。

夏树悠爱终于意识到本次提问疑似刁难，她很果断地抽回身子。或许是气恼，或许是害羞，她身体转得有些猛，丝袜挂在了带毛刺的铝合金桌角上也浑然不觉。

12

尖叫和突如其来的“嘶啦”声一并响起。

夏树右腿上的黑丝瞬间成了破烂的渔网，一角还挂在桌子上，脱了线的部分凌乱地紧箍在腿间。四分之一的女学员和四分之四的男学员全都站起来关切地把眼光集中在夏树的腿上。

我和宁宣也吓了一跳。

虽说他铁了心地想整她，我是那个半推半就的从犯，但眼前的一幕有点大发。丝袜这种东西不论在东西方哪国人的眼里，都有着敏感的意义。她着急地扯了一把，挂住的一端纹丝不动。我很清晰地看见她的眼睛在一瞬间变得无助。夏树悠爱失去了骄傲和优雅，她在众人的嗟叹中绝望地闭上眼睛，再度睁开的时候瞳仁里已经泛起了狠劲，她抓住连着腿的一端，气急败坏地一撕，再一撕，随着丝袜碎掉，她终于挣脱。那一小块残破的碎片仍旧挂在桌角，像一面狼狈的旌旗。

她做着深呼吸，试图平复自己，却猛地回过神，凛冽的目光一下子锁定了我。

我很无辜，非常无辜。

天可怜见，这事儿它不是我策划的啊！甭说我还没获利，即便有，那也是被动的。再者，又不是我把丝袜挂在了桌角，也不是我撕碎的，你凭什么在出了闪失之后用那么哀怨的眼神看着我呀？

这真是趴着也中枪啊！

夏树悠爱什么都没说，只是她的眼圈红了。

下课铃响起来，更像是拳击回合结束时的提示音。悠爱头也不回地拉开门出去了，这边厢宁宣有点傻眼。他是个毋庸置疑的不安分子，可终究还是个识大体的良民。像夏树悠爱那样端庄秀丽的女人，哪怕是走路跌倒都要抓紧时间摆出一个靓丽姿势来，就这么在众目睽睽之下出了个敏感的洋相，你说事态有多严重？

这会儿宁宣不嚣张了，低着头讪讪地笑。我咬着牙关瑟瑟发抖，刀口发炎正以疼痛乏力冒虚汗等形式折磨我的周身。我一头栽倒在课桌上，企盼着下堂课早点结束，我需要去医院。

上课铃打过之后，疑似听见男学员的嗓子眼里有微不可闻的惊呼声。宁宣又恢复了顽劣的本质，不住地摇晃我，还在耳边递话儿：“喂喂，别怪我没提醒你啊，你要就这样纹丝不动地趴上一节课，我保证你错过一些美妙绝伦的场景。”

我浑浑噩噩地睁开眼，模糊的讲台上晃动着一副白花花的东西，笔直颀长，姿态美好。我戴上眼镜，看清了那是夏树老师的两条腿。还是上节课的衣着，只是残破的黑丝不见了，一片晃眼的瓷白色，带着青花釉的光泽。

我坐在位子上看风景，风景里的人正怒目盯着我。我顿时觉得这眼镜戴得有点狼子野心昭然若揭的意思，赶紧摘掉，又趴了下去。

夏树老师穿的是短裙，配着黑丝倒也雅致，可一旦裸着双腿，视觉上的突兀感立刻就显现了出来。大概是她意识到这一点，第二堂课她收敛了许多，规规矩矩地躲在讲台后面讲课，不再四处游动。

这对饱经病痛的我来说是个莫大的宽慰，余下的时间里，我心安理得地在课桌上玩挺尸。

我觉得伤口一定是裂了，不然怎么会疼得钻心、冷汗涟涟？怎么会鼓起一顶帐篷，青筋暴跳着？

我把两条腿夹得紧紧的，可还是被宁宣给明察秋毫了。他笑眯眯地跟我对话：“哟，可以啊你！到底是童男子，保养得这么好！这都上午10

点了，还这么朝气蓬勃？”

我都气炸了，可说起话来软绵无力。“那你知道海豚音为什么都是带哭腔的？”我问他。

“不知道。”他把头摇得拨浪鼓一样。

我说，怒不可遏地：“因为它疼！”

我已经后一百二十个悔去做这样一个手术，你能想象宁宣借题发挥地说起风凉话的时候我有多气急败坏。

很快，我就没工夫气恼了，而是欲哭无泪。因为夏树悠爱又点了我的名字。

我本来就该想到她不是个善罢甘休的女人！这不是斤斤计较又是什么？

这一回，火药味浓到了临界点，仿佛随时都能一触即发，玉石俱焚。

她厉声问道：“肖臣，你能不能正常一点儿？能不能别在我的课上睡觉？能不能给我一点儿最起码的尊重？我知道你是高级职员，是公司的前辈，你处处都要表现你的与众不同——可这是课堂，你毕竟还要叫我一声三赛！”

我咽了下口水润了润我那冒火的嗓子，沙哑地问她：“三赛，你到底想要我怎么样？”

“站起来。”她说。

“我要你站起来！”见我一脸茫然，她又说。

我只得手撑桌面，摇摇晃晃地站起身，听见她说：“读我方才讲解的单词。”

“我……我不会读。”

“那就随着我读！”夏树真是气坏了，脸色白得像一张蜡纸，用教鞭把白板戳得铿然有声。

“行く，相当于汉语‘去’的意思。”她说，“跟我一起读！”

“我……真的……不会……”

“读Yi-Ku！”她的脸色酱紫，一字一顿地，“我要你——大声读出来！Yi-Ku！”

我从来没见过一个日本女人动这么大的肝火，战战兢兢地跟着念：“Yi……Yi-Ku……”

最要命的一幕就在这个时候出现了。

不知道哪个女员工惊呼了一声：“你们快看——肖经理，他他他……他出血了！”

我低下头，很认命地看了一眼小腹的正下方。撑起的地方已经被一片温热包围，白色的亚麻裤子早已晕出拳头大小的一摊血迹。

夏树悠爱的眼睛直了，片刻之后，“哇”的一声哭叫出来。

我不知道她一边鞠躬一边用吓破了音的声线重复地说着“对不起”还是别的什么，总之我看见她惊恐得双腿发抖、面无血色。很想安慰她一句，但是我已经说不出话了，我瘫坐在位子上，神志模糊。

忘了说，我晕血。从小就这样。

Chapter 05

小 萝 莉 的 桃 心

13

这次的伤口发炎让我多输了十多个吊瓶。余下的一周我不得不在病榻上度过了。

我央求医生让我早点出院，十多口子等着开会呢。这还不算，多住一天就少一天工资多一天床费，一进一出，三百多块呢！

宁宣来看过我一次，拎了两大袋子营养品和小零食。我不禁瞪大了眼球：“这些、这些，还有这些，都是你给我买的？”

“我本来想买来着，可感觉这些东西够多了，回头你吃不了再发霉烂掉。”这小子笑得一脸暧昧，“所以呢——这些、这些，还有这些，都是夏树老师托我带过来的。”

“那个日本小姑娘？”我的眼睛瞪得更大了，“她凭什么给我买东西啊？”

宁宣干咳了两声：“她说了，虽然她不知道你得了什么怪病，但你终归是和她对峙的时候病发的，于情于理，她这个做老师的都觉得很抱歉。”

“不知道我得了什么怪病？——这叫什么说法？”我问他，“那别人都是怎么说的？该不是都认为我得了怪病吧？”

宁宣笑得更委婉了：“说法千奇百怪、五花八门，你想听哪一种？”

我一听这里面有内容，往他身前凑了凑：“跟我说说，他们都怎么传的？”

宁宣接下来的陈述差点让我再次飙血。

在苦闷的日企软件公司出了这么滑稽而又具有煽动性的事件，我那些八卦的同事自然不会放过这样一个机会，于是各类说法，层出不穷。

第一个：肖经理在夏树老师的雷霆盛怒之下，生理紊乱，大姨夫失调（这个是程度最浅的一条，听起来有理有据）。

第二个：肖经理面对短裙玉腿的夏树美女本来是要淌鼻血的，由于感冒发烧引起了鼻塞，所以鼻血就南水北调，另辟蹊径了（这个也还可以接受）。

第三个：肖经理的怪病在兰陵笑笑生的“第一奇书”里有记载。西门庆大官人终日殚精竭虑，在弥留之际有“精尽继之以血，血尽继之以凉气”的说法。肖经理失恋之后纵欲过度，西门综合征晚期，距离精尽而亡只差凉气尚存（这个已经超出勉为其难的范畴了吧）。

最后一个：不知道哪个有才的娃博古通今，愣说当天夏树老师教我念的单词“行く”是多义词，在日本民间和男女欢愉有关，引申含义是“要去了”——于是这最狠的说法诞生了，夏树老师跟肖经理探讨人道，两人你一言我一语，说着说着肖经理就这样了。

我拔腿就想去找医生：求您让我再多住两个礼拜吧。

宁宣走后我一个人对着雪白的四壁发呆。插着针头的手碰到了那只塑料袋，一片绝对的安静里，塑料袋的沙沙声让我的寂寞一下子泛开了。

我用一只手把塑料袋拽到身边。那是一个在本地很负盛名的日本超市，东西死贵，像我这种没有品牌意识的国产男人是断然不会去那里买东西的。我一样一样地掏出来，五颜六色印着日文的食品袋须臾之间把我失落的心填得满满的。暗骂自己没出息，这个女人把我害到了这步田地，两袋好吃的就把我收买得屁颠？我那四条传闻怎么办！

可我的暗骂丝毫没耽搁我眉开眼笑、食欲人增，我看见了日本进口的章鱼小丸子、骨汤罐头、被称作“人形烧”的栗子面豆沙馅小馒头，还有几袋子印有“コビコ”字样的薯片。我撕开嚼了几块，回味悠长，打开手机用日汉词典查询了“コビコ”的意思，翻译器给出的答案是三个字：可比克。

我一赌气把薯片扔窗台上再也不吃了。

我甚至在口袋里看见一本打着包装的漫画书。粉色碎花的皱纹纸包得小巧精致，正面的黄金分割点处竟然折出别致的桃心来！我的天，给惊喜也给我有个限度好不好？我找了半天也没发现拆开的窍门，干脆就直接撕开。

漫画很精美，是一部难得的佳作。我一直看到10点钟，查房的小护士熄了灯，我干脆就借着手机的光亮照着看。手机铃猛地响起，吓得我一蹦。

你能猜到电话是谁打来的？

我一连问了三声“喂”，电话的另一端才怯生生地传来一句“莫西莫西”。

夏树悠爱？大晚上的她要干什么？

好在我反应奇快，吃了人家的东西收了人家的礼，一声谢谢还是要说得无懈可击。我笑哈哈地说：“是夏树老师啊，嗯，谢谢你的礼物，真是非常……”

夏树未等我说完就抢过话去：“肖桑，请问你有没有看见一本书？”

我说：“看啦，我都看到第五章啦！可好看了，怎么了？”

夏树一连沉默了三秒钟，莫名其妙地挂断了电话。我往好了想是线路出了问题。

隔了很长时间，夏树又把电话打了过来。

“打扰了肖桑，呃……那本书……”她吞吞吐吐，“你看的时候有没有折到书页……嗯，或者说……还能不能看得出是一本……一本从未动过的新书……我的意思，你明白吗？”

我不明白。你说的是北海道汉语。

“恐怕不能了，”我说，“我把好玩的页面都给折上记号了。”

我就不说新书捻着费劲我是蘸着口水翻篇的事儿了。

夏树又把电话挂了，那声果断的“咔嚓”怎么听怎么像是狠狠摁上去的。

我不干了，这算怎么回事儿啊？这是送礼的态度吗？

随即我发了条短信给夏树悠爱，犀利地问她：什么情况？

好半天屏幕上的小方块再度亮起，她回复：算了算了，就当我送你的好了。

我就各种语障了——什么叫“就当”啊？你亲手包装的一本书，和营养品小零食一并出现在送我的袋子里，这不是你送我的是什么？

智慧的我马上就想到了另一种可能——这本书是夏树悠爱买给别人的，也许顺路去了超市，也许是图方便，反正阴错阳差地放进了零食袋子里一并交给了宁宣带给我，回头发现丢了书，用了一个下午查找我的电话，到了晚上才打过来询问。

这样一本爱情漫画，她想送给谁呢？我抓过包装纸，粉色的桃心精美又巧致，还带着隐隐的香气。可换了个心境再看，一切都是这小姑娘闷骚的佐证。

我正想着的时候，手机屏再度亮起。她发来几个字：失礼了，祝你早日康复。

看罢我心里窃窃地笑——你知道我什么情况啊？还“早日康复”呢……

我扣上手机，一心无挂地睡了。我这种又老又苦闷的单身汉，YY夏树那样的美丽女老师，想想就觉得可耻。

14

再度见到夏树悠爱已经是一周之后的事了，我大包小裹地被宁宣接出院，转过天就去上班。因为一年一度最开心的时刻——工资调整——快要来临了！

我已经是副经理级别，虽说住院一周不足以影响我全年业绩，但是在这个人人争先的时刻，因为这么个芝麻大小的手术授人口实多不好？

“不用再观察几天了？”宁宣说，“别再弄得像周瑜一样，被孔明气了三通，伤口反复裂开，连命都没了。”

“童言无忌”！我摁着他脖子逼着他“呸”了几口，我说即便她是孔明，我也不是周瑜。周瑜的伤口在心窝上，重要脏器，不可相提并论的好吧。

宁宣笑得岔了气：“要是你的伤口搁心脏上我就不担心了，我不怕你对她动心，就怕你……嗯……哈，哈哈……”

我干咳了两声打发掉尴尬：“没事了，这回随便她怎么提问，我决不会再犯上次的糗。”

他笑得更欢了：“出了这样的事，你觉得她还敢随便提问你？”

宁宣的预言没错。再度见面，夏树悠爱给了我一个很官方的微笑，除此之外再没搭理我。甚至下了课我们在公司里碰个面，她也红着脸把教材抱在胸前，一言不发，低着头逃也似的夺路而去。如此这般，又过了一周，我们进行期中考试了。

宁宣再三叮嘱我：课可以不听，考试必须要过。天底下没有免费的午餐，在日企，这个逻辑可以上升到“没有免费的一次性筷子”——公司组织这种培训是要花钱的，人家花的每一分钱都是要见到回报的。

我的观点是：我本来就没听课，更何况耽误了一周的课程？这个样子去考试通过了才是奇迹。再说夏树悠爱已经瞧不起我了，虽说我不觊觎人家的青睐，可我要真抄个60分回来，这小娘们儿一准儿会给你白眼。

宁宣气得直摇头，并且在考试当天弃我而去，一头扎进了女员工的座位堆里，抄了个不亦乐乎。

考试成绩：19名员工里的18人顺利及格，还有一个低于20分的。夏树悠爱在公布成绩时念了18个人的分数，说了18句“おめでとう（恭喜）”。轮到我了，她说：“为了避免大家嘲笑他，我就不公布那个不及格同学的名字了呢。”

嬉笑声顿时不绝于耳，我疏于红过的这张老脸一下子红得透透的。

“要努力呀。”她笑得像个日本卡通片里的人物，睫毛颤动，梨涡若隐若现，还握紧了拳头煞有介事地挥了那么两下表示鼓励。

我咂了咂舌，要努力呀——这叫什么话？分明是个无主语的病句！就这样的老师怎么能教出合格的学生？我呸！

我虎落平阳。

我被你欺负。

可是我不生气。

为啥？

嘿嘿，因为我有好事儿。

我要涨工资啦。

当天下午部长给每名员工单独发了封邮件，私密地通知每个人工资上浮额度。五百元若干名，一千元若干名，如果这一年的业绩足够打动部长，保不齐他一高兴奖励你一个“S”（super的意思，日企调整工资的最高赏），那是两千元！

我把手放在膝盖上，平稳地吸气，呼气，面带微笑地等，涨红的脸像深秋季节的橘子皮，并且每五分钟刷一次键盘上的“F5”。

临近下班的时候我也没能等来我的邮件，刷新频率已经从五分钟变成了五秒。宁宣说，整个下午就看你用右手的食指不停地摁哪摁，跟特务在发密电码似的。

我没理他，食指放在F5上接着发报。

后来我一赌气站起来亲自找上部长翻译去了部长办公室。

我问部长："您是不是把我那封邮件给忘了？"

他抬头瞅了我两眼，笑得春风和煦："没有收到邮件的，意味着本次工资调整上浮额度为零。"

我错了。我不该在涨工资这么敏感的时刻亲自找上部长。部长只会说"不涨"的话，这种谐音根本就不吉利啊！

15

可我还是忍不住当场发飙问他为什么。

部长没说话，直接丢过来一张A4纸。日本公司就这点好，不管多大的事都要按照正规流程审批，即便是涨工资，也要郑重其事地打印表格，下方还附上了领导评语。

公司不给予我工资上调的理由是这么写的：被夏树老师反映日语成绩差，不思进取；日语考试不及格，有态度问题。

我当时就要背过气去，一句话没说就出了部长办公室。

谁都能看得出，这绝非一个正当理由。

宁宣悄悄把我拉到吸烟角："这就叫'欲加之罪何患无辞'了，部长要动的不是你，而是项目总经理，可人家做事严谨又周到，即便想开刀，也找不到下刀之处，只好杀鸡儆猴。而你就是那只可怜的鸡，撞上了刀口还一脸无辜呢！跟你说，日本公司里的派系很复杂的，这次你站到了wrong side！"

"马后炮有什么用！"我火了，"你怎么不早提醒我啊？"

宁宣也火了："我不是告诉过你，考试要抄的吗！"

可想而知，我把所有的邪火都记在了夏树悠爱的身上。平心而论，我即便日语突出、态度良好、考试回回100分，也还是难逃厄运。但是夏树老师偏偏这么不走运，在领导们苦于找不出正当理由的时候，她水到渠成地跑去参了我一本。

当天晚上我就约了夏树。不在餐馆，不在咖啡厅，就在她下榻的酒店楼下。

素颜，是检验美女的唯一标准。

当我看见素颜的夏树悠爱像一束淡雅的百合一样飘在我面前的时候，我就像某广告词里写的一样，“鹤舞白沙，我心飞翔”了。

马路上飞驰的轿车带起一股股凛冽的气流，夏树刚洗了头，每每刮过一阵风，她就紧张地用手挡着灰尘，捋着带水珠的头发。脱去了职业装，她只穿了一条棉布居家裙，洁白的网球鞋鞋尖还有可爱的kitty图案。没了老师的威严，她整个人显得低调又内敛，仿佛一下子小了好几岁，摇身变成个20岁出头的小姑娘。只有两只大眼睛忽闪忽闪，无辜，有隐隐的畏惧。

我们站在马路边，嘈杂、脏乱，并不适合谈判。可我就是要给她这种突如其来的压迫感。

“夏树老师。”我说。

“啊哈依。”她微微含胸，紧张地看着我。

“少来那套，”我说，“别跟我点头哈腰的。我以为你这人挺和蔼，结果你尽做些背后捅刀子的勾当！”

“哎……”夏树结结巴巴，“肖桑……我……听不懂你的话，我，和刀子……有什么关系……你急匆匆地找上我，到底……是因为什么？”

“别装傻好不好？”我问她，“你最近做了什么让我难堪的事，你不知道吗？”

她沉默，摇头。

“我提醒你哦，”我又说，“工资！和工资有关！好好想想。”

她掏出了电子词典，一脸抱歉地说：“工资……是个什么东西？”

我气得只想扯头发，你不是自称学了五年汉语，是个中国通吗？连工资你都不知道？我又说：“开饷！饷你知道什么意思吗？”

“……”

“Salary！”一着急我还整出一句英语来。

“啊！”她一副恍然大悟的表情，“你说的是サラリー啊！”

我帮着她把“salary”输入电子词典，得出的日文翻译是“给料”。这就是日语“工资”的意思。

我明白了，怪不得日本过劳死的案例那么多，敢情是资本家都把员工当成牲口使，不然的话好端端的“工资”在日语里怎么就叫“给料”呢？人又不是动物，给的什么料嘛！

好吧，给料就给料，那咱们就说说这个料的事儿！

夏树更是一头雾水了：“这个……跟我有什么关系呢？”

我哗啦一声掏出那张A4纸：“你是不是向部长打过小报告，说我上课不认真、态度不积极？好吧，这下你满意了！我辛苦了一年，就盼着这次涨工资——不是，是涨给料——能达到一个满意的数目，因为你的几句话，我的，给料的，全泡汤了！零！是零！你好好看看吧！”

夏树战战兢兢地把那张纸接过去细细研读，看到一半就捂着嘴小小地惊叫了一声。显然，她也没想到事态这么严重。

我不依不饶地说：“即便你对我有误会有偏见，可你为什么要用这样极端的手段报复我呢？我为公司服务了一整年，累得跟骡子似的，可你不能因为我迟到了区区几堂日语课，就不给我添料啊！”

“来来来，我给你算一算。”我抢过她的电子词典，调出计算器模式，“一个月是2000块，一年就是2.4万。我是准备在公司服务30年的，乘以30就是72万人民币，再乘以15折合成日元，那就是1080万日元啊！——你这一小状把我1080万日元告进去啦，八位数啊！换你你急不急啊！”

“狗没拿伞狗没拿伞狗没拿伞……”

夏树老师急得都快哭了，一连给我鞠了三四个躬。她说：“肖桑，你听我讲事情的经过好吗？我的确有说过你‘态度不认真’之类的话，可我真的没有去部长先生那里投诉，是部长先生主动找我的。”

“是啊，他找你，于是你犹如干柴遇见烈火，瞌睡碰了枕头，忍不住地把我的情况都反映给他对不对？”

“不不不，你听我说，”夏树悠爱冒了虚汗，一副磨破口舌的狼狈相，“是部长先生询问了全体学员的上课情况，我回答都很不错，然后……然后他就单独问起了你……”

“那你又是怎么说的？”

“我回答：实不相瞒，肖桑的的确确比其他学员勤勉不足。不过我又说，我有信心让他顺利结业。就这样。”

“好一个‘实不相瞒’啊！”我说，“后来呢？”

“后来就考试了。”

“再后来呢？”

夏树老师慢慢抬起眼，声音越来越小：“再后来的事，你不是知道了吗……你在考试中只拿到19分，害得我愧对部长先生……”

怎么说着说着就把矛头转移到我身上了！啊？

从夏树紧锁的眉头可以看出，她是真的犯了难。她就那么不声不响地抿着嘴唇胡乱地把眼神对准某处街景，茫然的小脸儿像水泡过一样。

好半天，她说：“肖桑，不如这样——明天一早我就去找部长先生。如果是我的评语影响了你的薪水评定，那么我愿意为你做解释。用你们汉语说，解铃还须系铃人。好不好？”

这个主意谈不上好，可也说不上差。我原本就是来发泄不满的，如果夏树悠爱如此诚恳的提议都打动不了我，如果我非拽住这个日本女孩儿的棉布裙子穷凶极恶地讨要我那莫须有的1080万日元，那就不是发泄了，是抢劫。

既然夏树悠爱主动请缨，我何乐而不为呢？部长可以借刀杀人，我就可以借尸还魂。我要利用这个无辜的日本女老师进行我的第一轮抗争。

Chapter 06

历尽千辛的浪漫

16

夏树悠爱果然言出必行，第二天一早我来公司的时候，她已到多时了。偌大个部门只有我们两个，节电模式的日光灯吐纳着半明不暗的光亮，我打开电脑，显示屏的清辉扑面而来的时候，我开始了一个苦闷的单身汉每早一次的规律性躁动。夏树老师坐在出差者的位子上，两条腿很淑女地、斜斜地、规规矩矩地拢在一起。我把头悄悄扭了30度，再借助余光偷看了她一眼，发现这女孩子生得真漂亮啊。我不大会形容女孩子漂亮，稍微过得去的我只会夸人家“浓眉大眼”；再好看一点儿的，我会说“眉清目秀”；而夏树让我想起了一个很美好的形容词，“翠羽含烟”。

那是种不带一点儿“如果，但是，或许”的漂亮，是种能让文盲瞬间生出吟诗冲动的漂亮。

我这人就这点不好——喜欢看美女。

我这人就这点好——如果美女太美的话，我看过几眼就很自觉地不敢看了。

我就这么怯生生地收回目光，又仗着胆子看回去，几个回合之后我如释重负。夏树悠爱根本就没有设防的意思，这会儿她抱着教材，困得直打瞌睡。

左胸口的跳动狠狠地漏了一拍。我想，我逼着夏树起了个大早，未免有欠怜香惜玉。

部长大人终于在一刻钟之后进了办公室，夏树跟我交换了眼神，小碎步子去了部长办公室。

隔着磨砂的玻璃窗，我看不见夏树的样子，我只能看清她双手交叉地垂在身前，谨小慎微地鞠躬，并且一直站了十多分钟，部长也没有看座的意思。夏树走出来的时候形神沮丧，她说："部长先生说，评定已然生效，无法改变。"

我或多或少是有点感动的，可我得撑在面儿上，于是无可奈何地摆了摆手："算了算了，就这样吧，早知道你也帮不上什么忙。"

"对不起，"她说，"我已经极力为你美言了，还替你打了很多你根本做不来的包票。可部长先生的态度很坚决，那是我无法改变的事情。抱歉了，肖桑。"

我撇了撇嘴："你跟我说这些有什么用？难不成还指望我谢谢你？是不是'极力'，有没有'美言'，谁知道啊？我又不在现场，又听不懂你们讲话……"

始终隐忍的夏树一下子爆发了，她重重地把教材蹾在办公桌上。

"请你……请你……"她气得嘴角抽搐，本就生涩的汉语愈发拗口起来，"请你不要用小人的想法去揣度君子的心思！"

日本女人轻易不甩脸色，可发起怒来是很可怕的。夏树悠爱那张桃花一样柔和的脸顷刻变色，头发一丝一缕地遮住眉毛，满眼都是暴雨将至的样子："不要把我当傻子，肖臣，我不相信我一句话就能将你的业绩全盘否定。这其中一定有别的原因，你和部长心知肚明，却找了个'艺术的借口'。我就像只倒霉的皮球，被你们踢来踢去。现在我受够了，我不会再为这样的事内疚。我不过如实地汇报了你的课堂表现，我有什么错？"

不可否认的是，夏树的话比辽宁卫视的《王刚讲故事》还慢条斯理，还有逻辑，可我还是忍不住地炸了——谁讲故事也得首先尊重受害方不是？

我暴跳着说："你也给我听好了夏树悠爱，这次算我倒霉。你那么喜欢用典故，知不知道中国还有'三十年河东，三十年河西'的说法？待到课程结束的时候，部长会调查学员对你的满意度吧？'如实汇报'谁不会啊！我可以如实地告诉你——我对你也很不满意！咱们等着瞧。"

梁子就这么结下了。

随后的两节日语课上得我无比茫然，每每夏树那不动声色的目光扫过来，我就心有戚戚。我也搞不懂是什么让我和夏树的关系一落千丈。不可否认我对她是有着无可比拟的好感，可这好感落实到语言和行动上就变成了唇枪舌剑和不共戴天。后来我想通了，如果我是个"高富帅"，我也会像宁宣那样甜言蜜语、暗送秋波。可我只是个"矮穷丑"，即便我把大捧大捧的鲜花铺在她的眼前，她也权当是无足轻重的草芥。谁什么实力谁知道啊。所以我的潜意识老早就为我做了最明智的选择——招惹她、抢白她、冒犯她。哪怕一想到我她就恨得牙根痒，可毕竟，这能让她记起我。

17

按照课程计划，期中考试之前是基础课程，之后就是专业课了。夏树讲的多半是些与技术相关的单词和句法，随着专业性的加深，我开始对这个懂软件又会说两国语言的夏树老师刮目相看。

我会在课下花费很长时间去温书，可这并不妨碍我课上伏案和她唱反调。

我也是部门里唯一一个不和她行师徒礼的学员，我会在擦肩而过的时候恰到好处地把眼神焦距调整到侧上方的45度，用一种看见天外来客的专注昂头走过。可我清楚地知道她每一天的着装，哪些裙子是第一天穿上身，又做了哪些细微的别出心裁的装饰，哪怕是一枚指甲大小的胸针。

日子就这么一天天过去，期末临近。我甚至萌生留恋，提前十几天开始了夏树回国的倒计时。

就在这个时候，我和夏树之间关系的转折点从天而降。

她给我打电话的时候我正准备泡面，看见“夏树悠爱”四个字闪烁在手机屏上的时候，我已经做了五次深呼吸，完成了三次设问。

这是谁？

这是悠爱。

这是哪个悠爱？

这就是你心心念念的那个夏树悠爱。

这个真的是我心心念念的那个夏树悠爱？

如果你没有把第二个号码存成“悠爱”这样暧昧的称谓，电话又恰好没出bug的话，那应该就是她。

想完了，我重重地挥了下手肘——Yes！接着我颤抖着声线把语气调整到一个说得过去的程度上喂了一声，等着她说“莫西莫西”。

“是肖桑吗？”她的声音很轻盈，透着欣然，“请问你待会儿有时间吗？”

“没有……”我冷若冰霜地把“没有时间”咬了一半，又转变了念头，“没有倒是没有，可也不是绝对的没有，要看你什么事儿了。”

“我想约肖桑出来见一下。”她说。

“这个没有时间。”我说。

“那你待会儿要做什么？”她改变了策略。

“吃泡面。”我实话实说。

“如果我说，我请肖桑吃晚饭，你有时间吗？”

“吃饭的时间吗……”我捋着下巴想了想，“我还是有的。”

“为了不占用你太多时间，吃快餐可以吗？”她问。

“吃快餐啊……”我咂了咂舌，“吃快餐我恐怕没时间了。”

我能想象得到夏树噎得直翻白眼的表情，好半天，她耐着性子问：

“好吧，那你说，吃什么你会有时间？”

我说，一本正经地：“吃日式料理，吃龙虾、扇贝、生鱼片什么的，我最有时间了。”

“日式料理会比快餐快？”她难以置信。

“日式料理比快餐贵。”我如实回答。

半个小时之后，我和夏树悠爱跪着对坐在割烹清水二人包厢的榻榻米上。中间摆着龙虾、寿司、生鱼片，还有一小壶日本梅子酒。

夏树躬身给我倒了杯酒，她穿连衣裙，可我仿佛看见了一个身着和服的女子，身后背着小襁褓，襁褓的流苏还在一荡一荡的。

我觉得我是板着脸装严肃来着，可至于为什么我会在擦得能当镜子用的桌面上看见一张眉飞色舞的脸，还猴急地搓着手馋得跟什么似的，我就完全不知道了。我咽了下口水，故作深沉地说：“夏树老师，你找我，有事吧？”

“哈依。”

“有事儿说事儿啊，说完再吃。”

“哈依。”

我嗅见了龙虾的味道，两斤多，清蒸的，气流飘进了鼻孔里，喷香的。我说：“要不你先教我句日语吧——我要开动了——这句怎么说？”

夏树悠爱叹了口气：“想吃就吃吧，不必拘束，你一边吃一边听我说，可以吗？”

于是随后的一刻钟里，夏树用磕磕绊绊的汉语把此行的目的和盘托出。

18

夏树本是日本一家软件公司的职员，由于汉语出色，临时被我们公司雇用授课。在外派之前，两家公司有过协议：如果期末考试成绩通过率达到95%，那么夏树老师的任务就圆满完成，可以按时回国。如果低于95%，届时不及格的学员还要进行二次培训和补考，直至合格为止。不仅如此，公司将不承担夏树悠爱在学员补考期间的佣金和差旅费用。

这一期的学员不多不少，整19人，哪怕一个不及格，通过率就会降到95%以下。夏树老师分析了期中和日常的成绩，觉得这个班里只有一个隐患。

在夏树一口道出“隐患”两个字的时候，我刚刚高涨的食欲一下子丧失殆尽。尽管她低着头没敢直视我，我还是暴躁地把龙虾的壳子丢在餐盘上，发出“当”的一声，吓得她为之一抖。

敢情夏树摆出这么大阵仗，就是想借着收买我的胃，平息祸患啊。

更让我生气的是，她怎么就断定我不会及格呢？

龙虾我也不吃了，我气鼓鼓地往嘴里面塞饭团子，虎虎有声。

夏树红着脸说：“肖桑，我知道这么说会伤你的自尊心，可我还是忍不住要提醒你，以现在的状态，你期末考试一定会失败的。届时会有部长亲自监考阅卷，谁也无法拯救你。所以，唯一可以改变局面的办法，就是由我来激励你的斗志。”

说到这里，夏树站了起来，很郑重地给我鞠了一个90度的躬，楚楚动人地说：“肖桑，拜托了。”

我瞬间生出一丝讥讽，真的，没听说老师求着学生考试的，真是为了通过率不择手段啊。我说：“夏树老师，你真的没必要这样，如果你教得出色，学生自然成绩优秀；如果你是个草包，就算再怎么哀求，学生也照样没法通过。为了满足自己私欲，又给学生鞠躬又请吃饭，还美其名曰拯救，你不觉得这样的老师很跌份儿，很无能？”

夏树的眼睛里忧伤闪过，亮晶晶的，更加动人。她说：“可是肖桑从未认真听课，这也是没有办法的事。”

我一听，更来了精神，清了清嗓子：“咳咳，话可不能这么说啊。我上课睡觉，是因为你没法吸引我，是因为你的授课乏善可陈，提不起我的兴致。所以，那是你自己的原因。”

夏树沉默。

我不依不饶："设想一下，如果你具有女明星一般的凝聚力，能把索然无味的日语课堂变得生动有情趣，我断然没理由这样颓废的。"

夏树扬起脸，目光虔诚："那么请肖桑回答，我需要像哪位女明星一样上课，才能提起你的兴致？"

我连脑子都没过就想到了那谁那谁和那谁，一大串长长的如雷贯耳、德艺双馨的名字。可我不能说。我需要让夏树心甘情愿为这顿龙虾大餐买单，而不是愤然把龙虾扣我脸上。

"抱歉，"我打了个饱嗝，"我真的帮不了你，只有你能帮你自己。"

我知道这说法很欠揍，但是它让我神清气爽。考试不是问题，问题是你小看了我。

夏树低着头，盯着自己的指尖，那上面的丹蔻早已被她抠掉了一层。

好半天，她慢慢地开口，下了好大决心似的说："肖桑，如果我告诉你，我有特殊的理由，我必须回国，我必须要你通过，你能不能重新考虑我的请求？"

我抿了一小口梅子酒，笑眯眯地："你说你说。"

随后的时间，夏树悠爱终于亮出了她的底牌。

她在日本老家，有个帅气的小男友。

她的帅男友要在十天之后去异乡发展事业。

如果能让通过率达标，她就能赶在他离开之前见他一面，甚至有可能说服他留在自己身边。

我要是通不过考试，届时就得参加二次培训，她的飞机票就得改签，回国的日期就得延迟，自然也就见不到她那帅气的男友。

说着说着，夏树悠爱这个日本丽人的眼睛里有亮晶晶的东西一闪而过。

夏树在抠手指甲的时候我就在用力抠着釉瓷酒杯。

我在想，这梅子酒，怎么喝起来酸溜溜的？

泪目哇！这个深藏不露的夏树悠爱，她她她，居然早就名花有主了！不仅如此，还情深意切，还缠缠绵绵，还只为见一面就不惜代价请一个不怀好意的男人吃龙虾。god，这是个什么女的呀？

我忍不住地问她：“你老家在哪儿？你那个男朋友又要去什么地方发展让你如此割舍不下？欧美？澳洲？不会是去的黎波里修复被炸毁的大桥吧？”

她说：“我在福岛县，可他要去东京工作。”

我当时就郁闷了。不用这么一日不见如隔三秋吧？就你们那个以“县”为最大行政单位的国家，即便横跨本州，也没比大连到沈阳远多少好吧？

夏树只是一再重复着说“拜托了”，眼睛里的殷切任谁看了都不忍。混浊的夜色，凝滞的空气，今晚的一切都和我的名字较着劲儿地异曲同工。我暗自说：肖臣啊肖臣，你还真是消沉啊，枉你把自己当成个角儿！夏树约你见面，请你吃饭，甚至听着你大声造次也没有半点反驳。可那不是她的乖巧。她越是逆来顺受，就越证明她喜欢那个男生。

game已经over得一骑绝尘，没得挽回了。君子成人之美，我决定从明天开始做一个君子，成全痴心的夏树妹妹。

可今晚，我还得以小人的姿态享受最后一点优越。如果我即刻承诺她，我一定会通过日语考试，保证完成任务，她一准儿笑靥如花地去买单，从此蓬山路远萧郎路人，再也不会多看我一眼。所以我决定把底牌捏在手心里多捂一会儿。

“我吃饱了，你还要不要叫点东西？”我问。

夏树悠爱马上起身结账。我看得清楚，她整晚压根儿就没吃东西。

“那么……”走出料理店，夏树站在街角，双手交叉地垂在身前，“肖桑是否同意了我的请求？”

我掏出纸巾擦了擦鼻尖，傲慢地扬起脸：“下面我要去逛街了。”

“哎？”夏树一愣，“那么……我的请求……”

我挥挥手："你得给我时间考虑一下嘛，看你这么着急，要不……你陪我一同去逛？想好了我可以随时答复你。"

夏树板着一张脸老大不情愿地跟在我身后，并且精确地拿捏着三米远的距离，亦步亦趋。商场里人头攒动，钢琴声悠扬，夏树穿着一双有防水台的高跟鞋，婷婷袅袅。如此一个美女陪着我逛街，这是二十八年来绝无仅有的事。我佯装不满地回过头："夏树桑，偌大个商场，你见到哪对男女像咱俩这样一前一后地逛街？就算是做做样子好不好？很为难吗？"

夏树赶紧快走了几步追上我，裸色的鞋子叩在水磨石的地面上发出嗒嗒的锐响。

请不要对浪漫抑或是无耻抱有偏见。我想得很清楚，过了今晚，即便再怎么无耻，我恐怕也没机会炮制这样的浪漫了。

Chapter 07

等待一扇不开启的门

19

我拐进了一家男装专卖店。前几天我逛过一次，并且看好了一条标价1188元的长裤。那一回我试了三遍，对裤子恋恋，对票子不舍，正在犹豫之际，店员那不耐烦的眼神在我的自尊心上豁了道口子，然后他转身去服务他身后的一对情侣。我横竖打量那位男顾客，怎么都没在他那张城乡接合部的脸上找出他挥金似土的理由。究其原因，是他带了位能打七分的女朋友。店员那谄媚的笑看得我直心疼。

我决定带着夏树悠爱在他面前兜一圈。

这会儿我正昂首挺胸，把脖子拔到一个气宇轩昂的角度，用鼻孔照着那些标价不菲的衣衫。还是那个店员，远远地过来招呼。

"您此前来过吧？"他笑眯眯地问，眼睛却越过我，瞟在我身后的女人身上。我猜他一定在心里问了一百遍同样的问题——这美女跟这男的什么关系？

我没理他，拈起上次的长裤问夏树："这裤子我穿怎么样？"

夏树连看都没看一眼，直接准备掏钱包了："要不要……我买给你……"

这个心花怒放哟！

我装模作样地白了她一眼："什么你的我的，分那么清干什么？快，收起来！"

店员的眼睛都直了。

他神色木讷地把我请进试衣间，我试也不试，看见夏树离开视野，我就推门出来了。

"您看好了？"店员马上问我。

"没。"我鼻孔朝天。

"可您女朋友很满意，都要替您付钱啦！"他一脸的大惊小怪。

我拍了拍他的肩膀："到了我这个年纪，你就明白了钱要省着点花才行，有这钱不如存起来给女朋友买婚纱，知道不？三折吧，什么时候降到三折我再回来。"

我就这么一脸快意带着夏树踱了出去，听见身后的店员把牙花嘬得山响。

她看了看表："肖桑，要不……"

我迎着她那犯着难的眼神，理直气壮地说："怎么，你要走了？我还准备再吃一客冰激凌呢。"

心急如焚的夏树乖乖地跟着我去了冷饮店，我问她要什么口味的，她摇摇头："只买一杯好了。"

"只要一杯。"我冲店员说，"不过，要两个勺子。"

夏树的身体重重一晃，险些跌倒："那个……就请再要一杯香草口味的吧……"

我慢条斯理地呷着冰激凌的时候，夏树的脸色已经难看到极点："肖桑……"

"不忙。"我说，"吃完了我就给你答案。"

那一客冰激凌我一直吃到了商场打烊，在清场的音乐声里，我懒洋洋地欠了欠屁股。不错，这一晚，我和夏树约会了3小时40分钟。

整晚都悠然自得的我故意走得很快。我在退场的人流里穿行，夏树一路用细碎的小步子堪堪地跟着我，终于，在出口那一道长长的队伍后面，她追上了我，轻轻扯住我的衣角。

“肖桑的要求，我已经悉数满足了，可我的要求……”

“唱个歌听听。”

突如其来地，我这么对她说。

夏树没听懂似的，怔怔地看着我。眼睛如同暴露在冰天雪地中的水晶，上一秒还是晶莹剔透，下一秒已然挂上了冷霜。

“唱个歌听听。”我扬了扬下巴，又说。

也许有人会问，是不是过分了点？没错，得了寸不进尺，我怎么知道哪里是她的底线，怎么知道她有多喜欢那个故乡的帅哥？

夏树一动不动，头发垂下来遮住她的脸。我看不清她的眼睛。

她紧紧地咬着嘴唇，仿佛那片又凉又薄的东西是枚裹了仇恨的炸弹，用力咬下去，就会轰的一声，火光四起，分崩离析。

她咬了一半就松开了。

“这是最后一个要求。”她的发音很轻，像是冲着我，又像说给自己。

于是她真的唱了，在这个人潮涌动的商场出口，在众目睽睽之下，她闭上眼，旋律从她的口中像轻烟一般飘涌而出。

远い国の客には
笑われるけれど
押し合わなけりゃ街は
电车にも乗れない
……

她唱的是日本国民级歌手中岛美雪的《归省》，这首歌中文版很多人都听过，就是本多ruru的《美丽心情》。

夏树始终闭着眼，这样她就看不见周遭那一双双好奇的眼睛。声线甜美、曲调悠扬，夏树悠爱唱得咬牙切齿。

终于，她唱完了第 段，等着我发表意见。

我笑了：“谁要你唱日文歌曲了？我要听中文的。”

“我不会去唱中文歌曲的，永远，决不。”她始终闭着眼，一股脑地说。

“给我理由。”

“因为讨厌。”

“好吧，”我笑得一脸玩世不恭，“那我也告诉你，夏树小姐，你在向一个说中文的男人提要求，要想打动中国男人，就要唱他听得懂的中文歌曲！”

“休想。”她说。

“那就别怪我了，都说了这是整晚的最后一个要求，你自己不把握，还拒绝得这么不留余地，我也只能……”

我还在嬉皮笑脸地掰扯，猛地感到气氛异常。我弯下腰，自下而上地去看悠爱的脸。她死死闭着的眼睛淌出清澈的泪。不知不觉，她已然泪流满面。

20

我一下子慌了手脚。

我想拍拍她的肩膀，想替她擦眼泪。

比画了两下，全然不敢。

那天的最后，观众散去，商场的灯光暗下来，空旷的购物广场只有寥寥几个人。她哭得蹲了下去，我也无奈地陪蹲。我一个劲地说好话：“夏树桑，对不起对不起，我就是跟你开个玩笑，你你你千万别介意。啧啧……咱们……别哭了行不行？这大晚上的，你又是日本友人，我……我可连身份证都没带啊我……”

“好吧好吧，”我祭出最后的“撒手锏”，“不就是区区日语考试吗，我答应你，我答应你还不行？要是少得一分你拿我是问！你拿板凳砸我、拿刀子捅我，我绝无怨言。”

正在抱膝痛哭的夏树“噌”的一下站了起来，一边梨花带雨一边倔强地鞠了一个躬：“ありがとう（谢谢）！”

说完抹了一把眼泪，哭着跑出了商场。

那咯噔咯噔的脚步声，像是啄在了我的心上。

夏树一定会想，这个无耻的老男人，挖空心思地刁难她，以害她出丑为乐，其心可诛！可她一定想不到，在她哭着离去后的很长时间里，我都颓废地保持着那个蹲姿。夏树越是隐忍，我就越是不平。也许男人潜意识里都会有这种酸溜溜的心理，我仰视的女人，凭什么被一个暗中存在的家伙征服得如此彻底？

商场的管理员打着手电筒把我请出去的时候，我的思维已经跳跃到另一个我百思不得其解的问题上——到底是多么狂妄的小子，连夏树这样的优质女孩子都搞不定，非要玩什么两地分居……想到这里我已经心安理得地原谅了自己，把夏树的眼泪全都算在了那个不识好歹的家伙头上。

我失眠了。我用了一整晚终于想清楚一个问题：人各有命。

命运就像一道门，有人畅通无阻，有人畏首畏尾。有一种人被门挤了脑袋，就如夏树的男朋友；还有一种人最可怜，他生命里的那道门从来就没有开启过。

我就是那个最可怜的人，我可以天马行空地编一套纷繁的程序，却没法编一场完美的际遇。我仰天长叹：god，你敢不敢让夏树做我的女朋友？我让你们看看我是怎么把握机会的，哪怕一天都行。

后来我想到大脑缺氧，迷迷糊糊地睡着了，在梦里我还鞭策自己说你别做梦了，爱上一个不回家的人和等待一扇不开启的门是人生两大极靠谱的悲剧，林忆莲早在上世纪90年代就把真理挂在五线谱上，经久不衰地吟唱。

我5点钟起的床，比平时提前了一小时有余。那一小时里，我翻开教材，复习了夏树讲过的课。

三个小时后，我坐在她的课堂上。看一眼她哭肿的眼睛，埋头苦读课文，字正腔圆地念她领读的单词，并且第一次没在她的课上睡觉。

回到家我照样翻倒计时牌。

顺理成章地，在翻到最后一张的时候，我迎来了期末考试。

最后一堂课，夏树老师慢悠悠地踱到我的身边，趁着没人注意，塞给我一张小纸条。

上面写着：记住我们的约定。

“约定”写成了“予定”，我在纸条的背面题了句宋词：东风恶，欢情薄，一杯愁绪，几年离索，×，×，×！

那几个“×”被我画得力透纸背。

她问，你写了什么？

我瞪了她一眼，把字条折好塞进了公文包。

晚上下了班，我们开始了日语期末考试。正如夏树所言，部长携两位主任技师亲自监考。我很久没这么郑重其事地参加考试了，觉得平日所学和眼下的考题完全是两回事。我就那么跟着感觉答出了八成，其余两成，我也很谨慎地蒙上了单选题里最靠谱的C。心有余悸地复查了一遍，交卷的时间就到了。

交卷的时候，我给了夏树悠爱长长的、复杂的、富有深意的一瞥。我知道，如果分数理想，悠爱会在二十四小时内辗转回国，一头扎进男朋友的怀抱。也许我这辈子都别想再见到她。想到这里我有点伤感的意思，悠爱她正微笑着收卷，冲每一位考生说“您辛苦了”。有一绺栗色的头发卷曲着垂在她的胸前，她拨了一下，随即看见了我，猝然之下，目光错愕。

我的电影就在这个时候结局了，出字幕，出鸣谢，出片尾曲。走到公司外，暴露在星空月影之下，我感觉全世界都在为我奏一曲关乎暗恋的挽歌。

21

无精打采地过了一夜，第二天路过培训教室的时候，我很本能地踮起脚尖顺着窗子往里窥了一眼。

出人意料，我看见夏树悠爱一个人坐在空荡的房间里！屋子里没开灯，她形神落寞。

这个时候她应该在机场才对！

我拉开门，几乎难掩激动地喊了她一声："夏树三赛！"

"你……你……不需要赶飞机吗？"我笑盈盈地问她。

她垂着的头慢慢抬起，脸上浮动着一层薄薄的冷峻："机票，退掉了。"

"为什么！"我百思不得其解，脸上甚至挂着侥幸的微笑。

"为什么？呵——"她勾起嘴唇，露出浅浅的笑意，"这三个字，应该我问你才对吧！"

她猛地一拍桌子站起来，差点撞在我下巴上："肖臣，承诺我的事你为什么做不到！你们中国男人到底有没有信用可言！你答应我会通过的，你答应过的！"

我的第一反应：完蛋了，那些被我闭着眼选成C的题目肯定都挂了！

我的第二反应：该不会这么倒霉吧？我自认为答得还算可以，自古以来卧薪尝胆的人不都得到好下场了吗？

我的第三反应还没涌上来，夏树的眼泪已经夺眶而出。她狠狠地推搡了我一把，我踉跄了几步，左腿膝盖上方最嫩的那块肉重重地戳在了带毛边的桌角上，鲜血立竿见影地淌了下来。

夏树推了我便难过地向外冲，突如其来的流血画面让她愣了片刻，她扶着门转过身，想道歉，终于咬紧嘴唇跑了出去。

我这个时候才觉得隐隐的痛感从身体的四面八方涌上来。

叫苦不迭地走进部门，顺便请教了神通广大的女同事，这才摸清来龙去脉。为了杜绝作弊，这次考试由部长亲自阅卷，19名学员中的18人顺利及格，偏偏又出现一张只有19分的考卷。部长连夜给夏树老师打电话，通知她退掉飞机票准备二次培训。思君心切的夏树老师一只脚已然迈上飞机，只得怅然返回。

女同事说："换我是夏树悠爱，也一准儿跟你发脾气。你这一挂科不要紧，夏树至少白干一星期，没薪水不说，连住宿都要自费。最重要的你还不知道吧？夏树正恋爱呢，听说那男的很跩，两人到了分手的边缘。夏树这次回国旨在挽救自己的爱情，保不齐你一张考卷祸害了人家的姻缘……要说夏树老师多可怜啊，上课的时候赔着笑脸，下了课偷偷抹眼泪……我还见过她给那男的打越洋电话呢，听语气，他们俩够呛了……"

听到这里我释然了。

她和那个跩跩男分手与否我管不着，即便真的分了，刽子手也不是我——就算我再怎么没用，19分我还是远远不止的。

真相大白了！那个害夏树不能回国的家伙另有其人。

想罢我摸了一把大腿，黏糊糊疼得我一激灵。

上午的时候部长把试卷分发下来，红灿灿的82分让我一下子气冲牛斗。我嘬着小茶水儿咬着小牙签儿，把那些看客的目光通通挡回去，同时也加入其中，用八卦的眼神四处打量，看是哪个心有灵犀的家伙在关键时刻挺身而出，挽留住我的悠爱。

片刻之后，咧着嘴的宁宣讪讪地站起来，拿着考卷到培训室去见夏树。

这就是亲哥们儿啊！我泪光涟涟。

再次见到夏树是在公司的食堂里，隔了四排，我感觉有暖融融的目光投在我脸上。我风卷残云的吃法变成了细嚼慢咽，并且时不时掏出手绢，不太纯熟地揩几下嘴角。我没看她，一眼都没。吃完饭我送回餐盘，直到走出夏树的视野，平稳有序的步子才又变得一瘸一拐。

我的工位上，名牌的正下方放着一盒白药、两张Hello Kitty图案的粉红色创可贴，还有一卷纱布。不用问我都能猜到是谁搁这儿的。我一下子呼吸不畅了，我把创可贴撕开，贴在脑门上，靠在椅子上重重地喘着气。

我在显示器的反光里看见我涨红的脸和满足的奸笑。

连着三天，我都能看见夏树。每早我都提前一刻钟到公司，在培训室的窗子外侧身站好，踮起脚尖，每次都能看见夏树一个人默默地坐在教室里，等着给宁宣做二次培训。不得不说，我有点感谢日本人那种不近人情的严谨，它延长了我不切实际的幻想。有两次，夏树看见了我，欣欣然地抬起头望向那一小方玻璃窗子。我就毫无表情地收回脚尖扭过头，拔腿就走。

直到周四的晚上，刚刚泡好面，我收到夏树发来的短信。只有一句话：你准备什么时候原谅我？

我叼着调料包给她摁了回去：我没闲工夫原谅你。

好半天，她才慢腾腾地回过来一条：日式料理，能不能让你闲下来一个晚上，嗯？

我得意地勾起嘴角，嘿嘿，早知道她会这样！不然我凭什么把面泡得软塌塌的也没有吃上一口？我多奸啊！

好吧，权当给你面子！我敲字上去的时候，肠子都笑成一朵花了。

还是上次的料理店，还是龙虾、寿司、生鱼片。我二指前戳告诉服务生："把梅子酒给我换成日本清酒，酸溜溜的东西我喝不来！"

夏树悠爱谦和地坐在对面，双眼低垂，似笑非笑，等着我打破沉默。

服务生把清酒端上来，我示意女士先请。夏树把手扣在酒杯上连连摇头："肖桑，我没有酒量，这种度数的清酒我还没喝过，请多……见谅。"

我白了她一眼，随即把服务生手里的酒壶接过来，与此同时夏树死死地捂着酒杯，急得满脸通红。

"真的……不可以……我会喝醉的。"

"喂喂！"我板起脸，"好歹你也是来赔罪的吧？要是喝酒能消去我腿上的疤，喝十杯也不为过吧！"

夏树更不好意思了，我连唬带骗，好歹掰开了她的手指。清酒汩汩地倒在她的杯子里，夏树狡黠地盯着刻度，大叫着"十分です十分です（够了够了）"。

夏树一板一眼地说："酒倒七分满，三分人情在。"

我说："你少来了。那是倒茶！酒只有一种倒法，就是满上！满上你懂吗？"

我毫不留情地给她斟得满满的，看见她为难地说："那我就陪肖桑……喝一小杯……好了……只一小杯就好……"

嘿，嘿嘿——我心中暗想，没酒量啊？那就好办了。

Chapter 08

“把我的男朋友还给我！”

22

一个小时之后，我们喝空了三个酒壶。

“啪”的一声，夏树睁着蒙眬的醉眼，大声吼道：“满上！”

我咧了下嘴，真的，照这样下去，没等夏树醉倒呢，我先跪了。我自诩红白啤“三盅全会”，可没见过这种喝法的，手一抬，脖儿一扬，一杯清酒就见底了。你到底是叫夏树还是叫酒井啊？

犹豫的工夫，酒倒得慢了些。夏树把眼睛瞪得滚圆：“もっともっと（多来点多来点）！”

“酒倒七分满……”我为难地看着她，“给我留三分薄面，行不？”

夏树用了蛮力，摁住我的手，直至控干了壶里的最后一滴，扬手把酒壶丢在榻榻米上，手舞足蹈地冲我傻笑。

原来美丽与智慧并存的女人，也并非时时刻刻都美丽与智慧并存着。

这日本妞儿沾了酒，竟然放浪形骸成了这个样子……

喝酒总得有点名目吧？我一口龙虾都没捞着吃，稀里糊涂地陪着她喝了三壶酒。

“有心事？”我小心翼翼地问她，“有什么不开心的说来让我开心一下？”

她直勾勾地看着我，冷不防“噗”的一声笑出来：“我和男朋友吵架了，我没能回国送他，也没能把他留在我身边，我真是个失败的女人。”

我在想，还有什么比这个更让我开心的呢？

难为我还得皱着眉头做一脸痛心疾首状：“咳，情侣之间吵架很正常的嘛，再说不就是推迟几天回国吗？到时候你就飞去东京，哄哄他不就完了？”

“没可能了。”她又把杯子里的清酒喝干，蹾在桌上的时候身体重重一倾，喷着酒气说，“我们……分手了。”

“他要事业，不要我。”她很努力地让我看她勾起的嘴角，却在笑到一半的时候死死咬住嘴唇。

我的开心是如假包换的，可我看见夏树把清酒当成白开水一样灌自己，醉到哭都哭不出来的时候，我的心就如被刀子剜过那么难受。

这大概就是文化差异导致的价值观不同了。你给他一根蜡烛，平淡无奇的人会觉得缺少一块蛋糕，而惊世骇俗的人会觉得缺少一根皮鞭。很遗憾，我是那种价值观平淡无奇的男人，一个像夏树这样痴心又美丽的女朋友够得上我人生的终极目标。我很想隔空问那男人一句：什么狗屁事业比她还重要？

夏树用两个手指拈起酒壶，像钟摆一样吊在眼前，嘴里喃喃地说：“本来……我是有机会留住他的……我精心准备了礼物，我给他写了一封万字的长信……我甚至可以向他求婚……可我偏偏这么倒霉，接二连三地撞见只考19分的蠢蛋！”

呃……

“也许，这就叫命中注定了。”夏树两只眼随着“钟摆”晃动，冷不防地盯住我，直勾勾地问，“肖桑……你说对吗？”

我怎么说？

我一个只考19分的蠢蛋，哪里有发表意见的资格？

我犯难地看了看表："咱们别喝了，回去吧？"

夏树不说话，自始至终就盯着"钟摆"。

我把她手里的酒壶抢过来："知不知道什么叫学高为师、身正为范？酗酒也是老师应该做的事吗？"

尚未等我把话说完，夏树就"咚"的一声趴倒在餐台上。

夏树醉倒的姿势很别致，一手牢牢地抓着自己的手袋，另一只手死死地护在胸前。一看这就是个警惕感极高、安全感极低的女人，知道钱包和贞操是酒后失窃率最高的两样东西。

我咂了半天舌，你警惕性强我不反对，可问题是——你忘了结账啊！

我拍拍她的肩膀，试图拉开她的手袋掏出钱包，结果在拉到一半的时候被夏树狠狠夺过。一把将手袋塞到胸口下面，她张开双臂，趴了个结结实实。手袋的链子和胸前凸起的镂花紧紧贴在一起。

我有点羡慕电影里的排雷专家了，他们能在最短的时间和最小的空间里精确地避开引爆物，搞定目标。我就在想，如果我把手伸进那一小方缝隙里拈起手袋的链子，并且在排雷的时候"一不小心"就引爆那一对让我心惊肉跳的东西怎么办？如果我对一跃而起的夏树悠爱解释说我没带足够的现金，她还会不会有足够的逻辑骂我是个臭流氓？

我比画了几下，完全没有下手的余地，最后掏出信用卡苦着脸叫买单。

23

夜里10点，风轻盈地蹭过我的头皮，传递着阵阵夜的清香。可这只是片刻的惬意——夜的清香尚未沁入心脾的时候，就被一股混合了香水、酒精的味儿盖住了。我拢了拢身后的双手，用力把悠爱向上抛了抛，心想，喝醉了不是你的错，可你能不能别在我背你的时候把酒气喷在我脸上啊？

夏树老师几近人事不省，我叫苦不迭地想，如果她再清醒一点儿或者完全昏迷过去也就罢了，如此我就可以把她放下来或者把她塞进出租车。可她一路上就那么闭着眼疯笑，伴有继发性的手刨脚蹬，我的脖子都被她抓破了。我只得把她的双腿揽得紧紧的，为了防止她把那双亮晶晶的高跟鞋甩丢，我还得用力抓着她的脚踝，满手的温香软玉。

是的，哥们儿有艳遇了。

头三分钟的的确确是如假包换的艳遇，我浑身上下的毛孔都舒泰得贲张开来。可我已经背着她走了将近三十分钟。如果你仔细研究下双方的体重和体能，就知道"享受"在"忍受"面前短暂得可以忽略不计。

自打二次培训开始，她就换了一家低档次的、我完全叫不出名字的酒店。我问她："你住哪儿啊？"夏树就胳膊一挥指向正东，嘴里还念念有词地用日语说着地址。

好吧，走吧。我背着她穿越了整个CBD，可再往东就没什么酒店了。

我实在忍不住问："三赛啊，到底怎么走才能回到你说的那个地方啊？"

她嘴里念念有词，仍旧是大串大串的日语。我听清了一些关键字，诸如"飞行器""新干线""电车"……

我终于大彻大悟——她说的那个地址，是她日本的家。而那个正东的方向，指的是日本。

很喜感是不是？

目前唯一的交通工具不是飞机、新干线，是我已经肿起来的两条腿！你该不会指望我一路背着你回到日本吧？

我把夏树放在了路边，任由她坐在地上撒酒疯，我把脸背过去，重重地喘着粗气。

夏树的疯笑就在这个时候化为一场降雨，她终于肯中规中矩地说一句汉语了。她说的是："呜——他不要我了，你也不要我——"

我一下子就心软了。

再次把她背起来，揽得紧紧的。

周遭一片虫鸣，在这个静谧的夜里，我一边听着自己的心跳一边默默自语：他不要你，我要！可是我的夏树老师，你又怎么肯让我背你一辈子呢？

把她带回家？这个方案不是没想过，可我租了一间破旧的一居室，一张单人床，睡衣只有男士的，有淋浴没浴缸。睡的时候相安无事，可她总会酒醒吧？如果我在她酒醒后告诉她，我是用镊子帮她换的衣服，又是闭着眼把她塞进淋浴间的。她信不信是一个问题，信了之后会不会大嘴巴子掴过来又是一个问题。

要么去快捷酒店开个房间？里外间总统套的那种？可不知怎么就联想到我和夏树并排蹲在地上，捂着脸被警察叔叔围着拍照的画面。没结婚证，就算睡在天上人间都不保险，更何况是快捷酒店那么基层的人间？

我用最短的时间决定送她去林豆豆那儿借宿一晚。除了林豆豆，我真的想不出能在这个钟点给我开门的女性。

之后的十分钟，夏树的表现让我想起一部日剧：《一公升的眼泪》。

这小妞无声无息，一个劲儿地流泪。很难形容那是怎样一种悲伤，我的脖子、耳根、衣领甚至后背，全湿了。她的眼泪甚至滴滴答答地落在我的前胸，在胸口上汇聚、流淌。凉丝丝的，仿佛淌在我的心上。

在地下通道里，把伤心忍了一晚的夏树终于彻底爆发。

她撕心裂肺地哭喊：“可恶！把我的男朋友还给我……”

我吓得差点儿跳起来，赶紧去堵夏树的嘴巴。左顾右盼，几个路人齐刷刷地打量我，还有个带红箍的老太太远远地望过来。

待到我站定在林豆豆的楼下，看见那一盏昏黄的灯光，一时间五味杂陈，我又被勾起了伤心的往事。若不是夏树醉得厉害，我真想掉头走掉，和林豆豆老死不相往来。即便我背着夏树上了楼，我也没说服自己镇定自若地摁响门铃。站在门口再三犹豫的时候，林豆豆居然把门打开了。

“我以为是谁呢，蹲在我门外也不吱一声……”

林豆豆敷着面膜，像个幽灵。

我没说话，把夏树放下来，拦腰抱进了林豆豆的屋子，放在沙发上。

可想而知，看见我如此暧昧地抱着一个喃喃呓语的漂亮女人，还是那种贵妃抱，林豆豆有多么惊讶。她张大了嘴，呼吸不畅。

看见我把夏树安置好，她这才结结巴巴地问：“肖臣！我的老天……你背的这个女人……她是谁啊……哪儿来的呀……”

沉默。

沉默加对视。

这是场意念的战争。

怎么回答？我真的不想说话。跟林豆豆我没话可说。我学着夏树方才的样子，醉眼迷离，故意一个趔趄，再抓住门框。为了把醉酒装得像一点儿，我笑眯眯唱着歌把问题回答了。我边指着沙发上的夏树，边唱屠洪刚的《孝庄秘史》。

“你，从天而降的你，落在我的马背上。如玉的模样，清水般的目光，一丝浅笑让我心发烫……”

“滚蛋！”林豆豆狠狠踹了我一脚，一把将面膜撕掉，“别跟我这儿耍宝！你喝醉的样子我见过，不声不响吐得跟死猪一样，你今天根本就是清醒的！”

24

“我再问你一遍——这个女人，到底是谁？你把她背我这儿来干什么？告诉你肖臣，咱俩已经分了，分就分得彻底一点儿！这么晚你莫名其妙地带个醉酒的女人跑我家里来，要是被左邻右舍看见了我怎么解释！”

林豆豆的腮帮子气得一鼓一鼓。

我心说左邻右舍管得着你吗？还不是怕哪个男人半夜潜进来撞见？看着林豆豆一副不念旧情的嘴脸，我心里都快结冰碴了。

沙发上的夏树在睡梦里喃喃呓语，林豆豆吓了一跳：“日本人啊？！”

我双手一摊，算是承认。

尽管我很想告诉她——令堂大人不是怂恿我娶个日本老婆吗？我不管那是不是一句风凉话，反正我是给上纲上线了——这女孩子就是我新处的日本女朋友，怎么着？我可是按深田恭子和竹内由惠的标准去找的！综合素质过得去吧？还配得上我吧？

可我犹豫再三，还是实话实说——即便林豆豆只是我的过去式，我也不想伤害她。我说："她是我同事，喝醉了，我没地方安置她……我一个男的，不方便……"

林豆豆闻言分贝立刻高了二十："不方便？这叫什么话？你当我很方便吗？待会儿我可是要出门应酬的，有个著名的企业家在pub里开派对，下半年的赞助能不能拉得来全靠我呢！你一句'不方便'，台里半年的计划就得泡汤！再说，你不方便陪她过夜，凭什么方便把她灌成这个样子？"

"要不，算我欠你个人情？"我问。

"你还得上吗你？"

林豆豆以为自己主场作战，却忘了对方是个被酒精涨得青筋暴跳的男人。不仅如此，这个男人不久前还以很屈辱的方式"被分手"，于情于理都该酝酿一场绝地大反击。

我一把拽过林豆豆的手腕："告诉你林豆豆，你今晚哪儿也不许去，就给我在家伺候她！冲杯醒酒的糖水，再帮她换衣服洗个澡，最后安置她睡觉。如果你问我凭什么，就好好想想我这五年是怎么对你的。今晚一过，咱们两讫！一晚顶五年的人情，这笔买卖是不是划算，你自己想！"

"我凭什么替你伺候一个不相干的日本女人！"她扯着脖子冲我吼。

"那你就给我听好了，"我说，"这不是一个不相干的女人，她叫夏树悠爱，是我下一任女朋友！虽然现在还欠点火候，不过早晚是！"

"这么说你是来向我炫耀的？"她冷冷地哼了一声，"别怪我打击你，人家能看得上你？不会吧？如果她对你百依百顺，你对她足够来电，你舍得把她带我这儿来？装什么忍者神龟啊！”

我微微一笑：“是啊，我忍了五年都没动你一手指，今儿总算找着原因了——我对你真是，真是一点儿不来电。”

林豆豆咬牙切齿，最后狞笑着点点头，烧水去了。

我就知道她一准儿妥协。遇上我这种老实巴交的前男友，不哭不闹不上吊，甩我就跟丢一张餐巾纸似的，如今我要一点点回报怎么了？你好意思不同意吗？

林豆豆这会儿正不怀好意地蹲在沙发前，从头到脚地把醉倒的夏树端详了一圈，回来抱着肩膀冷笑：“够可以的呀！咱俩才分几天啊，就弄上手一个，别说，模样挺周正，身材挺魔鬼……可这气质，呵，也太差了吧？”

一个女人评价另一个女人“没气质”——这个怎么理解？

参照如下：

一个女人如果评价另一女人为“美女”，那通常意味着对方长得很大众，掉进人堆里看不见的那种。

如果是“大美女”，只能说明俩人关系特别好，否则你听不见这种评价。

如果是“很可爱”，潜台词就是这女人“没法看”。

如果评价是这女孩子“人很好”，那么被评价的人八成需要减肥了。

如果是“身材好”，意味着被评价的女人瘦到了让男人联想天气预报的程度。

请注意，重点来了——

如果一个女人评价另一个女人“特立独行不合群”，那对方基本上就是男人眼中的美女了。

如果在“不合群”的基础上，再加一条“没气质”，那几乎是一个女人能够做出的终极评价了，它意味着被评价的女人除了漂亮，身材还很正！

如果你实在不明白女人口中的“气质”所谓何物，你就把它理解成丑女都具备，美女都不具备的那样东西吧。总不至于错得太离谱。

我没言语，趴在餐桌上装睡，没多久就真的睡着了。本来我就不胜酒力，何况扛了一个大活人走了将近一小时呢。

这期间林豆豆帮夏树宽了衣洗了澡，在地板上铺了席子和被褥让她睡在上面，一圈下来，天都快亮了。林豆豆把我捅醒：“趴桌上怎么睡啊！你去睡她边上吧，那是张双人凉席，睡得下。”

我一指她的床：“双人床，也睡得下，不用非把我撵地板上吧？”

林豆豆大呼滚蛋：“你搞搞清楚！我只是你前女友，她才是你下一任，你跟我睡一起算怎么回事儿！”

“要么你跟她睡地上，我独占你的床？”

“同学！你不要鸠占鹊巢好不好？这是在我家哎，我又不是个lesbian，我干吗要和一个日本女人睡一张席子？”

我为难地舔了舔嘴唇：“那你可多留神，如果我睡得不老实占了人家便宜，你可一定及时摇醒我，知道吗？”

我睡觉的时候喜欢夹着被子，就是把被子一卷压在身下再骑上一条腿的那种睡法。我又不是盗梦高手，睡着了我可分不清哪儿是人哪儿是被子。我真怕一不小心就和夏树睡成了香艳无比的“K”字。

日上三竿的时候我被阳光刺醒，我睡得大汗淋漓，本能地想把缠在我腰上的被子掀下去。等我懵懵懂懂地把“被子”捞在手里的时候彻底傻了——那白生生的东西哪里是什么被子，分明是一条女人的白腿！

吓得我赶紧扔了。

那边厢，被我掀下去的夏树悠爱翻了个身，挠了挠嘴角——醒了。

她迷迷糊糊地睁开眼睛，和我四目相对！

接下来发生的事情就不那么好玩了。

整栋大楼都能听见一个女人尖厉的叫喊，何止撕心裂肺，简直肝胆欲碎啊！

Chapter 09

就这样成了她的“唯一”

25

我很庆幸，林豆豆家里的枕头是鸭绒的。

鸭绒好啊，轻便、柔软、毁灭性差，不像荞麦或者糠秕，能三下五除二把人砸得立仆。

夏树完全不听我的解释，一连砸了我十几下，终于我不堪忍受一把将鸭绒枕头夺了过来。夏树一见势头被逆转，马上又抱起被子护在胸前。她的眼睛里是那种纯粹的恐惧，坐在地板上，快速地向后蹭。仿佛一只站不起来的小羚羊，面前是一条吐着芯子的眼镜蛇。

终于她蹭到了沙发上，动弹不得。夏树悄悄地撩起睡衣的领口向下看了一眼，随即屈辱又绝望地闭上了眼睛。

啥也别说了，胸衣不见了。一览无余，你说说是谁给摘下去的吧？

夏树在忙着找内衣的时候我就忙着找林豆豆。

我底气十足地找了她三圈，终于我也绝望又屈辱地闭上了眼睛——这个林豆豆，她她她，竟然完全不知去向！

我也慢慢地向后退，离着夏树几丈远。我生怕她下一秒就张牙舞爪地冲上来撕我的脸。事实上，夏树紧紧地抱着被子，恐慌得连眼睛都不敢眨一下。很难说我们两个谁更害怕。

我仗着胆子说："夏树桑，你误会了，我可是什么都没对你做啊。"

"鬼才相信！"夏树不顾一切地吼向我，刚开始是我听得懂的汉语，后来就气急败坏地夹杂了日语，其中不乏"马鹿""阿呆"之类堪称日本国骂的词。我到底还是伤了心，就因为一个完全站不住脚的误会，夏树竟然恶语相加到了口不择言的地步。

我耷拉着脑袋一直等到夏树气喘吁吁，这才插嘴说："我早知道你醒了酒就会出岔子，所以昨晚我很有先见之明地把你带到我朋友的家。拜托啊三赛，请你动动脑子，昨晚睡一起的不止我们俩，还有我朋友！三个人一起睡，能有什么事发生？"

夏树的眼睛发直，好半天才喃喃地说："竟然……还有一个人……老天……你们到底对我做了什么呀……"

我把手举过头顶，发誓一般地说："我什么都没做，都是我朋友做的。她给你换了衣服，喂你喝水，还顺便给你洗了个澡……"

我很识相地住了嘴，因为我看见夏树抱住沙发腿，号啕大哭。

可叹啊，我自认为汉语博大精深，可这个上午我却把祖宗的语言运用得如此含混晦涩。在英语里，他和她用"he"和"she"来区别，即便是小语种的日语，也可以用"彼"和"彼女"来划分。可是夏树悠爱，这个精通两国语言的老师，她怎么就想当然地把我所说的那个"Ta"想象成一个男的？

我解释得口舌生疮："我那朋友，她是个女的！"

终于，夏树停了眼泪，怔怔地盯着我，仿佛要从我那一张不苟言笑的脸上找出破绽。我没理她，快速地拨了林豆豆的电话。

我几乎冲她吼："你哪儿去啦？出大事儿了你知道不！"

林豆豆提着豆浆油条上楼的时候我和夏树各自占据了房间的一个角落，我抱着肩膀生闷气，她蜷在席子上，表情可以参见年代剧里被土匪劫持上山的小媳妇儿。

我面向夏树一指林豆豆：“是她一手服侍你来着，有什么疑问你冲她说！”

我又面向林豆豆一指夏树：“你告诉她我是怎么辛辛苦苦地把她背到你家，又是怎么勉为其难地睡到她旁边的。我就差拿根麻绳把自己捆住了，可架不住有人手脚不老实。”

林豆豆泰然自若，看了看我，又瞅了瞅夏树：“都酒醒啦？醒了就吃饭吧，别没事找事了。”

这句话果然有杀伤力，我和夏树面面相觑，再也没说出半个字。

她摇了摇发沉的头，好半天才慢腾腾地站起身，鞠躬：“对不起，我喝醉了，给你们添麻烦了……”

林豆豆摆摆手，气宇轩昂地去了厨房。

我说：“你给我添的不光是麻烦，还有指甲印呢！”

我仰起下巴，变换着角度给她看，昨晚她一路掐着我的脖子，又蹭上了眼泪，这会儿又红又肿，惨不忍睹。

“对不起对不起……”

我摆摆手，也气宇轩昂地去了厨房。

喝了碗豆浆准备去上班，我叮嘱林豆豆再照看夏树睡一觉，这会儿她肯定头昏脑涨的，出门别再让车撞了。

林豆豆一边咬着油条一边慢条斯理地笑：“看不出啊肖臣，你对这日本妞儿体贴入微啊。才过了一个月，你就把给我的独门待遇给了别的女人，你不怕我忌妒？”

我咽了口豆浆，边吃边说：“过去的五年里你一共喝多了六次，哪次我不是衣不解带地照看你？这待遇你不稀罕。而且——别说我嗅觉不灵——昨晚那个著名的企业家，其实不是什么客户，是你新发展的男朋友吧？咱俩，呵呵，谁也别忌妒谁。”

我吃完早饭跟夏树告别的时候，她还在屋子里静坐呢，揉着太阳穴回忆昨晚的事。从表情上来看，她一无所获。

“夏树老师。”

“啊哈依。”

“你别回忆啦！我真的没怎么你。”

“不是不是，”夏树连连摆手，“我没有怀疑肖桑的意思。你照顾我过夜，我还质疑你，那不成了‘用小人想法去揣度君子心思’了吗？”

我笑了：“这样就好，我要去上班了，顺便替你请个假，你就放心地留在这儿醒酒吧。”

夏树赶紧鞠躬致谢，并且把我送到了玄关。

我穿上鞋子开了门，看见夏树眼波流转：“那个，肖桑……”

“嗯？”

“你脖子上的伤口……”

“不碍事。”我说，“我自己会处理的，你不必自责。”

“不是不是……”她垂下头，未语三分羞，慢慢道，“我不是问你那个，我是想说，嗯……那伤口……你确定不是我做正当防卫的时候……嗯，留上去的？”

我原地想了三秒钟，然后恶狠狠地把门摔在她脸上。

26

我拎着公文包，头痛欲裂地走在街上，满脑子都是一个女人潸然的哭声。她哭得悲悲切切，透不过气，像个打嗝的婴儿。她调动了所有的委屈喊出一句话。

“可恶！把我的男朋友还给我……”

真是朱门酒肉臭，路有冻死骨啊。同样是男人，他就能让她酗酒流泪，寻死觅活。而我呢？我扛了她一路，又是安慰又是劝解，还幸福地被她挠了一脖子的红棱，却被人当作非礼的证据。

我气恼，我不平，可我的脑子里始终回荡着她的哭喊。

我在想：夏树，如果我能还你一个男朋友……当然，原厂的肯定是没有了，那么品牌的行不行？

那天晚上我再度请宁宣喝酒，并且告诉他一个绝密的消息。

“我听说部门里某位副经理就快辞职了，不仅如此，人家在离职前大力举荐了你。部长的意思是，你能力出众、业务精进，就是日语太差，恐怕难以担此重任呢……”

宁宣一听眼睛就亮了：“真有这回事？算你在内，部门一共就四个副经理，人家过得舒泰着呢，干吗要辞职？你说的这人——谁呀？”

我给他满了杯酒：“是谁你就甭管了，反正我的消息千真万确，你能不能被提拔就看这一次了！小兵升到副经理，什么工资啊待遇啊，女同事的青睐啊，扶摇直上啊，嗯？考虑考虑？”

“考虑！当然考虑！”宁宣顿时来了兴致，酒杯推到一边，笑得直搓手，“不瞒你说，其实我早就具备了副经理的素质，上面提拔我，那是早晚的事！意料之中，意料之中啊……”

我慢腾腾地啜着啤酒笑而不语，听见他又说：“只是……这跟日语成绩沾得上边儿吗？”

我瞪大了眼睛：“当然！部长很看重这个，你是这次考试唯一不及格的员工，害得夏树老师滞留了一星期，未来可能要无限期地留下去。连个考试都通不过，这样无能的员工也能重用？”

“你这个副经理，不是也考过19分吗？”他说。

“可我上次及格了，有本事你也跟我似的呀！”我说。

看见宁宣舔着嘴唇做若有所思状，我就觉得这事儿有戏。

“距离二次培训的考核还有三天两夜。”我说，“唉，其实当了副经理也没什么好，充其量每月补助50升汽油，再说现在汽油也不贵，一升还不到十块钱，比转基因的大豆油还便宜；再就是电话费报销360，你想零首付买个联通定制的iPhone手机都不够，每月还得自己搭上块儿八角钱，太不值当；再再就是还得不定期陪经理出去应酬，弄一些浓妆艳抹的歌女坐你身边，密不透风地往你身上贴，莺声燕语地管你叫老板，哎哟那个忸怩，那个嗲，你还不好意思不应……唉，这差事，不适合你。真的真的，今天的事儿算我没说，咱们forget it吧。”

然后，宁宣的酒就再也喝不下去了。

他能喝下去就怪了。

余下的时间里他盯着酒杯发愣，脑子里想的都是汽油、iPhone、莺莺燕燕了。半晌，他抬起眼，露出很真诚的目光：“怎么是三天两夜呢？”

他说：“我要是今晚上不睡啃一夜日语书，那不就是三天三夜了吗？”

“好像是有你这么一说。”我抬了下眼皮，“哎，不对啊？咱们说好了今晚要畅饮，要不醉不归的。”

“抱歉了，情况有变。”宁宣嘿嘿一笑，“两个大男人喝闷酒有什么意思啊？等我做了副经理，咱们一起出去应酬，到时候还不是想怎么畅饮就怎么畅饮？啊？哈哈——”

我咬了咬牙，憧憬去KTV喝酒的男人，说的都是如何畅饮，想的都是怎么开怀。

不管怎么样，我的目的达到了。

请允许我充当一次先知。我知道，宁宣将会在三天后通过补考，夏树会在五天之内回她的故乡，先坐飞机，再坐新干线，一路向东，离开有我的世界。她也许回公司复命，也许直飞东京千里寻夫。我不知道“可恶”这个念头是怎么被她生出来的，我只是希望她能冥冥中感觉到，这里有个“可爱”的人，在默默地帮她。

我悄悄地做了张明信片，用日语写了一句话，大致意思是：

夏树老师，请你相信，终会有个人，爱你不惜一切。不在那里，便在这里；不在彼时，便在此时。

我准备把这张明信片送给她。如果她是个神经敏感心思细腻的女子，那她一定明白我字里行间的意思。如果她神经大条的话……那就更好办了，她会把这句话单纯地作为格言摘抄。而我，我会更加理直气壮地跟自己说：这不是表白，更不是勾引……

三天之后的晚上11点，我呵欠连天地看完了《非诚勿扰》，心有戚戚，正寻思着是否去报个名，电话响了。

夏树的声音骤然响起，吓了我一跳：“肖桑。”

听见“肖桑”这个叫法，我就本能地“哈依”了。夏树欢呼一样地说：“你还不知道吧，你那个好伙伴知耻后勇，补考通过，我后天一早就可以回国啦！”

我的第一个想法：好不好别这么开心啊？不就是回个国吗……

第二个想法：那不叫知耻后勇，有的人明明是不知耻，不过也勇得很，说到底是为了追逐切身利益。

“你打电话就是为了告诉我这个？”

“哈依，”夏树说，“你是我在中国唯一的ともだち（朋友），所以有了好消息就自然想到和你分享了。”

我什么时候成了你的ともだち了？我心说，你上回拿鸭绒垫子把我的眼袋都给砸肿了，朋友都这么对待，那非亲非友的得什么样啊？

不过，“唯一”这两个字还是略微地让我心动了一下。

这就是男人可怜的虚荣心了。

其实“唯一”是欺骗性和迷惑性很强的一个词。比如，林豆豆不温不火地跟我谈了五年恋爱最后因为房子的问题而分手，甚至在恋爱末期还发生了不为人知的出轨事件——如果这么说，你一准儿咬牙切齿义愤填膺。可如果加上“唯一”，那效果就大相径庭了。

林豆豆把女人一生中唯一的大好青春托付给我，清心寡欲的她因为我无法满足她入住婚房这个唯一的愿望最终与我洒泪分别，从而铸成了她毕生唯一的大错（移情别恋，与别人上床），我也因此成了这个女人心头唯一抹不去的一滴朱砂泪。

我感动得直想哭。

可我还是没搞懂，我怎么就成了夏树的，中国的，唯一的，朋友？难不成她唯一的择友标准是不打不成交？

夏树在电话里爽朗地笑："上次喝醉了，肖桑一路背着我，还没有……谢谢你呢……"

我说："咳，小意思。"

"我还跟你发脾气呢，好在肖桑也没有生气。"

我心说谁不生气啊，只不过没发作罢了："咳，过去了。"

"肖桑还好心地把我送到自己女朋友，热心的林桑家里……"

"咳，应该的……等等！"

我怎么听着听着，就听出点问题了呢。

"你你你先打住，我有点乱，咱们得捋捋，方才说到哪儿来着？"我说。

"好心的肖桑……"

"不不不，不是这句！"我说，"在这句后面。"

"热心的林桑……"

"也不是这句！"我说，"再往前点。"

"你好心地把我送到自己的女朋友家里……"夏树莫名其妙，越说声音越小。

"对对！就这句！"我对着电话高呼，"你从哪儿看出来林豆豆是我女朋友的？"

"林桑告诉我的呀。"她说，"真不错啊，肖桑的女朋友，又漂亮又温柔……我还吃了她做的中华料理。"

"她就说她是我女友来着？！"我简直不敢相信自己的耳朵。

"对啊。"

"她有没有说别的？比如……"

比如汉语的"前"；比如英语的"ex"；再比如，你们日语的"元"——我心说林豆豆啊林豆豆，你用哪国语言跟她交流我都不反对，可问题是，你说话要尊重事实啊，把前缀带上会累死吗！

夏树很诚实地否认：“别的，没有。”

27

我如同被人当头打了一棒——不带这样的啊，你们让我怎么追求夏树啊？我好容易惴惴不安地说服自己上了考场，答多少分全凭我自己的发挥了，可你们不能连准考证都不发我呀！我明明是单身一个，林豆豆她怎么会连过去时和现在进行时都解释不清……

我明白了，她是故意的，她在整我！

我还不能解释。一个男的跟个美女苦口婆心地强调说：我没女朋友啊，我真没女朋友啊——这男的什么居心啊？

想通了这一点，我心里哀鸿遍野。夏树的嬉笑声不绝于耳，我端着电话，贴紧耳朵，那声音却仿佛从遥远的天空传来，半点不再与我相干。

“部长说，明晚会为我举行一场欢送会，真是受宠若惊啊……嗯，不知道肖桑会不会参加呢？”夏树很婉转地问了我。

我讪讪地笑，部长真会做人啊，明明部门里一年两次的聚餐，有一次就安排在这个星期，即便没有夏树我们也照聚不误，他却巧借了个名目还把她乐成了这样。

于是我也顺水推舟地说：“我一定到场的。”

夏树一个劲地“阿里嘎朵”，我心有余悸地说：“这回你可别再贪杯了，看得出你有点酒量，可喝酒跟游泳是一个性质，挂掉的都是会几下的，可我不想再背你一次了。”

夏树很郑重地“哈依”，并且向我承诺：“这回我一定滴酒不沾，相反，我希望肖桑尽兴，哪怕醉倒，也没关系。”

我问她：“这什么逻辑，祝你喝醉？——有这么祝福的吗？”

夏树咯咯地笑，即便是隔着半个城市，我也能想象到她眉头舒展，梨涡毕现的美丽样子。她说：“这样，我就能照顾喝醉的肖桑回家了。

嗯，就算我用这种方式，报复你。”

我不知道说什么好。有点点啼笑皆非，还有点点感动。

“哎？”夏树说，“你为什么不笑？”

我反问：“为什么要笑？”

“我刚刚说了‘报复你’，这是个很幽默的笑话呀！‘报复……报恩……报答……要知恩图报’——这个是你们春晚的小品台词，哎？难道肖桑都不看小品的吗，真是奇怪的人……”

我闭上眼，忧伤让我瑟瑟发抖。

我当然看小品，我还看日本的脱口秀。我不仅知道赵本山，我还知道北野武。可问题是，我真的笑不出来。

她说，一字一顿地：“这个——可以笑。”

我“噗”的一下，假装忍俊不禁。听一个日本小姑娘给你学小沈阳，就算出于礼貌，你也得笑。

可待到夏树挂了电话，我对着镜子，看见自己不由衷的笑容慢慢降下，现出了由衷的难过。不知怎么，我想大哭一场。

我给林豆豆发了条短信：你知不知道自己很卑鄙！

片刻，她回了过来：那么，你记不记得你爷爷被日本鬼子炸掉一条腿？

我怒了：我爷爷那是解放战争孟良崮战役自己踩到了地雷上！

她发了一个笑眯眯的表情和一串小字：我不管，打倒日本帝国主义。

我一把将手机摔了。

我盯着那张明信片发呆。那段日语我背得滚瓜烂熟，可我没机会再对她说了。

Chapter 10

璀璨遥不可及

28

夏树很惊喜地发现她的欢送会我们竟然全体出席，就连休假的孕妇都来了两个。

公司总经理和几位日本部长坐第一桌。

部门总经理和几位副经理坐第二桌。

夏树起先坐在我对面，后来就被几位部长生拉硬拽地去主宾席落座了。

我一侧头就能看见她。我记得我是很辛苦地忍着不去看她的，可到底这一晚上我还是侧了几十次的头。日本人劝酒的本领全世界都无出其右，从夏树被日本人拉走的一刻起我就有种她羊入虎口了的预感。可让我叫绝的是，夏树悠爱真的是一口酒都没有碰，不管那几个日本领导怎么怂恿，人家只是颔首微笑，摆手拒绝，任你怎么劝，我就是不喝！

真是奇了怪，这妮子有三壶清酒的量，好歹也施舍给领导一点儿薄面好不好？

我就这样莫名其妙地喝着闷酒，并且有两次跟夏树四目相对，远远地，她冲我谦和点头，盈盈浅笑。

今晚我是酒不醉人人自醉。夏树要回日本，我心情低落，林豆豆在关键时刻摆了我一道，我更是颓废到极点。这会儿我连跟夏树对视的底气都没有了，她把目光投过来的时候，我就赶紧把眼神移回酒杯，看着杯里的液体一漾一漾，就像晶莹剔透的情愫曳荡在心堤上。

后来，各桌的声势都起来了。我来者不拒，喝到目光呆滞。

再后来，座次就打乱了。宁宣跑来我的身边，挑衅地倒了三杯啤酒，我无一不是一饮而尽。

“有心事？”放下杯子，宁宣一脸关切。

我无比烦躁地盯着他那张玩世不恭的脸——有心事？这不明知故问吗！当初我跟林豆豆闹掰的时候你用“塞翁失马”来开解我，如今我不光丢了马，连夏树这头更健壮的牛也保不住了，你还有什么高见？

“我的老天，”宁宣惊呼一声，压低声音说，“你莫不是真的对这日本妞产生感情了吧？”

“有什么不对吗！”我一把扯住他的袖子，“你三番五次地撺掇我，还给我制造什么‘亲密接触’的机会，莫不是只为了看我笑话？”

“可你们俩压根儿就很不搭你知道吗？”宁宣往嘴里扔了块辣子鸡，边嚼边说，“夏树本来就年轻，容貌皮肤比同龄人更是嫩三分，人家是纯正的小萝莉；你本来就老，长得还显老，是个如假包换的大叔。大叔跟萝莉的组合，我表示很难看好。”

以往我听见这话定会一笑了之，可我今晚就是气不过。我不喜欢“萝莉”这个叫法，我情愿管她叫“大叔目标物”；我也不喜欢“大叔”这个称呼，我更倾向于叫“萝莉调教器”。所以我跟宁宣说：“只要彼此情投意合，年龄什么的，根本就不是问题！”

那边厢，除我和宁宣外的17名学员把夏树团团围住，一定要以学生的身份敬老师一杯。夏树笑眯眯地躲酒，我用余光瞥见她面露难色地看了我一眼。

我虎着脸把头转过来，虽然我知道夏树盛情难却无可厚非，可我还是在心里念叨：不是说过了滴酒不沾的吗……

不仅如此，一饮而尽的夏树跟学员们寒暄过后，还主动把酒杯斟满。这一次，她居然轻盈地走到了宁宣的面前。

夏树悠爱叉着腰，做出一副可爱的样子和训斥的口吻："喂！怎么不见你来敬酒啊？难道让我这个做老师的主动敬你一杯吗？"

宁宣赶紧站起来，笑得一脸憨厚："哪里哪里，这段时间给您添麻烦了，害得您不能按时回国，我罪该万死。不要说一杯，十杯我都要敬夏树老师。"

"我先干为敬！"毫不含糊，宁宣找来了三个杯子一气倒满，连着喝干，引得掌声连连。

夏树豪爽地跟他喝了一杯，擦了下嘴角，转瞬再次斟满。看见她这样，我想不厌恶都不行。一个女的，还是个美女，跟男人喝酒的时候好不好别这么主动？端庄一点儿不行吗？

"好吧，那我就原谅你了，不过——"夏树对着宁宣说，可眼波又轻飘飘地移到我的身上，"不过，你身边这位学员，他又是因为什么原因不来敬我的酒？"

连喝三杯的宁宣噎得半死，好半天才打了一个酒嗝："呃……那个……他今天，嗯，心情不好。"

"这是为什么呢？"夏树依然看着我，却对着宁宣发问。

"大概是……因为夏树三赛要回国的缘故。"宁宣冲我挤眉弄眼。

口哨声四起，男同事们笑哈哈地望过来，喝了那么多啤酒，这会儿连厕所也不去了，如沐春风地憋着尿听下文。

我刚想矢口否认，看见夏树掩口而笑。她冲我端起酒杯："那么，肖桑，我敬你一杯，希望我的离开不会影响你的心情。"

又是一片口哨声。

29

夏树在众人的起哄中亲自把我的酒杯斟满。迎着夏树的眼睛，我扬起脸，看见她满满的笑意，没有任何的矫揉造作，质朴而纯粹，像个儿童。

于是我明白，方才的那一杯只是铺垫。夏树的主动与豪爽都不是偶然的，她不过是想在临行前敬我一杯酒，因而煞费苦心地找了个由头。

我完全可以顺着他们俩把这个玩笑开下去，我完全可以说“你走了我会舍不得”或者“天啊没有你让我怎么活”，可待到我晃晃悠悠站起来的时候，我却想不出一句得体的话。我只是小声嘟哝着说：“其实，我心情挺好的。”

夏树对于我的回答有些意外，她落寞地笑了一下：“我当然知道了，你以为我真的会信那家伙的鬼话？”

突如其来的难过扑面而来，我一下子语障了。我傻乎乎地把那杯酒喝下去，夏树用手遮住嘴巴，喝得认真又细致，那表情就像在做一个不容有失的实验。终于，咽下最后一口，她给我看那干干净净的杯底。众人的欢呼再度响起，夏树悠爱那心满意足的笑容灼了我的眼睛。

剩下的时间里大厅里闹哄哄乱成一片，看见夏树悠爱连喝了两杯，方才那些被拒绝的人再也坐不住了，于是新一轮的劝酒攻势让夏树疲于招架。

大厅里的灯光成了规则的六棱形，我知道我醉了。手肘撑着桌面晃悠悠地站起来，我一个人离开了酒会。是的，一个人离开。很难说我怀了怎样一种复杂的心情。我看着夏树悠爱，这个我喜欢的日本女孩儿，看她的每一颦每一笑，看她闪动的睫毛和勾起的嘴角，看得我胸口都快裂开，可我终究无从表达。

在站起来的一瞬间，我脑海里闪过从小学到大学的班花数名。我几乎喜欢过她们中的每一个，可我没有追求她们中的任何一个。我没有享受过人家的青眼，多少年之后回想起来，这也许是个悲剧。可喜可贺的是，我也从未遭到过人家的白眼。我就是颗漂泊的尘埃，从没落在谁的肩膀上，也没有低到泥土里做了人家的铺路石。尽管她们中的不少人嫁得并不如意，粗布麻衣地去参加同学聚会，一边啃着大闸蟹一边细数当年拜倒于她们石榴裙下的名单。

名单上向来不曾有我，这让我爽了一次又一次。

表白是一件很蠢的事。我为什么要蠢到用一颗炽热的心去换你三秒钟的忧伤和三十年的得意呢？

想到这里，我把那张写了表白的明信片团成一个团，优雅地送进垃圾桶。

夜空月朗星稀，我驻足看了一会儿，伸出手，丈量着遥不可及的璀璨，只有夏日的熏风，留在指尖。

刚出门没几步，手机就响了起来。

我强睁着打架的眼皮，看见是夏树悠爱来电。挂断！没半分钟，她又拨了过来。

“为什么离开也不打招呼？”我刚刚摁下“接听”，她的声音就飘过来，听得出，她对我的不告而别很不开心。

我说：“那是因为我看见你被人众星捧月地夹在当中，怕你应付不来嘛。嗯……好吧，现在打招呼也不晚吧？我是不是可以走了？”

“你在哪里？”她说，“周围这么安静，想必已经离开酒店了吧？”

“实不相瞒，嘿嘿，刚好走出三十米。”我想了片刻，觉出了蹊跷，“哎？你的周围也很安静啊，你又是在哪儿呢？”

“现在我要你转回头，向后再走三十米，你就能见到我了。”

“……”

我踉跄着原路返回了，远远地看见夏树悠爱站在我方才望天的地方。她也仰着头，连姿势都是一样的，只是她嘴巴鼓鼓的，余怒未消。

“你可是主角哎，”我说，“主角都走了，别人的酒还怎么喝？”

“只有你把我当主角吧？”夏树讪讪地挥挥手，想必是看穿了聚餐的性质。

我只是笑，不置可否。

“所以啊，”夏树说，“连你都走了，我就更没理由待下去了。”

“你即便没理由留下……也没理由跟着我吧？”我摊开手，“咱俩不顺路。”

夏树闻言更生气了，小拳头攥得紧紧的，两个腮帮子也涨成了粉红色。

“不是说好了吗！今天由我照顾你一次，算是回报……”夏树几乎在冲着我吼。印象中，日剧里面小姑娘生气都是这样的。

“夏树三赛，”我拦下她的话，“你想报答我，心意……我领了，可我没喝大，完全可以……自己回家。”

夏树瞪大了眼睛，担忧地看着我：“好吧，我就不送你了。”

“对嘛。”

“我要给林桑打个电话，让她来接你。”她说。

“不行！”闻言我差点没跳起来。

“为什么不行？”夏树一脸的好奇。

我做了个深呼吸，五根手指当梳子使劲地捋着头发。不知道是不是酒精的缘故，我有点透不过气。

“不行就是不行，没为什么！”我斩钉截铁。夏树很不习惯我大嗓门地讲话，这会儿她适时地沉默了，双手垂着，低下头，做委屈状。

好半天，我终于编出一个两全其美的理由：“因为……林豆豆她不喜欢男人喝酒，若是被她看见我醉成这副德行……你知道的，我没法交差啊……所以我只能找个地方先醒了酒再回家。好吧，实话我都对你说了，现在我要去醒酒了。夏树三赛，希望你有空再来中国。”

夏树终于展颜，眼睛笑成一条线：“哈依，肖桑，我还会再来的。”

我在日语“再见”的几种说法里冥思苦想、犹豫不决的时候，看见夏树悠爱调皮地笑了下：“那么，肖桑要去哪里醒酒？”

“我还没想好。”我说。

“那好，我陪你一起。”

我真想把她拎起来大声吼向她的耳膜，你丫多少长点心眼儿好不好？知道你今天穿了条镂空的带蕾丝的连衣裙不？知道我偷瞄了多少眼不？知道我心里想的是什么？你怎么能对一个喝了酒的男人如此放松警惕！

“肖桑不说话，算是默许吗？”夏树悠爱那张怯生生的脸顷刻间神采奕奕。

莫非是我长得太安全了？我想。

我走到她身前，郑重地说：“夏树老师，你今晚很不对劲。不对劲你知道什么意思吗？就是奇怪，就是没道理——在我看来，你这么缠着我是很没道理的，别忘了前几天咱们可是仇人相见分外眼红的，即便上次醉酒我照顾你一夜，事后你不是也正儿八经地怀疑了我一阵子吗？说吧，你到底想做什么？如果没有正当理由，我可要走了。”

夏树沉默了，微笑来不及散去，就那么挂在脸上。她错愕地看着我，慢腾腾地说：“24岁，在异国他乡的第一个生日，只有自己庆祝，是不是太寂寞了？”

“你……今天过生日？”我张大了嘴。

夏树点点头：“对不起，肖桑，我失礼了。”说完她深鞠一躬，就要闪人。

我顾不得许多，一把将她的手腕扯住。

“哎？”她不明就里，抬起头看我。

“那个啥……”我舔了舔嘴唇，说，“你想吃生日蛋糕不？”

30

又一次，我和夏树并排走在晚八点的街道上。

酒店不远处就是商场，可巧就是上一次我们逛过的那家。二楼一连三家都是蛋糕店，米洛克、Tasty、好利来……这可是夏树老师在中国的第一个生日啊，绝对怠慢不得。

我带着夏树刚走到电梯口，夏树就扯住了我的袖子：“肖桑，那边有好看的婚纱展示，你能不能……陪我去看一看？”

说真的，哪个男的不喜欢看婚纱展示啊？一水儿是一米七五以上、身材令人喷血、露着锁骨的嫩模，伴着那曲《巴黎最后的探戈》，婷婷袅袅地绕几个来回，简直美不胜收。以往我和林豆豆逛街的时候没少遇到婚纱影楼做展，那时的林豆豆还是个未经雕琢的学生妹，只要见了身材好过她的姑娘就咬牙切齿，又因为这样的姑娘太多，她对世界的仇恨与日俱增。只要我略加驻足，她就用她刀子一样的眼睛戳我的自尊心，玩冷暴力什么的。虽然我自己也逛过街，也偷偷一个人看过模特儿走台，可身边悉数是年过三张的老男人，流着口水目不转睛，混迹在他们中间让我觉得跌份儿。后来我明白了，这种展览本来就是脸皮厚看不够、脸皮薄看不着的东西，没几个姑娘能豁达到带着老公看模特儿，这就和没几个男人敢带着老婆看健美表演是一个道理。

从那以后，我一听见模特儿走台的音乐就心痒难耐，可是我从来没看过。夏树悠爱的提议让我眼前一亮。

真不错啊！本市最负盛名的一家婚纱影楼做展，主持人介绍说本次展示的婚纱是日本著名设计师几年磨一剑的作品，价值五十万，刚刚空运过来，在这里第一次面向世人。不仅如此，为了更好地诠释这几套婚纱，影楼还专门请来一位在CCTV模特儿大赛上获过奖的名模。这一句话引爆了观众的兴趣，围观者蜂拥而至，越聚越多，这会儿有点急不可耐的意思。我看着口若悬河的主持人一阵好笑，到这儿围观的人，有几个是冲着设计师的什么心血而来？搞清楚这点，一切介绍都是卖关子。

再看我身边的夏树老师，这会儿虔诚地把双手蜷成一个团握在胸前，眼睛瞪得滚圆，目不转睛地向场内张望。看样子，这是一个真正的婚纱控。

主持人已经说了两遍“下面有请我们的名模登台”，观众们也开始愈发不耐烦，却只看见一位盛装的男模特儿在出场口候着，自始至终不见那位央视名模。后台的主管趴在展台上，心急火燎地和主持人耳语了几句，主持人马上变了脸色，草草地下了台。暖场音乐响起，看样子计划有变。

观众发出一阵嘘声，三三两两地散去。夏树一脸莫名其妙地看着我：“哎，这是怎么回事？”

“没得看了，走吧。”我双手一摊。

“好可惜啊，还没看一眼那件尊贵的婚纱呢。”夏树一脸的惋惜。

是啊，是好可惜，我心里说，还没看见那位著名模特儿呢。CCTV的、获奖的、被佳明哥哥亲自披上红缎带的，名模——那得多漂亮啊？

Chapter 11

一个人的婚纱秀

31

我配合着夏树做出难掩失望的表情，刚刚走出十步远，就有人在身后拍我的肩膀。

一个满头大汗的女人，剧组导演一样的打扮，穿着一件米黄色的马甲，浑身有二十几个口袋的那种。这会儿她对着我们俩，连粘连的头发都顾不上打理，笑得那叫一个谄媚。

“你……找我们……有事？”说什么我也想不出这样打扮的人跟我有什么交集。

对面的女人未语先笑，掏出两张名片分发给我和夏树：“顾客您好，我是本次婚纱展示的总策划。”

我看了夏树一眼，随即冲那位总策划摆了摆手：“您误会了吧？我们是来看模特儿的，不拍婚纱照，更不想买婚纱。”

一着急，实话都说出来了。

那人赶忙解释：“我也不是来做推销的啊！我是想请二位——确切地说——是想请这位女士帮我们一个忙。”

回过头，我仔仔细细地看了眼舞台的方向。台子搭建得结实，灯光五彩斑斓，工作人员热情高涨，周围还有膀大腰圆的力工在垂手待命，你有什么需要我们俩——确切地说——是夏树老师，搭把手的呀？

随后这位总策划用寥寥几句话阐明了来意，我和夏树想不惊讶都不行。

策划说，那位央视名模正在更衣室候场，可不知怎么就开始腹痛，片刻之后连腰都直不起来，目测是急性阑尾炎，这会儿已经送了医院。模特儿病倒，这台婚纱展示会就白准备了，且不说那套名贵的婚纱无人喝彩，单是台下那些候了许久的摄影师和时尚记者也无从打发。人家还等着拍照出片做宣传呢，这关系到影楼下半年的声誉和利润。替补人选最快也得半小时才能到位，策划团队紧急地商量了对策，希望能在围观者中找出外形、气质俱佳的女士客串走台。

说到这里，马甲女士报以诚挚的微笑："这位顾客，方才我在观众里巡视了一圈，够得上模特儿标准的美女，呵呵……非您身边这位小姐莫属。救场如救火啊，这个忙，您二位可一定要帮。"

我为难地看着夏树悠爱，她应该是听懂了对方的话，脸红到了脖子根，表情里有三分紧张、三分害羞，还有三分有待考证。

我觉得，在日本友人面前，我这个中国朋友理应大包大揽地替她决断。

"抱歉了，"我说，"您眼光的确不错，我朋友不光貌若天仙、艳如桃李，还有那么点洋为中用的气质——您没看出来她是个日本女孩儿吗？客串？不行不行……"

马甲女的眼睛眨了眨："日本女孩儿啊……那再好不过啦！我们的婚纱就是出自日本设计师之手，找个本国的女孩儿试穿最合适不过了，不然哪里会完美诠释出作品的灵魂来？"

这个理由不成，我又换了一个："我朋友毫无准备啊，素颜不说，身高也达不到模特的要求吧？作品蕴含着一米八的灵魂，我朋友只能诠释出一米六六那么多。"

"这个顾虑您大可以打消，"她说，"我们的专业化妆师早就在棚里等着呢，五分钟不到，保准给您朋友化一个顶级的彩妆出来。身高嘛，也不是问题，我们备有高跟鞋的。8厘米，10厘米……我们连13厘米的都有！您朋友穿上就是一米八的模特儿。”

13厘米……我倒吸一口冷气，张开手丈量了一番。我担心她是要夏树踩着高跷上台。

我有来言，她有去语，总之一句话——他们就看好夏树了，非她不可。

作为当事人的发言人，我都绞尽脑汁、口干舌燥了，我心说夏树老师您倒是给个意见啊！只要你大喊一句“亚美蝶”，什么过分的要求人家也不敢再提了不是？

这边厢，夏树死死地拽着我的胳膊，一边用细若蚊蚋的声音说着“不行吧”“可以吗”“还是算了吧”之类模棱两可的话，一边用炯炯有神的眼睛盯着舞台，那眸子里分明有一小团欲拒还迎的火焰。

这不叫拒绝，拒绝的表情不是这样子的。

总策划看在眼里喜在心头，干脆跳过我，直接跟当事人自行沟通去了。

“我不会model的步伐。”夏树面露难色。

“没关系，裙摆会把您的步伐遮挡住，您只要走起来就成！”策划说。

“我不会摆那些专业的造型啊。”夏树脸上的难色越看越像莫名的兴奋。

“那更没关系了，您即兴发挥，配合我们的男模做几个亮相就好！”策划看到了胜利的曙光。

终于，策划大手一挥：“您还考虑什么呀？今天做展的婚纱全球仅此一件，不说价值连城，也是地道的奢侈品。如果您点头同意，那您就是第一个试穿它的人。要知道，您不是时时刻刻都有机会穿一件如此华贵的婚纱的。”

32

我有理由相信这句话直刺夏树的要害，因为我看见夏树的脸上镀了一层橘红色，她笑眯眯，用征求的眼光看着我，仿佛我是青楼老鸨，她是撞上了李郎的杜十娘，眉开眼笑地就倒戈了。

转眼之间，夏树就站到人家的阵营里，我被孤立在那儿，一个劲儿地嘬牙花。夏树就这样半推半就地被工作人员带去了化妆间，总策划还在笑呵呵地开导我："这位先生，您应该高兴才对啊，难不成你不想见到您女朋友身着婚纱，像个镁光灯下的仙子一般接受众人的瞩目和膜拜？对了，我没说错吧？她是您女朋友吧？"

她的一句话反倒把我点醒了，是啊！我凭什么失落啊，我应该求之不得才对吧？过了今晚，我上哪儿去寻这样稀罕的场面？夏树客串模特儿身穿婚纱……想一想就让我激动。

我马上就咧嘴笑开了："那您多费心，把我女朋友化得漂亮些才好。"

五分钟之后，主持人再度登台，隆重推出"来自日本的模特儿"夏树小姐，火爆的开场乐和喷涌的冷烟花过后，瓦格纳的《婚礼进行曲》缓缓奏响，"新郎"绅士地探出邀约的手，一袭婚纱的夏树老师就在这个时候款步而出。

是的，到这里，我必须说点由衷的话来稳住我一颗躁动的心。这个晚上的夏树悠爱真的太过漂亮。一束追光打在她高高簇着的头饰上，灯光下的那张脸不动声色，透着让人窒息的美艳。她双眼直视，起初还是略带些生涩，随着观众和工作人员的掌声响起，夏树的表演也自如了许多。踩着音乐，步伐轻缓而不失飘逸，眼波流转，眉宇间顾盼生辉。最让人称道的是，行至舞台的最前端，她在男模的配合下完成了三组亮相。无懈可击，完全看不出她是业余的。

镁光灯不停地闪烁，周遭的快门和连拍响作一片。夏树一个华丽的转身，拖着鸢尾花造型的婚纱缓缓走离的时候，我才把注意力转移到那款婚纱上面。不同寻常，那是件湛蓝的婚纱，金丝银线点缀腰间，背部有小细花骨朵，裙摆上有大片大片的镂花、白色典雅的珍珠、柔软温情的羽毛，以及如清风般拂过花丛的雪纺披肩……夏树的背影让我想起了一个挺美好的词：天衣无缝。

“きんちょうですね（好紧张啊）——”

夏树悠爱从更衣间走出，径直奔我而来。我们俩击掌相庆。

“不错啊！”我大加肯定地说，“表现很惊艳，夏树老师如果哪天不再授课，可以考虑去做模特儿走台。”

夏树瞪了我一下，满眼都是暖融融的笑意：“别开我玩笑了，方才我吓得心都快吐出来，这么多人看着我，太不习惯了，真的真的……”

总策划一干人等再度出现在我们面前，单看他们惊喜交加、如释重负的表情，就知道夏树这场婚纱秀有多么完美。工作人员给我们拿了些纪念品，夏树抱了满怀的毛绒公仔，幸福得像花儿一样。

走出很远，夏树还拉着我回头驻足，一脸难舍的表情。

“真像一个漂亮的花嫁（日语：新娘）呢。”这会儿她有点黯然神伤的意思，低头踌躇了好半天，才脉脉地说，“真想有一天能真的穿上它。”

于是我明白，夏树所说的“真的穿上”，指的是结婚。

“哎！”夏树突然想起什么似的，一拍脑门，“我忘记拍张照片了！”

“残念だね（真遗憾啊）——”夏树沮丧得直想哭。

我就笑眯眯地掏出手机，在她面前一晃：“早拍下来了，这样低级的失误我怎么可能犯？”

夏树就跳着高地抢过去，笑得像个小孩子。

这么一耽搁，蛋糕店打烊了，最后我只买到一盒蜡烛，于是夏树就过了一个没有蛋糕的生日。我把蜡烛夹在手指缝里，平伸手背，在夜幕中点燃，夏树悠爱正儿八经地闭眼许愿。

“知道吗？生日许愿是超灵验的！”她睁开眼的一瞬，眼睛笑成一条线，“迄今为止，我所有的愿望都实现了呢！”

我透过烛火的光亮看她的脸。

我在那一漾一漾的絮状光线里，见到了一个遥不可及的，最美的“花嫁”。

33

夏树的航班飞过城市上空的时候我正在家里蒙头大睡。确切地说，我在蒙着头，可我没睡着。我满脑子都是夏树在烛光里笑得落拓而纯真的样子。

我就在这种迷迷糊糊的状态下给部长打了个电话，告诉他哥哥不想伺候他了。我就这样幸福地辞了职。宁宣的电话在3分10秒之后跟了过来，他开门见山地冲我吼：“你什么毛病啊？好端端的工作为什么辞掉？”

我说：“不然我上哪儿给你找一个闲置的副经理职位？你不会真的指望那些熬了几年才上位的中层把汽油津贴、手机补助和花天酒地的机会一并让给你吧？”

宁宣说：“那你凭什么拱手相让啊？”

“因为哥仗义，因为哥豁达，因为哥……”还没等我说完，宁宣就把电话撂了。

我不无感伤地躺在床上想，因为哥28岁了，事业无成、情场失意，只有这份还算体面的工作，像只蜗牛的壳供我缩来藏去。其实我早就腻歪了，只不过它是我最后的遮羞布，丢了这份副经理的差事我就什么都没有了。

可夏树悠爱，这个美丽的日本女子，她的出现像一道闪电一样劈开了我混沌的天地。从当初的势不两立、剑拔弩张，到最后的默契无间、把酒尽欢，她轻而易举地就俘虏了一个28岁大龄男人的心。夏树让我明白，只要心存想念，不管身在何处，都不会孤独。这种感觉和当初林豆豆给我的是那么不一样。

借着这股勇气，我要随心所欲地享受生活了。

如今的肖臣一无所有，可我心里装着夏树，竟也有一种前所未有的殷实感觉。

赋闲在家的这段时间里，我把夏树“送”我的漫画看完了。漫画讲述的是一个平凡的日本灰姑娘勇敢地追求一位偶像歌星的故事，情节感人、画面细腻。难能可贵的是那位漫画师居然是位中国女孩儿，并且在日本漫画大赛上勇夺金奖，难怪夏树这个日本女生也成了她的粉丝。

那本漫画只是第一册而已，灰姑娘的追求攻势正酣，大有一举拿下的意思。我上网搜了下这部书，第二册尚未出版。我想买一本一模一样的还给夏树，可走遍了全市的书店，均被告知售罄。我能想象夏树有多么失落，好容易买了本绝版的漫画送人，却阴错阳差地被我截获。

我一连在家蜗居了三个月，啃了十多页的《初级日本语》上册，发现日语是特好学的一门语言，丁是丁卯是卯，把句子里的单词往一块儿组，其义自现。比如这句：御飯を食べる，句子里有一个“食”，有一个“饭”，傻子才不知道什么意思。不像英语，明明是人人都会的单词，组合到一起深奥得连鬼都看不懂。我们公司早年跟美国企业有合作，对方派来一个精明强干、金发碧眼的madam和我搭档，二人独处的时候此女眉开眼笑，煞是热情，最常说的一句话就是“would you do me a favor”，每每这时我就低头回避，脸红得像个熟透的小南瓜。后来经理把我关在小黑屋里训了二十分钟，说我对美国女同胞缺乏热情，那时我才知道“would you do me a favor”是“能否帮我一个忙”的意思。

看来学语言真的不能一个字一个字掰开看啊——我没敢告诉经理，

按照字面的意思，我还以为“do me a favor”要翻译成“干我个爽”呢！

发现了日语简单之后，我就再无温书的兴趣，日语单词学了二十几个便浅尝辄止，可这丝毫没打消我找工作的热情。我面试了五份赴日的工作，都是夏树所在的城市，均因为日语不过关被拒之门外。这三个月里我对夏树的想念已经到了极点，我连喝口水打个嗝的工夫都能想起她十几遍。再后来我就放宽了条件，不论日本哪个城市，只要能跟夏树靠近一些，呼吸着同样的空气，看着同一个时区的月亮，也不失为一种满足。

想通了这一点，我开始广泛撒网。

我的“仗义”到底有了回报，就在我奔走于各大赴日中介的时候，宁宣的一通电话帮了大忙。因为夏树所在的公司和我们有业务往来，所以宁宣的消息比赋闲在家的我要灵通许多。他懒洋洋地问我：“你不是正准备赴日工作吗？夏树老师的公司正在招聘，你要不要去看看？”

亲兄弟啊！我当时就呼吸不畅了：“你方才说……谁……的公司？我没听错吧？”

宁宣说话难得地靠谱了一次，不仅靠谱，用词也很精确——他说“正在招聘”，你可以理解为正有意向，也可以想象成正在筹划，可宁宣告诉我的却是：今天午后2点之前结束。

现在已经是1点05分！

我放下电话就去找面试用的西装，连袜子都没来得及穿就钻进出租车，到底在半小时之后赶上了最后一批面试。

我的左右端坐着好几位眉清目秀的大学生，我使劲地拔直了腰板，也没有找到一丝鹤立鸡群的感觉。

笔试进行过后，开始最后的PK。

面试官直言不讳：“我们是一家跨国公司，本着招揽人才的原则，待遇丰厚，但要择优录取，名额为两人。下面请你们报上自己的薪金要求。”

房间里的几十口子闻言，议论声四起，我寻思着人家都说不差钱了，就算多要一点儿也无妨吧？我思前想后，觉得40万日元是个靠谱的数字。

最左边的大学生举手："我只要月薪25万日元。"

（我：谁家孩子？咋恁沉不住气呢？）

他身边的女生接着举手："我要20万就可以！"

（我：20万你吃糠咽菜啊！）

继续有人举手："18万！包食宿就成。"

（我：……）

我左手边的同学"嗖"一下子站起："18万，不用包食宿，我在那边有亲戚！"

（我汗都下来了）

最后我讪讪地站起来，声音小得像蚊子哼哼："15万……那个……不包食宿……也可以……"

我在所有人的怒目而视之下落座，面试官对我满意地点头。

第二个PK环节：日语展示。

面试官没有规定形式，说什么都行，随便说，只要是日语就成！

我真的犯了难，有一种说外语的境界，就是任你随便说也讲不出半个通顺的句子来啊！

最左边的大学生做了一套自我介绍，语言流利无懈可击；他身边的女生更是跟面试官展开了对话，你来我往好不热闹；日本有亲戚那位同学给面试官讲了个日本笑话，二人前仰后合，看得众人面面相觑……

其实我也想给面试官讲个笑话来着，非常好笑的一个，单单想一想我都忍不住笑出声来。可问题是，笑话里涉及的一个主角——蛇，我不知道用日语怎么说。涉及的另一个主角——大象，我还是不会说。至于那些更加高深的名词……算了，我还是放弃吧。

我硬着头皮站起来，问其中一个还算懂些汉语的面试官："您相信'名师出高徒'的说法吗？"

我清了清嗓子，很认真地告诉他："我能想到的表达方式那些同学们都已经表达过了，所以我就不再重复。我只说明一点——我是你们公司夏树悠爱老师的日语课学员，她亲自教授我日语，我成绩优良，有结业考试分数做证！”

面试官大抵明白了我的话，唯独没听懂“夏树悠爱”几个字。

于是我又红着一张脸用日语报了一遍尊师的大名：なつきゆあさん。

这一下，所有的面试官集体做出恍然大悟的表情：“原来是なつきさん的学生啊。”

我沾沾自喜。

不过，很快我就呼吸不畅了，因为其中一个高高帅帅的日本男生告诉我稍等，拿起了电话准备拨一个国际长途给夏树悠爱，看样子是不相信我，要亲口问问才行。

我心里慌张得直敲鼓。这都三个月过去了，谁知道夏树老师是否记得我？即便记得，谁又知道她会怎么说？万一人家一报肖臣的名，夏树直截了当地说“哦，知道知道，原来是那个只考19分的阿呆啊”，我不就前功尽弃了吗？

事实并非我想象的那样，帅哥对话筒寒暄了两句，就把电话递了过来：“なつきさん想跟您讲话。”

我刚刚把脸贴在听筒上，夏树那温婉可人的声音便响彻我的耳廓：“肖桑！你好吗？”

我和夏树，中间隔着一道太平洋，隔着一小时的时差，隔着千丝万缕的想念和想念攒成的密不透风的茧。一句轻轻的“你好吗”，就让我心头那座固若金汤的城在叹息里化作一缕青烟。

我感动得眼圈发红。

“莫西莫西。”她问我，“肖桑，你怎么不说话？方才我听说你正在面试，你真的要来日本吗？”

即便15万日元无法过活，我也非去不可了。我笑吟吟地回答：“是啊，夏树老师，我决定去日本工作。”

“よかった（太好了）！”夏树的声音里透着欣喜，“那请你记下我的电话号码，买好机票后就打我的电话，我去机场接你！”

“等等。”我说，“这事儿还没定下来呢，我还在最后一轮面试中，能不能通过都还有待商榷。”

电话那头传来夏树的笑声：“悄悄地告诉你，打电话的这个帅哥叫作岸谷阳一，是我的好朋友，也是本次面试最大的考官。有了这通电话，他敢不录取你才怪！肖桑，我现在可以正式通知你，你已经是我们公司一员了，准备来日本吧！”

你能想象我此刻是个什么感觉？

我忍着那个心花没有怒放出来——这是华丽丽的走后门儿啊！

Chapter 12
日本之旅

34

我在四十天之后起程飞去日本，新公司给订的机票。和众多出国的苦孩子一样，我把鞋窠里塞上黄连素，老干妈辣酱挤在瓶子里，宁宣还嘱咐我带几根火腿肠以备不时之需。“万一馋那口瘦肉精了可没地儿吃去。”他说。

按照国际惯例，我原本可以在第二周办妥所有手续，可国际惯例总有玩不转的时候——有个证件我一连跑了一周也没办下来。搞定之后我又在家休养了一番，重点养腰养脸，因为那几天弯腰太频繁，笑得太夸张，腰酸腿疼脸抽筋儿。

临行前林豆豆非要请我吃顿饯行饭，我没好拒绝，同时虚荣心也提醒我务必要去赴宴。我想让林豆豆睁开她那充满了人工气息的双眼皮仔细看一看，当初她横竖不稀罕的东西，我要一路向东捧着去献给一个日本女人了。

林豆豆几杯酒下肚，有点黯然神伤的意思。世界上有两种恶人，一种是先于受害者告状的恶人，另一种是比受害者还会装委屈的恶人。我一蹾杯子：“你别一副很受伤的表情好不好？我怎么觉得受伤的那个人是我才对呢！你对夏树信口胡言的账我还没跟你算呢，什么我就是你男朋友啊？若不是你乱说一气，兴许我就把她留在中国了……”

林豆豆翻了翻眼睛：“肖臣，你是个特狠心的男人，你发起狠来比一般男的都要绝情。咱俩分手才几天啊？连个痛定思痛的工夫都不给我，你就另觅新欢了，你对得起我吗？”

我干瞪了半天眼，愣没说出话来。不是语塞，是气的。

我不禁想起米兰·昆德拉。他总结过，对于一些女人来说，她的每一言、每一行都像时刻准备接纳你，直到你感觉被许诺，傻乎乎地要求她信守诺言，才知道一切不以兑现为目的的欲说还休和欲拒还迎都是耍流氓。

这顿饭吃到最后，我终于摸清了林豆豆的意图，原来那个“著名”的企业家已经被她拿下，不仅台里下半年的赞助有了眉目，林豆豆的下半生也有了着落。他买了套大三居，答应她只要一结婚就把房子过户到她的名下。刚性需求得到了满足，于是她又想起了柔性需求，肖臣在过去五年的种种柔情历历在目。毕竟，企业家年近五十。色衰爱弛，这是个大问题。

我咬咬牙，是啊，咱俩分手才几天啊？就算你无私地奉献了初夜，可他连个痛定思痛的工夫都不给你，就闪电般地用大房子把你套牢了，这样的男人才算对得起你！只是林豆豆，你觉得鱼和熊掌能兼得吗？如果你当我是鱼，我怕被熊掌踩死；你当我是熊掌，我怕惹一身腥。咱俩，呵呵，没戏了。

林豆豆含着眼泪送别了我。“如果那个没气质的日本女人对你不好，记得回来找我。”她说。

我就这么走了，向东飞了一千六百公里，义无反顾地去了那个我不喜欢的国度——日本。

不蒸馒头争口气，我要让林豆豆和她那个小市民的妈看清楚：我在，故我爱。

夏树要我临行前打电话给她，方便她接机，我犹豫再三还是没有打，日本好歹也是个多礼节的国家，谁说人家不是故意客套？这个自知之明我总是有的。下了飞机，我尚未取行李，便看见接机处有个戴墨镜、梳马尾的MM高举一个大牌子，上面是Q版的两个大字：肖臣。

那个墨镜马尾的美女不是夏树悠爱又是谁？

一时间，不可名状的感动涌上心头，我大步流星地走过去。看见夏树摘下墨镜，一脸玩味地看着我。

是拥抱好呢，还是握手好呢？

我正在犹豫的工夫，夏树“咣”的一声把大牌子砸在我的怀里，把我的两只手都占上了。

“临行前为什么不给我打电话？”夏树的腮帮子鼓鼓的，不是真的生气，胜似真的生气。

“我怕劳你大驾呀，我有手有脚，鼻子下面还有一张嘴，一路打听着就能找过去！”我挠了挠嘴角，“哎？夏树老师是怎么知道我坐这班飞机的？”

“因为是我给你订的机票！”

我的行李不少，两个拉杆箱还有一个很古老的包袱皮儿，那里面有我老妈做的面食，还有她给未来儿媳妇包的西葫芦馅饺子。我没告诉她我看上一日本姑娘，我就说是一个中国研修生，远走他乡、孤苦伶仃的。我告诉老妈“夏树”这个姓氏是复姓，就像欧阳夏丹姓欧阳一样。姓复姓的女人都好看，笑起来都带梨涡，迷死个人。老妈不明就里，十分欢喜。

我一手拖着一只箱子，夏树就把我的大包袱拎起来。包太重了的缘故，夏树的姿势有点狼狈，刚开始是抱着，后来是夹在腋下，走起路来一拐一拐，和她这套淑女的打扮是那么不相配。我几次三番地抢行李未果，相反还惹得夏树不高兴。她是个脾气很倔的女生，认真起来九头牛都拉不住。我跟在她身后，不知怎么就想起了朱明瑛的歌曲《回娘家》，哑然失笑。

35

夏树的车就等在机场外，一辆全新的讴歌。我惊诧地看着她：

“你的？”

她笑眯眯地摆手，一指驾驶位上的男生：“他的。”

待到司机摇下窗子，我才看清那人正是我的面试官，叫岸谷阳一的那位帅哥。我有点黯然——即便在日本，也不是哪个年轻人都能买得起讴歌的吧？再看那帅哥，正冲我礼貌地微笑，眉清目秀、气宇不凡。这不就是传说中的“高富帅”吗？他和我的夏树是什么关系？

怎么日本也有高富帅呢？高富帅无处不在啊！

我的不祥预感进一步地加深——我看见夏树帮着我把行李放进后备厢，看我坐进后排，便径直地拉开副驾驶的车门，坐在了那个高富帅的身边。

什么初到日本的新鲜感啊。

什么久别重逢的喜悦啊。

什么对未来的憧憬啊。

什么左手一只鸡右手一只鸭啊。

随着夏树手舞足蹈地拍了他的脑门命令他开车，我的心事就像车轮下的尘埃，被无情地碾成了粉末。

我忘了，朱明瑛还唱过《彩云追月》，估计最后是没追上。

没想到，我去日本的第一家公司，竟然坐落在乡下。

岸谷阳一一边用生涩的中文和我对话，一边平稳地开车。刚开始是繁华的都市，走走停停，后来就穿街过市越开越僻静，再最后一马平川，用一百四的时速狂飙了半个多小时，直达一片阡陌纵横、鸡犬相闻的城乡接合部。

夏树笑眯眯地从副驾驶回过头：“肖桑，你确定这是你‘打听一声’就能找到的地方吗？”

是的，我刚开始确定，现在又不怎么确定了。不过你确定这就是我要加盟的公司？不是说跨国企业，多少多少强来着吗？

夏树瞪着天真的大眼睛反问我：“哎？这地方不好吗？这里有好的空气、绿树和良田，向东步行二十分钟就是海滩。在这里上班，不知要比坐在写字楼里惬意多少倍呢！”

日本的乡间也很美。放眼望去，街道宽阔而安静，高压线布得很低，两旁是二层民宅，就像《哆啦A梦》里大雄家和《蜡笔小新》里野原家住的那种房子。远处有列车线，微风送来火车经过的警铃声，眼前耳畔的一切，让我突然意识到，我已经身在日本了。

车子拐进了一条林荫路，继而是一片开阔的停车场，面前是和宣传画报上一模一样的三层办公楼。这里便是我要报到的地方，岸谷株式会社。

“肖桑，我们到了，”岸谷阳一笑眯眯地回头，“请下车吧。”

岸谷阳一和夏树悠爱带着我去人事部签到，路过开发部，日本员工都在埋头工作，电话铃声不绝于耳。日本本部的工作气氛比国企，比驻外日企都要压抑。日本公司的工位不像国企那样用隔断隔开，他们是整排整排地并肩而坐，一览无余，美其名曰便于沟通。难怪说日本人自律性强，你若是玩个QQ农场，全部门的人都能看在眼里，不强就怪了！

人事部将我的资料录入，顺便发给我一张门禁卡，算是签到结束。天色不早，夏树请我和阳一吃晚饭。

“肖桑喜欢吃tempura吗？”夏树问我。

“啥……叫tempura？”我问。来日本的第一顿饭，不能吃得不明不白啊。

阳一呵呵地笑，用怪腔怪调的汉语说：“就是天妇罗。”

我说：“这个好，在中国我动不动就看见天妇罗的字样，这回一定要尝个正宗！”

半个小时后，夏树带我去了一家规模不大的餐厅，并且先喂了我一盘炸鸡饭。我饿坏了，他们俩还没开动的时候我的碗里就只剩鸡骨头了。夏树和阳一草草地吃了几口准备结账。我说：“等等！我的天妇罗呢？”

夏树说：“你刚刚不是吃过了吗？”

“可我刚吃的明明是炸鸡饭。”我据理力争。

夏树和阳一面面相觑，齐刷刷地说：“那个就是天妇罗！”

日本人都擅长偷换概念吗？这东西在我们公司食堂就卖六块钱一碗，心情好的话大师傅还能赏一勺勾了芡的浇汁。我抚了抚委屈的肚子：“可问题是，我还没吃饱呢。”

夏树笑得胸口一起一伏，颇有风情。

风情大概就是“女子的韵味”了，与性感有联系，两者的不同之处是：风情来自于“神”，而性感来自于“形”。神是内在，形乃外在。风情在于情调，在于韵味。她身材本就玲珑，再手舞足蹈乐颠乐颠的，我要想做到心如止水、目不斜视，基本上是说得容易做起来难。

可想而知，我对夏树更加动心了，脸上阵阵发烧。

我咽了一口茶水，暗自宽慰自己说：没事儿，没事儿，这绝不是动色心。在国内奶粉堪忧的今天，找个夏树这样“起伏跌宕”的女孩子，不过是为下一代的健康成长动一点儿该动的责任心而已。

那边厢，夏树听我说没吃饱，便用她很有韵味、很有内在美的微笑对我说：“那就再点一份‘丼’好了。”

一口井，中间扔了块石头，不用过脑子就知道这个字念“咚”。这个“丼”，是日本又一大经典美食。端上来之后我才知道，是在中国卖七块钱的盖浇饭。

我心里盘算，我这餐吃了13块人民币，乘以汇率，怎么也得200日元了吧？结果夏树用了足足1100日元给我结账。我当时就傻了，要知道我一个月才赚15万日元啊，一顿普通的饭就吃掉这么多，要我怎么活？

36

新来的员工可以暂住在员工宿舍，日语叫作“寮”。这里只给免费住一周，员工可以在这期间找房子，一周之后钥匙上交，届时即便你无家可归、睡在桥洞下面，人家也不管了。

我开始适应日本的生活节奏。直到这个时候，我才知道千里迢迢地投奔夏树并没有想象中那么怡然。尤其还是在女主角完全不知情的状态下，你能想象那是一种怎样的枯燥。虽说在一幢大楼里工作，可我和夏树经常一整天都见不上一面。我在三楼的最东侧，她在一楼的最西侧。更多时候，我们用邮件联系。每天早晨开过例会，我会准时收到夏树发来的“早上好”和一个明媚的大笑脸。紧接着第二句话，就是“你找到房子了吗”。

我压根儿就没找。

首先是日本的房租贵得吓人，看两眼中介广告就足以让我两股战战。其次我也是真没时间，上班的第三天，我就已经加班到深夜11点，回到宿舍倒头便睡，哪儿有闲工夫找什么房子？

这第三点理由多少让我找到点龌龊的感觉。我在想，万一夏树的什么亲戚朋友恰好坐拥一套闲置房产，恰好缺一个看房子的人，甚至夏树大发善心，把我安置到她的家里，那岂不妙哉？

我知道夏树独自住在一套老宅里，霸占着一厨、一卫、两厅、两卧和三个储物间。

拖到最后一天，夏树终于坐不住了。她指着一张传单告诉我：“现在你务必从上面的三套房子里选择一套，如果你不想在十二小时后露宿街头的话。”

我颤颤巍巍地接过来，如同被迎头浇了盆冷水。事实证明这小妮子不待见我，宁可空着一层阁楼也不肯让给我半个平方米。

三套方案里，我圈定了最便宜的那个。单室的小部屋，月租金5万日元，保证金是三个月租金。夏树替我签了租赁合同，当天晚上就把房间钥匙给了我。我把卡里的钱全部提出来换成了日元，交完第一个月的租金和押金之后，只剩下可怜巴巴的22000日元了。

我不想一到日本就朝夏树借钱。

那是我绝对接受不了的。

我得咬着牙用这最后的两万二撑到发薪，具体一点儿说，是二十碗炸鸡饭加二十碗盖浇饭。

搬到新家的那天晚上我差点落了泪。这哪里是什么单身公寓啊？根本就是个清水房！米黄色的壁纸脱落了一大片，榻榻米上氤氲着受潮的味道，柜子的里面擦拭得很干净，但仔细看，柜子顶部结了薄薄一层绿毛。房子的隔音很差，我来的时候楼上正用低音炮放着夜愿乐队的《Walking in the Air》，我的心和屋子里的灰尘都在重金属的节奏下铿锵有力地跳动着，跳动着……

抽屉里还有上任房客留下的东西，一股发了酵的巧克力味道扑鼻而来。我很认真地翻了一遍，寻思着若是能翻出未拆封的费列罗、德芙、日元或者日本国库券之类的我也就忍了。

我只翻出一个生了虫子的苹果和半盒冈本，巧克力味螺旋纹的那款。

我彻底恶心了。

入住的第二天晚上我就遭遇了一次三点几级的地震，我穿着内裤跳到街上，发现外面空无一人，大家习以为常，睡得正香。月光如水，照在我这个异乡人的脸上，又涩又凉。我回到屋子，默默地躺下，再无睡意，感觉天花板上摇落的尘土“噗”的一声落在我脸上。

我心里有一层更顽固的尘垢，叫作忧伤，我不知道它何时敷在了我的心上，但我知道这些年我如影随形地带着它。

我开始厌恶日本。

这是我到达的第十天，仅仅是个开始。

我的左邻是一群相貌猥琐的男人，熙来攘往好不热闹，经常连门都懒得关。我的右舍是一对老实巴交的日本夫妇。入住第四天的时候，男人恭恭敬敬地来敲我的门。他手捧一盒小点心，叽里呱啦地说了段长长的日语，还伴有鞠躬。

见面礼，我的收了；话，我的没听懂。

这位欧吉桑见我懵懵懂懂的样子，又用英语补充：“Music，a little be stronger。”接着又鞠躬。

我懂了。我晃了晃我的随身听，又指了指楼上："Not me啊。"

欧吉桑恍然大悟，再次鞠躬再三道歉。我关了门欢欢乐乐地把这尊神送回去，结果又被他敲开了，他隐忍地盯着我放在桌上的那盒点心，用意念告诉我：既然那个放音乐扰民的人不是你，那你把礼物还我吧……

我暴跳如雷。

这不就是典型的欺软怕硬吗？得知我不是个破坏分子，指甲大的见面礼都给收回，忒不讲究了！

这仍旧只是碟开胃小菜。

直到某一天，我才发觉隔壁那帮猥琐男才是我真正的梦魇。

周末我睡得正香，被一阵鬼哭狼嚎的叫声吵醒。一个女的，八十分贝的，跌宕起伏的，叫声。

恐怖持续了两个多小时！

我就睡不着了。我满脑子都是尼古拉斯·凯奇主演的《离开拉斯维加斯》，披头散发的女人坐在男人身上，疾风骤雨地蹿动，两眼翻白、四肢抽搐……我不敢再想下去。

我不敢想，可不耽误我去亲眼验证一番。

我穿好衣服，偷偷地从隔壁路过……你猜怎么？我看见十来个一丝不挂的男人围成一圈。恕我无知，我用了半秒钟在思考这到底是一间汗蒸馆还是一家芬兰浴，直到半秒钟之后，我在人缝当中看见了一个女人……

尖叫，我战栗着尖叫。这阵仗我活了28年也没见过啊。

房间里冲出了几个穿衣服的男人，肩上扛着摄像机，冲着我怒目而视。他们的制服印有统一的Logo，大串大串的日语中间夹了两个我认识的英语单词：一个是"Tokyo"，另一个是"hot"。

我把这恐怖的消息告诉了宁宣，这小子兴奋得岔了音儿："真的？真的就住你隔壁？你你你替我向老师们要个签名行不？"

我说："这到底是家什么机构啊？东京……很热吗？"

"热，当然热！"宁宣笑眯眯地把他所掌握的情况告诉了我。

"生在日本，相貌过得去，又想出名、又想赚钱、又想上镜，身高却只有一米五……正是因为在东京这样的女人太多了，人口密集，呼吸作用、碳排放超标、厄尔尼诺，再后来的事大家就都有耳闻了——东京，热了。"

宁宣笑："懂了没有？"

我懂了。我隔壁常驻一个很著名的小电影投资商，一墙之隔就是恢宏的AV片场。

这日子算没法过了。

我家住在走廊的左侧，可我只能走右侧的楼梯——我躲着隔壁，生怕哪一天经过的时候不明不白地出现在镜头里，做了人家的"群众演员"。

Chapter 13

就这样住进她家

37

初到日本，夏树成了我和烦扰对抗的唯一法宝。楼上的家伙放着摇滚，左邻的女人在音乐里声嘶力竭，右舍的夫妇在墙上扣个铜盆侧耳聆听。我蒙着被子堵着耳朵，大声地在心里念夏树悠爱的名字。

夏树倒是蛮热情，除非忙得不可开交，每晚都会从一楼跑上来约我吃晚饭。我没告诉她我兜里就剩几千日元了，吃一顿就少一顿。只得笑眯眯地告诉夏树“我不饿”，或者是“还没忙完，你先去吧”。待到夏树走了，我就去饮水机接凉水喝。凉水是免费的，必要时也可以顶饿，那段时间我早晨一份胡萝卜餐包，中午要一个麦香鸡腿堡，晚上只喝水，直把自己灌成一个大肚，走起路来五脏六腑都叮咚作响。

这样的日子维持了二十多天，眼见着发薪日将至，胜利的曙光晃了我的眼睛，却又被现实无情湮灭。

我病了。因为饿，因为愁，也许什么都不因为，只是我看不到一点点追求夏树的希望。额头烫得跟热水壶似的，我请了半天假。吃了两片国内带来的扑热息痛，我钻进被窝。我知道楼上的“摇滚哥”19点会准时打开音响，隔壁的“绝叫姐”会在20点亮开丹田。事不宜迟，我得抓紧时间发汗。

我家厕所的管子爆裂了，不是冲水的那根，是排污的那根——我在屋子里都闻见了味道。一个细小的裂缝，让黑黢黢的污物淌成一洼。我有心坐视不理，可按照这个流速，半个小时它们就能覆盖卫生间的整个地面，一个小时就能逼近我的榻榻米。我晃着散架的身体下了床，戴上橡胶手套就去抢险。刚开始我还能跟得上流量，后来就有点体力不支了，看着满地流淌的混合物，我胃里一阵痉挛。

人在呕吐和伤心时都会噙满眼泪，我不知道是哪条原因让我眼眶发湿。那天我真是难过到了极点。

夏树悠爱就在这么个节骨眼儿上敲了我家的门，及时得让我称奇。我徒张着两只大手，犹豫着是打开门还是装作不在家。

门开了，夏树竟然有我家的备用钥匙！不得不说这让我受宠若惊，然而更吃惊的还是夏树。她拎着一袋水果和罐头，立在玄关生生地没敢踏进一步。

“肖桑！纳尼噢西吗斯噶（你丫干吗呢）？”

我扎着一个破围裙，两只手都占着，头发被汗水打湿了，一绺一绺的。这不是我日语能力的问题了，就算让我用汉语，我也解释不清眼前的一切了。我洗了几遍手，又把卫生间锁好，专心应付前来探病的夏树。

“我生病了，所以没去上班。”我虚脱地跟她对着话。

“是不是风邪（感冒）？”她问。

“对，差不多就是中了邪风。”我说，“不然我哪儿能刚吃了药，躺了还不到十分钟，卫生间就爆管了？”

夏树立刻开始脱外套。我说你干吗，她说当然是帮你收拾卫生间了。我这会儿被她吓出了一头冷汗，发烧也好了不少，蹦起来径直地挡在她的身前。

祖宗！我心说，你可别给我添乱了！那不是别的，是××！那满地新鲜的日产××，说什么我也不能让夏树收拾啊！

夏树这姑娘忒倔强，我拼了命地拦着她也没拦住，卫生间的门被她拽开的一刻，我告诉自己玩完了！人家追女孩子都是花前月下，浪漫得没边儿，你让我怎么追一个帮我收拾过便便的美女啊？

那一刻我真的急了，在夏树蹲下去动手之前，我像炸雷一样喊了句：“不——要！”

“打电话！”我两眼瞪得滚圆，厉声对她说，“给房东打电话！咱们谁也不收拾。”

房东赶来的时候我已经被夏树安置在床上，罐头水果摆了一桌，我看着就高兴，一高兴病就好了不少。夏树用微波炉热了碗皮蛋粥，舀起一勺，小心翼翼地吹着。她吹起的热气徐徐地飘过来，有一种甜蜜感在我鼻尖萦萦绕绕地转了三圈，然后股实地坠入到心里。我能自己动手，可我还是无耻地做虚弱状，同时大张着嘴。迎着我的脸，夏树笑弯的眼睛里满是母性的光辉。

房东看了两眼渗漏情况，一本正经地跟夏树交谈。大概意思是，他可以叫人来修理，但是修理费用要我自理。还有，房东说，正好明天就到了交租金的日子，如果方便的话，请你们一并给我吧。

我当时就火了。就你这破房子，花了我足足5万日元，又旧又烂不说，还挨着这么一帮倒霉邻居，年久失修爆了管子居然也要我出钱来修！你想什么来着？房东一脸抱歉，指着合同让我看，上面注明了5万元租金里不包含维修费用。

我知道，在日本，一切都得遵循合同。维修费用每月5000日元，我没有勾选那一栏。真是一分钱一分货，我想省钱，它就漏给我看。

“这离交租的日子还有一天，我不交！”我说。

房东好大不乐意：“那我明天再来取，即便不再续租，你也得把水管修好。”

38

“哎……”夏树在我和房东的脸上频繁切换目光，欲言又止。

夏树为难地看着房东离开，不解地问我：“为什么不让他负责维修？为什么非要明天再交房租？难道你们都是这么小气和计较的吗？”

我不知道夏树口中的“你们”指的是哪个范畴，但那句“小气”和“计较”的确伤到了我。

“你怎么能这么说话……”我抬起眼，很不友好地看着她。

夏树自知理亏，可思量再三还是刁蛮了一把，她叉着腰训斥我：“本来就是！那么脏的东西，你又生了病，怎么修嘛？提前一天交房租都不肯，你不觉得自己像个守财奴吗？”

我背过脸，咬了咬牙。“你走吧，”我说，“我生病的时候想一个人静静。”

“还有那些吃的，你都带走吧。我生病的时候不喜欢吃东西！”

夏树的眉毛陡然竖起，她噌的一下起身，又哗啦一声把食品袋子抓在手里，转身就要走。

那一刻我的心都凉了。我心想，谁说日本女人温柔又明理？那都是江户时代的传闻！按说夏树悠爱也算是日本新一代知识女性了，小脸一板，说翻就翻，一点儿都不贤良淑德！我在心里默默地数着她的步子，你敢走出我的家，我就走出你的国！

夏树只把一只脚迈出去，就又回来了。她把东西重重地蹾在桌子上：“喂！这是给病人买的食品，我才不喜欢吃。”

“那你就放这儿。”我看也不看她，兀自说。

“好啊！”夏树抿着嘴，忽然笑了，伸出一只手，手心朝上，“你——给钱！”

我一下子坐起来，怒目而视。给就给！我拿过钱包。往小了说，我得摘掉守财奴的大帽子；往大了说，这个涉及民族气节！

“一共多少？”我问。

“6530元。”她眼睛都笑弯了，“外加我这么辛勤地跑来，还亲手喂你喝粥，加收服务费，你就给7000元吧。”

我把钱包里的钱一股脑地倒在床上，两张2000元的、一张1000元的、三个100元的硬币、两个10元的硬币，没了！

5320元，我的全部家当。

“剩下的先欠着，等发工资了我还给你！”我说，“那个……你拿走吧。”

我说得很没底气。夏树勾动嘴角，露出阴森森的笑，一把掠过我的所有财产。这回真的走了。

“等等——”我翻身追下床。你别真的都给拿走啊！我可是一分钱都没有了。

夏树重新回来的时候，我就完全落了下风，再也没了那理直气壮的语调。夏树笑眯眯地说：“你没钱续交租金，没钱维修房屋，如果我没猜错，你连吃饭的钱都没有——那么肖臣同学，你为什么不告诉我？问我借钱就那么难吗？你们那点可怜兮兮的面子就那么重要吗？”

一会儿说我守财奴，一会儿又说我死要面子活受罪，什么话都让你说了，守财奴有要面子的吗？

我说，实事求是地：“因为借了我也还不起。我的‘给料’只有15万日元，交了房租水电，就够吃几顿天妇罗的。”

“当真只有15万日元？”夏树悠爱满脸的难以置信，“我的老天！15万日元你来日本做什么？等着饿出病，最后饿死吗？”

我没跟夏树坦白——有一种病，来如山倒，去如抽丝，还不如被饿死。如果你无法理解，就去看看中国名著，“105个男人和3个女人的故事”，第六回里有个叫高衙内的，相思病患者的鼻祖。

夏树坐在床边不说话，我气哼哼地把脸别过去。

“摇滚哥”的音乐就在这个时候响彻屋子。顶棚落下的灰在跳舞。夏树皱着眉，怔怔地望着天花板：“这么大的噪音，让不让人休息？”

我说：“咳！每天都这样，今天比往常晚了三十分钟。”

夏树不语。

又过了五分钟，“绝叫姐”的声势也起来了。夏树目瞪口呆：“你……你隔壁，住的什么人啊……”

我这火大了！我觉得这个问题很欠揍。就像一个东北人指着一盆猪肉炖粉条问一个日本人这是什么料理一样——欠揍。

我回答她，没好气地：“住了十个奥特曼和一个小怪兽。”

“他们……每天……都这样？”她问。

“嗯，”我说，“今天比往常早了二十五分钟。”

“那你还住这里干吗？！”夏树悠爱的语气里带着极深的惊奇。

我哀怨地看了她一眼，那可怜巴巴的眼神里包含着所有答案。

你能想象，我和夏树坐在一片沉默中，聆听隔壁女优的嘶吼在夜愿乐队的海豚音装饰下，相得益彰地纠缠着，纠缠着，冲上顶峰绕梁三日……那是一种怎样精致的不安和尴尬？

夏树怜惜地把眼神锁定在我一张惨白的脸上，长达两分钟，才缓缓呼出一口气。

“如果你觉得方便……”她说，“这段时间你可以借宿在我家里……养病……”

亲妹子啊！我忍着“鸡冻”，马上问她：“那你觉得方便不？”

“不方便有什么用！”她气得站起来，攥紧小拳头的背影一振一振，“这房子根本就没法住嘛！”

39

夏树说：“今晚你就跟我走吧，我会给你一间带空调的卧室调养身体。明天把房子退掉，维修金可以在你的保证金里扣除。剩下的钱用来加强营养，知道吗？”

“还有——”夏树继续说，“我会去找岸谷，问他给料的事。我这样一个二年级职员的收入都是你一倍不止。你有五年的工作经验，是技术者，那不是你应得的报酬！”

当晚，我锁了卫生间和房门，带了睡衣和洗漱用品就跟着夏树回家了。我拎着一个包在夜幕里走得虎虎生风，夏树用小碎步子紧紧跟着我，不时用怀疑的眼神盯着我看，不是方才还病得让人喂饭，怎么一会儿的工夫就健步如飞了？

夏树在身后气喘吁吁地说：“肖桑……等我把你的情况通报给阳一，等你拿到一份称心的报酬，你再重新去找房子……可以吗……还有……你不能走慢一点儿吗？”

走慢？当然不行！夜长梦多啊，这连小孩子都懂得的道理我一个28岁的大男人怎么会不明白？万一走到半路夏树反悔了我不就白高兴了？当务之急就是效仿14世纪的圈地运动，把牙刷丢进牙缸，占领洗漱间；将衣服用衣架挂起，占领衣橱；再把自己摔在绵软的大床上，占领卧室。回头再告诉岸谷阳一，公司赚点钱也不容易，我初来乍到15万足够了——我多狡猾呀？

夏树悠爱的家是一栋建于上世纪90年代的二层阁楼。夏树兄妹三人，长兄夏树正雄43岁，次兄夏树武男36岁，最小的女儿夏树悠爱芳龄24，是父母的贴心小棉袄。一家人其乐融融地在福岛县的近海住了二十年。正雄去澳洲做皮草生意，娶了个金发碧眼的堪培拉女人；武男早年在三合会斗殴头部受损，智力降到了儿童水平；夏树的父亲五年前去世，母亲在大地震之后惶恐不安地带着次子搬去了内陆城市。人丁兴旺的一家只剩夏树悠爱一个人。她的公司在这儿，她的前男友也在这儿，这也是她没有随母亲迁居的两个理由。

虽然家具陈旧，实木的楼梯踩上去咯吱作响，但是窗明几净一尘不染，上下两层二百多平方米的空间里每一处角落都飘着女孩子家的芬芳。

很难想象独处的夏树悠爱是怎么住过来的。这么大的房子，秋天凄切孤独，冬天空荡寒冷，春天……最难耐的差不多就是春天了吧？野猫在夜里叫成一片，抱着被子的夏树怎会不忧伤？

夏树悠爱适时地捅了我一把，打断了我的思绪：“那个……肖桑，楼上南侧的第四个房间是你的卧室，如果你睡不惯タタミ（榻榻米）的话，你也可以买一张シモンズ（席梦思）的。这5320日元……”

“做你的房租！”我说。

“我才不要！”夏树笑了一下，把钱塞进我的钱包。

除此之外，我还看见她向我的钱包里多塞了五张10000的。

这是28年里第二个向我的钱包里塞钱的女人，第一个是我妈。

5万日元，3000元人民币多一点儿，连部单反相机都买不到。但这一幕却成了我珍藏一生的画面，像素丰富，色彩饱满，连夏树微弯的眼睛和飞扬的睫毛都那么令我印象深刻。想清楚了，其实“死心塌地”几个字就是这么建立起来的，像涓涓细流，在你不知不觉的时候，汇成了感动的河。

“还有一件事肖桑必须答应我！”夏树在向衣橱里挂衣服的时候猛地想起了什么，放下手里的活计，郑重地告诉我，“请你给林桑打一通电话，通知她我让你留宿的事。如果她同意……嗯，我才可以留下你……”

这是什么逻辑？我在你家借宿凭什么要征得林豆豆的同意啊？

“因为她是你女朋友，而我……又是一个女生……你同意，不代表她就会同意的……”

“没错，”我说，“她是我女朋友，你又是个女生——可我当初把你背去她家过夜的时候，也没征得她的同意啊！”

“这个……不一样的嘛，”夏树吞吞吐吐地归纳着逻辑，“她是你的女朋友，我是你的女同事……你把女同事带到女朋友的家里……这个，当然是……没有问题的……”

我冷笑着，等着她把这个拗口的逻辑掰扯得有理有据令人信服。可惜她说到一半就红了脸，转过头用耍赖似的口吻说：“那么，这通电话你到底打还是不打？”

“得嘞，”我说，“今天太晚了，明天我一准儿打给她。”

“千万别忘了！”夏树一脸严谨。

在夏树家里的第一夜，我睡了我到日本后最舒服的一觉，空气香甜，被子也又松又软，不知道是不是夏树盖过的，有没有被她夹过——她应该是有夹被子的习惯吧。起初我还有那么点难为情，后来就放开了手脚。不管她夹不夹，反正我是夹了。一觉醒来，天都黑了。

由于是周末，夏树出门逛街了，只留了张字条给我：按时吃药，冰箱里有寿司和乌冬，晚上阳一会送我回家，勿念。

我一个人抱着盘子吃了几块凉冰冰的寿司，看了会儿鬼都听不懂的棒球联赛转播，就再也坐不住了。阳一，又是这个阳一！丫到底跟夏树悠爱什么关系？夏树刚刚失恋才几天啊他就跟她打得火热，乘虚而入你还真是马不停蹄啊！再说夏树，你可是刚刚失过恋的良家妇女，用句时髦的话叫作“恋爱未亡人”，这个时候你得心无旁骛，哪儿能心猿意马呢？要知道，你可是鼻涕一把眼泪一把地告慰了你那逝去的爱情，可现在你让我有种被骗的感觉。

深夜，阳一用那辆拉风的讴歌把夏树送回了家。我撩起窗帘一角，看见夏树兴高采烈地从车里跳下，像一个披满星光的小妖，在夜空下雀跃着，雀跃着。两人用我听不懂的措辞告别，可我分明看见夏树在分别的时候给了这家伙一个飞吻，还是个加强版的飞吻——她吻了下自己的指尖，然后“Pia”的一下摁在他脑门儿上。嬉笑声传出好远，我心如油烹。

我浑身无力地躺倒在榻榻米上，听见她在玄关兴冲冲地喊“他大姨妈（我回来了）”，我也没搭理。我佯装熟睡，听见夏树轻步上楼，悄悄地推开我的房门，伏在我身前看了半天，直到——我额头上一凉，感觉夏树细长的手指敷在上面。心猛地一动，我想抓住她，睁开眼告诉她我退烧了，却听见她如释重负地呼了口气，轻柔的笑声从她的嗓子里如烟一样飘出。

“よかった。”她开心地自语。

这句话我听懂了，她说的是：太好了。

前额凉丝丝的，可脸蛋子却像火烧，一直烧到心里。

Chapter 14

十大最美画面

40

第二天早晨是夏树叫我起的床，不仅如此，餐桌上已然备好了早饭。主食是一碗白米饭，副食是一小盆墨鱼汤煮的芋头、一小盆白水煮的青菜花和蘑菇，还有一小盆日式酱汤，里面放了青菜花、蘑菇和芋头。

我可以负责任地说，这顿早餐，既营养又健康，还很养眼，就是吃起来味同嚼蜡。

我看出来了，我们的夏树小姐压根儿不擅长料理。不会做，还死要面子，于是就出现了这么滑稽的三个菜。夏树起得早，这会儿已经吃完了，嘱咐我锁好门，碗留着她回来刷，自己一个人先行上班去了。其实夏树的意思我明白，她无非是不想跟我一起走，怕惹人注目。

我也不在乎，待到夏树出门，我把墨鱼汤大酱汤一同倒进清水汤里，把三个盆里的芋头、青菜花和蘑菇汇总，来了个大乱炖，又洒了点辣椒油，吃得鼻尖儿见了汗。

忘了说，我是个大厨。林豆豆说我有国家二级厨师的水准。

我边吃边密谋了一套对付岸谷阳一的办法。要知道，我千里迢迢地赶来日本，可不是眼睁睁地看着她嫁给一个高富帅的。可我跟高富帅说什么呢？这个太简单了，有什么比我告诉他“我正住在夏树家里”这个事实更能打击他？

话虽然简单，可语境就复杂多了。我得用一种怎样的语境才能赋予这柄软刀子最大的杀伤力呢？

开门见山，直接走过去，拍拍他的肩膀：“喂，我昨晚睡在夏树家里了！”

或是佯装羞涩偷偷发一封邮件给他：“告诉你个秘密哦，我昨晚睡在夏树家里了。”

或是拿出爷们儿气概上前挑衅：“我昨晚睡在夏树家里了，你想怎么着？”

上班的路上我一直在思考这件事，用不同的语调在心里练了几十遍，在公司偏门刷卡的时候一抬头，正好碰见岸谷阳一！

他笑眯眯地跟我打招呼：“肖桑——”

还没等我寒暄，我就被他吓到了，这家伙一把揽过我的肩膀，眉飞色舞地说：“夏树桑家里，床，睡得，舒服吗？”

我错愕地抬头跟他对视，丝毫没看出任何挤对和忌妒，这孩子的目光就像朝玻璃杯里扔一把冰块再浇上十八年芝华士一样，透明、晶莹，还有一点点醉人。

我真不忍心和这样的人做情敌。

我不忍心和他为敌，主要因为我怕敌不过他。

想好的方案不知怎么就无故搁浅了，我比比画画地解释说：“别乱说呀……我……只是借宿……借宿你明白吗……过几天我就搬走了。她，邀请我的。不是，我自己，主动去住的，是。所以，你千万别误会她。”

阳一依旧对着我释放他那和煦的微笑，估计是想说什么，但语言不通。

于是那天上班的时候，我被这小子用邮件轰炸了。

他问我：冒昧地问，你喜欢夏树桑吗？

我看了半天，心想这算什么提问呢？来探我的虚实不成？我委实伤了脑筋——说“不是”，口不对心不说，还相当于主动退出了战场，都矢口否认了，还怎么好意思去追人家？说“是”，也不行，暴露目标事小，保不齐就要被这些高富帅耻笑，弄不好就得被夏树掐死在萌芽里。

所以，这个问题根本就无从回答。

所以，我得找一个圆滑的、无懈可击的，既不能暴露身份又让你前思后想的说法来回复他。

想了半天，我敲了个笑靥如花的符号表情：你猜？

阳一就没音儿了。

小样儿的，我心说，跟我斗？看过《地道战》吗？知道“论人民战争”吗？听说过一句台词叫“高！实在是高”吗？

刚刚吃过中午饭，阳一的骚扰邮件又到了。这一回，他发来了几句汉语和一大段的日语：看样子肖桑很迷茫啊，用你们中文的话说，就叫“只缘身在此山中”吧？那么就让我帮你看清自己的内心好了。下面是我总结的“夏树悠爱最美的十个画面”，你，还不快快动心？

我心说，日本小帅哥都这么欠儿蹬吗？我喜不喜欢夏树那终归是我自己的事，你来总结个什么？可我还是没忍住，把那十段日语输入了翻译网站。

岸谷阳一所总结的，夏树悠爱十大最美画面：

一、跷着二郎腿伏案工作的画面。

二、一边歪脖子夹话筒一边做记录的画面。

三、传达工作内容时仰着脸一直把你盯到不好意思的画面。

四、为了看清楚电脑屏幕而把脸凑过来的画面。

五、蹲下捡东西时一只手下压裙摆并且面露羞涩时的画面。

六、在复印机前把垂下的头发拨回去的画面。

七、为干体力活而把头发高高扎起的画面。

八、闷热的办公室里张开手指朝脸上扇风的画面。

九、渴得要命的时候，她拿起自己的水问你“喝吗”时的画面。

十、在你讲完一个很好玩的笑话，她边礼貌性地微笑边皱眉问你

“哎？”时的画面。

看完我就石化了。有几条我不用过脑子就身临其境了，不仅贴切，而且传神！这得多潜心、多细致才能总结出这样一套杀伤力十足的“夏树top10”啊？我顿时如临大敌。

岸谷阳一美得屁颠儿：怎么样？是不是看完之后更喜欢了？

我想尽快结束这场纠缠了，就一本正经地回复他：对不起，我是来日本工作的，追女孩子的事，我还没有想。

阳一发了个很不屑的表情：怕你想的时候再下手已经来不及了，夏树桑可是女孩子中的佼佼者呢！

41

这一个下午岸谷阳一极力地表现出他的八卦精神，做情敌的竟然如此热心地提携我，受宠若惊之余，我脑子里都是RPG游戏和武侠小说里的情景——大boss一路潜伏在你身边，指点你，掉宝、掉装备，在你自以为成长为英雄一名无人能敌的时候，他突然就端坐在通关处露出大鬼本色，用两根手指拈起你，笑眯眯地说“没有你，我会很寂寞的”。

我完全不知道岸谷阳一的葫芦里到底卖什么药了。

临下班的时候，他再次发来邮件：记住哦，你暗恋夏树桑这件事一定不能让三个人知道。他们分别是管理部的长谷川部长、开发部的田中技师，还有你面试时站在我身边的那个笑里藏刀的家伙，人事部的南波浩二。

我说：除了你手下的南波，其他人我都不认识啊！

阳一打了一大串的笑脸：只要你大喊一声“我爱上了夏树”，保证你很快就会认识他们了，Wakakaka——

于是我明白了，他们都是夏树的追求者。

我还真是任重而道远啊。

让我想象不到的是，这个岸谷阳一铆足了劲要掺和我跟夏树的事。下班铃声打过三巡，我慢腾腾地关了电脑，打卡、换衣裳……一套程序下来，公司里的员工走得差不多了。岸谷阳一正靠在正厅的柱子上等我。

“肖桑，一起吃晚饭可以吗？”他说，“今天就不带夏树了，就我们两个。”

我摆手：“谢谢，我不饿，就是有点累，想回去睡觉。”

“那我请你洗一个热汤浴，如何？”他不依不饶。

我皱着眉端详了他片刻。这小子莫不是想展示他的腹肌，逼我主动退出？我摇摇头，不好意思了，我是巨蟹座，热汤什么的，最害怕了。

岸谷笑眯眯不语，我一路往回赶，他就不远不近地跟在我身后。终于，我忍不住拎着包走了回来：“岸谷先生，你都折磨我一整天了，下了班也不放过我……你到底想干什么呀？”

岸谷阳一抱着肩膀一脸坏笑：“我就是想知道肖桑对夏树有没有动心。”

好吧，我咬咬牙，一本正经地告诉他：“我承认了，我喜欢她，我来日本找工作就是为了每天见到她。我真傻，真的，我单知道她失了恋，却不知道你在虎视眈眈，更不知道她身后有那么多的拥趸。如果想讥笑，你就笑个够好了，可我要告诉你，我一点儿都不为我的选择后悔！”

岸谷听得眉开眼笑，一把拽住我的袖子，拉起我就走。我以为这小子要把我拖去荒山野岭，再纠集“夏树粉丝团”揍我一顿也说不定，结果他把我拉去了小酒馆。

喝酒，是日本男人下了班一大重要消遣，既能顶饱，又能解乏。

我闷闷不乐地喝了两杯清酒，脸也随之涨红起来。岸谷阳一笑得手舞足蹈：“肖桑方才的话，我真的听不懂——你追求夏树，我高兴还来不及，怎么会讥笑你？”

“少来那套！谁不知道你们俩很来电？昨晚你送她回家，她下了车，还……”我比画了一个飞吻的动作，“还这样了你！含情脉脉的，哪个看不出来？”

岸谷阳一笑得肚子都疼：“我，跟她？别开玩笑了！我们俩从小就认识，我5岁时就被她强吻过，要是真的动了感情，哪会是现在这个样子？我跟夏树只是まぶたち，用你们中文说，大概就叫‘死党’了。”

“当真？”我瞪大了眼睛，一脸疑惑地看着他。

岸谷点头，意味深长地笑：“倒是我听说有些人，家里有一个女朋友，却千里迢迢地出国来追另一个女孩子，难道不觉得可耻吗？”

我当时就火了，抓起酒瓶就把剩下的清酒包圆了。一抹嘴角，我把酒瓶一蹾：“早在我认识夏树之前，我就跟我女朋友分手了，这个有问题吗？”

“我凭什么相信你？”

“我用我的健康发誓。”

“哎呀！”岸谷突然坏笑着尖叫，“肖桑，你的‘风邪’还没好吧？今天的药吃了吗？”

“……”

我用三言两语把我和林豆豆分手的情况跟这个日本帅哥介绍了一番，我用简单的“不合适”三个字，便把房子和彩礼等诸多衍生问题一带而过。那么精致的矛盾冲突我怕他理解不来。

岸谷兀自笑了好半天，又是揉肚子又是喝水，到底平复下来。“好吧，我相信你，”他说，“我相信你的为人，因为一个男人心怀鬼胎的时候，他的表情会出卖他。我是一个擅于观察的人，从肖桑面试那天开始，我就知道你是冲着夏树来的，你接电话时的表情出卖了一切。”

当然，这里我把和岸谷阳一的对话做了处理，不然凭他一口笨拙的汉语，描写完这章天都亮了。事实上那顿酒我们喝了四个小时，交谈的信息量也就四十分钟。大多数时间里，我们都在一脸懵懂地看着对方大汗淋漓地比画。

我觉得酒话是一门国际通用的语言，我们两个的口齿愈发不清，但是表达的意思却愈发明朗。

岸谷阳一说：“你知道夏树就快结婚了吗？”

我醉眼蒙眬地问：“结婚的对象是谁？”

岸谷说没对象：“反正明年之内，她就要嫁人了。”

我就伸出二指“砰”的一声戳在他脑门上：“喝多了吧你！没对象……怎么嫁人？嫁鬼还差不多！”

岸谷应声跌坐在板凳上，又挣扎着爬回餐台：“反正就是要嫁了，有三条原因让她这样，你要不要听？”

这三条原因，岸谷叙述了足足一个小时。

第一条让夏树急着出嫁的理由，是她妈妈生病了，半年前检查出了肠道腺瘤，极有可能癌变。眼看着长子在海外生活无忧，次子终日无比欢乐，夏树的妈妈最担心的就是自己那如花似玉的小闺女。所以老太太几乎给她下了硬性指标：在我临终前，你一定要给为娘找个婆家（至于是哪国婆家，用不用有房有车，老太太没说）。

第二条理由乍听起来有点滑稽，但也符合日本民间风俗。夏树悠爱年纪不大，却有着深深的信仰，她做祭祀，也做礼拜，时常许愿，也按时还愿。据说从小到大她许过的愿望无一不灵。可问题就恰恰出在不久前，她许愿去年结婚，结果她相处了一年多的男友却落跑了。而今年她许愿让妈妈康复，却因为前车之鉴，底气全无。所以岸谷说，只有她上一个愿望应验，才能坚定她治好妈妈的决心。

第三条，就跟她那个落跑的前男友有关了。夏树跟岸谷喝了几次酒，醉了就掉眼泪，信誓旦旦地说一定要嫁人给她男友看，以报他遗珠弃璧、暴殄天物之仇。这种做法即便在国内也很常见，女友被闪弃，带着复杂的一颗心跟另一个人闪婚。如果这个问题抛给电视上那些“秃、老、亮”的婚恋专家，他们一定会拍着你的肩膀说：“兄弟，你女人这样做一定有她不可告人的两点原因——要么，她还深爱着他；要么，她恨他入骨。可不论哪一点，对你来说都不是一条好消息啊……”

听完岸谷的三条理由，我问他：“夏树的前男友，他叫什么？干吗的呀？凭什么就让她爱得死去活来？”

岸谷闻言“啪”的一拍桌子，横眉立目地说：“肖桑，记住！不要跟我提那个浑蛋！永远都别！”

我咧了下嘴：“我还是不明白，她不是有那么多追求者吗？作为她最好的朋友，你为什么来撺掇我呀？”

“因为他们都不是理想的人选！”

“难不成……”我怯生生指了指我的鼻子，“我是那个‘理想的人选’？”

岸谷有点喝高了，不耐烦地挥挥手：“该说的我都说了，反正夏树是要出嫁了，即便不嫁人，也要嫁个鬼，剩下的你自己把握吧！”

我听着怎么这么别扭啊！

42

那天岸谷阳一醉得没法开车，是我打的送他回的家。岸谷在楼下搂着我的肩膀笑得那个邪肆猖狂。他说：“肖桑……我的好朋友夏树……就拜托给你了。我下个月就要离开公司，去你们中国……也许这辈子都不回来。我喜欢你们国家，喜欢你们那里的人……夏树她是个非常出色的日本女生……只有中国男人照顾她……我这个做朋友的才放心……”

再之后我就听不清了，全是酒话。

回家已经是夜里11点了，夏树不但没有睡，相反还守在家门口眺望。见我不打招呼就这么晚回家，还一身酒气，夏树自然不高兴。

“有你一个好消息和一个不好的消息，”夏树嘟着嘴，问，“你想听哪一个？”

“先来个好的！”我说。

“好的就是，阳一已经把你的情况汇报给人事部并且获得批准。从下个月起，你每月可以拿到25万日元的报酬，如果表现良好，来年会更多。”

“那坏的呢？”

“坏的就是，你擅自去喝酒，害我担心，明天早晨没有早饭吃！”夏树瞪着眼睛看我，“喂！好坏消息各一个，你凭什么是这副兴高采烈的表情？”

我干咳了两声：“我可是守财奴，有什么比涨了薪水更让守财奴高兴的？”

“可守财奴也得吃早饭的呀！”夏树更气了。

我满脑子都是挥之不去的墨鱼汤和青菜花的味道，这样的早饭，呵呵，不吃也罢。

夏树一扭身就上了楼，楼梯被她踩得咯噔响。我住进来不到三天，就把房东得罪成这样。

日本的乡下，清晨异常静谧，店铺就在薄雾冥冥中安静地开了张。我五点多钟就起了床，去隔壁的豆腐店买了一大块豆腐，又去鱼店买了两尾鲜活的鲫鱼。这一餐，我给夏树做了麻婆豆腐和奶白鲫鱼汤。

出锅的时候夏树还在熟睡，我模仿她的样子，轻手蹑脚来到她的门外，礼貌地敲了三下：“起床了，库达赛以。”

夏树迷迷糊糊地套上条热裤打着呵欠拉开门，见我还守在外面，手疾眼快地抓起一只垫子环在胸前：“喂——不是跟你说过没有早饭吃吗？没有早饭干吗要起这么早？”

我挥了挥手里的炒勺：“我有两只手和聪明的脑子，凭什么你说没早饭就一定得饿着？”

“再说，”我眯起眼，故作不屑地看她，“夏树桑，你当真会做料理吗？我偷偷观察了你的手法，不仅不熟练，还很矫情。”

“矫情是……什么意思？”夏树不懂这些汉语里的生僻词。

我说：“昨晚你在厨房热奶的时候，奶从锅里溢出来，你急匆匆把锅盖衔到水池里，差点儿把锅给带翻。烫了手你又用手指掐耳垂——这附加动作有用吗？该烫不还是烫嘛！”

夏树嘟起嘴：“不懂就不要胡说，这是热传导嘛——耳朵是凉的，手是烫的，捏捏耳垂，手就不烫了……”

“甭解释，你的这套动作，搁在我们中国，就叫矫情。”

“随你怎么说好了，”夏树嚷嚷道，“这么早叫醒我，是为了训斥，还是……你做了料理给我吃？”

我说，得意扬扬地：“下楼看看便知！”

夏树一边揉着眼睛一边跟着我下去餐厅，当她看见桌上两个热气缭绕的热菜时，眼睛揉得更狠了。

“这……这是你做的？”夏树悠爱吃惊不小。

“哈依，请多指教。”

夏树瞅了几眼，惊喜的表情渐渐变成不屑：“大早晨，就吃这些……你们中国男人不注重饮食健康的吗？”

我的好心情被夏树一句话扫得荡然无存：“那你告诉我早晨吃什么才算注重健康？”

“我昨天不是给你示范过了？吃那些才可以！”

我气得想笑又不敢。这么香喷喷的鲫鱼汤，奶白色的，大火煮沸小火煲，鱼肉都溶到了汤里，又加了味素和鸡精调味，上面撒了一层细密的葱花……你要非说没有你的墨鱼汁和大酱兑水喝健康，我也没办法。可就算你脑子有问题，你不会闻吗？这袅袅的热气漫过你的鼻尖，沁入神经，难道你就不馋？你们日本女人到底长没长鼻子！

“好好好。”我说，“昨天早晨的墨鱼菜花汤还剩了些在冰箱里。咱俩，你吃你的，我吃我的，谁也别眼馋谁！”

夏树就真的洗了手把昨天的剩汤热了个开。你能想象，我们俩各坐一端，一人抱着一大碗汤横眉立目地说いただきます（我开动咯）的景象有多滑稽吗？我一边用勺子搅动汤里的葱叶，一边自语：“我妈当初怀我的时候，别的都不想，就想喝这口鲫鱼汤。孕妇的最佳食谱，竟然有人说不健康。也罢，不健康的东西就让我来消灭好了，什么高血脂、糖尿病、产后风，该来的都来吧！对了，听说这汤还养颜呢……啧啧，你生得那么丽质，哪儿用得着喝这个啊，相反我倒是得常喝着点……嗯，真香！”

我舀起一勺，放在嘴边吹，白气飘了夏树一脸。

她“当”地把勺子一摔，鼓着腮帮子看着我，眼神里有三分恼怒、三分委屈，还有那么点哀怨的意思：“喂——哪儿有抱着盆喝汤的人？你这样别人还怎么喝呀！”

“你又不喝，你管我呢！”我继续抱着盆。

结果夏树就强行把勺子伸进我的盆里，舀了一大勺：“我尝一尝总行吧！”

她只是说“尝一尝”，结果却是，尝了一口就抢过盆子不撒手了。

这一个早晨，夏树被我喂了一肚子“不健康”食品，就连麻婆豆腐也吃了大半盘，辣得一头汗，吐着舌头张开五指使劲地扇。

“嗯，十大经典画面之八。”我笑盈盈地看着她。

“说什么呢？”夏树一脸懵懂。

我告诉她：“就是岸谷阳一总结的，你的十个最美时刻。”

夏树的鼻尖撅上了天：“他？他那个家伙才不会说什么中听的话！”

我呵呵地笑，顺便把头凑过去，闪烁着一双孜孜渴求的眼睛问她：“哎，你跟岸谷阳一，真的只是好朋友？那么好的一个小青年，没道理不拿下吧？”

夏树没再撅鼻子，相反差点儿摔到地上：“我……跟……他？太夸张了吧？这根本就没可能！”

夏树跟我详细介绍了岸谷阳一其人，不听则已，一听真是吓了我一跳。

这个阳一居然是岸谷株式会社的小太子，社长的独子！他是因为和社长有过私下的约定，这才勉为其难地在社里实习一年。如今实习期满，这小子就要去云游四海了。难怪他气宇不凡，并且一句话，就给我涨了工资。我佯装关切地问夏树：“那就更不该放过他了！这么凤毛麟角的帅哥，你又是他从小的玩伴，近水楼台你不会吗？别告诉我你们日本女人都这么高风亮节的！”

夏树叹了口气：“你是中国来的，一定会知道‘侯门似海’这个说法吧。豪门里的妻子是很悲剧的，就像你们古代的宫女一样。我向往自由，哪怕穷一点儿也没关系。豪门人家的儿子，传宗接代是最大的事，我笨，我怕我生不出男婴……”

没错，我是中国来的，我也知道侯门似海的意思。可你不知道21世纪的女人早就学会深海猎奇了吗？夏树一句话让我涌上一丝酸楚。算了，我才没去想林豆豆哩！

“还有——即便阳一不是太子，我也不会和他结婚的。他多能闹啊！就是个没长大的孩子！做玩伴，可以；做老公，绝对不行！”夏树信誓旦旦，“再说，阳一是有女朋友的……嗯，确切地说，他有一个暗恋的‘女神’，是一个中国女孩儿哦。他追了人家一年，可惜，完全没有希望。”

我忍着心花怒放，一脸深沉地坐回去：“你只是他的玩伴，他都能总结出什么十大画面，按照情人眼里出西施的逻辑，他得给那位中国女孩子总结出多少最美画面来啊？”

夏树把碗里的鱼汤喝干净，轻松自若地笑笑。

“这个，肖桑就有所不知了，”她说，“自古以来的爱情都不是你想的那样。总结得出的，终归是鉴赏；说不清的，才是爱情。”

我心悦诚服地点了点头。嗯，岸谷阳一这颗雷，基本上可以排除了。

Chapter 15

强项是没有硬伤，硬伤是没有强项

43

饱餐后，夏树笑眯眯地摸着肚子呼了口气对我说：“承蒙款待。”

我抬头瞥了她一眼：“甭客气，你去上班吧，我收拾碗筷，待会儿再走。”

“哎——”夏树的睫毛闪了闪，“我都没有出力就吃到了早饭，难道不该我收拾吗？”

“行啊！”我脱了围裙递到她手里，“那我先走一步，不等你了。”

我抓起公文包穿鞋的时候，明显感觉夏树的目光在我身后停留了许久。我扒着门框若有所思了一阵，蓦地回过头，问了夏树一句我都没有想到的话：“那个，夏树桑，你今年一定要嫁人吗？”

“啊——哈依。”夏树答应了一句就马上愣在那里，“这个，你是怎么知道的？”

我跳跃式的行为把我自己的思绪都搞乱了，只得慌乱地说“猜的”，然后落荒而逃。

这是岸谷阳一在公司的最后一天，由于前个晚上喝大了，直到下午他才姗姗前来。我看醒了酒的他眼睛都小了一圈。阳一要离职，我没什么好表示的，于是又拉他去喝酒。阳一在夏树众多粉丝中只看好我，而那些人明里暗里追了她好久，我不过刚刚站在起跑线上。知己知彼才能百战不殆，你走之前总得让我知道那些人的弱点在哪里，我得如何才能脱颖而出俘获夏树的芳心吧？

岸谷阳一喝了几杯清酒，情绪再度被我调动起来。我不禁大喜，暗道：这孩子，真好处啊！他管酒保要来纸和笔，语言不通的地方就写英语，再不行的就画出来。于是这个晚上我把几个潜在的对手摸了个透。

阳一不喜欢那三个男人不是没道理的。

首先是管理部的长谷川圣司，这个人年逾四十，可保养得毫不含糊，没有小肚腩和白头发，形象气质俱佳，家里有良田数顷、豪宅一栋，可谓意气风发、事业小成。夏树悠爱从小在家人的宠溺中长大，这种温文尔雅、风度翩翩的大叔最合她的胃口。长谷川部长也多次暗示过夏树，送过卡地亚名表一块，温柔得很，夏树想不倾心都难。可问题就在于，长谷川家里有大奶一名，女儿纯子都快上小学了。与其说部长想娶她，不如说部长想潜她。探清了对方目的，夏树好不伤心，名表也给原封不动地退了回去。长谷川表示为了她甘愿离婚，被夏树义正词严地拒绝了。“即便不爱你妻子，可你毕竟还有个女儿，我不想让她在仇恨里长大，再违心地管这个拆散她家庭的女人叫二妈。”总之，长谷川的强项是成熟有款，硬伤是拖家带口。

第二个人选，开发部的技师田中里奇奥是个日本和意大利的混血儿。混血儿，如果“混”得好，经常会出一些“巧夺天工”的“作品”，例如李嘉欣、金城武、川岛茉树代、小泽×××，可一旦没“混”好，“作品”往往就从“巧夺天工”上升到了“鬼斧神工”的层次。田中里奇奥技师本是照着木村拓哉和莫妮卡·贝鲁奇的标准去“混”的，结果失之毫厘谬以千里。田中技师的粉刺在公司里是很著名的，这老兄早晨用芦荟熬汤晚上用芦荟敷脸，中午拿芦荟蘸酱吃，最后把一张脸治得跟芦荟似的，令夏树心有余悸。即便他人再好、性格再温柔，她终究难以接受。总之，田中技师的强项是人很坦荡，硬伤是长得抱歉。

第三个便是参与过面试的人事部帅哥，南波浩二。阳一的存在使得我对南波浩二的印象并不深。事实上他是个很拉风的家伙，机智风趣，外形条件不输阳一，年龄也跟夏树相仿，有点门当户对的意思。在公司里，几乎人人都知道南波在追求夏树，即便是夏树和前男友热恋期间，南波也初衷不改。这小子心黑手狠，田中技师在去年的情人节送给夏树一盒自制的巧克力，被他截获，他横加奚落、百般刁难，差点让意大利友人落了泪。可南波也有硬伤，他和人事部已婚的女上司谷口课长有着说不清的暧昧关系，甚至两人携手出入钟点房都被同事撞见过。夏树尚未答应他，就遭到“背叛”，自然大为光火。这小子的强项是眉清目秀，吹皱一池春水；硬伤是口蜜腹剑，脚踩两只大船。

我，来自中国大连的开发部职员肖臣，就勉为其难地做一把第四号人选吧。我的强项是没有硬伤，我的硬伤是没有强项。

其中，阳一说，重点人物就是这个南波浩二。因为他花言巧语还会使点小手腕，而夏树悠爱又是那么单纯的一个姑娘，所以我要多留意。

阳一双手握着杯子，落寞地看了一会儿窗外的街道，扭过头笑了：“肖桑，说真的，我不知道你是否就是那个最佳人选，作为夏树的好友，我只希望她过得好。这个家伙因为感情的事哭了一整年，我烦透了她像章鱼一样抹眼泪的样子。请你让她微笑，拜托了。”

阳一说完还郑重其事地给我鞠了一躬，我刚想跟他客套，又听见他无比生硬地加了一句：“如果肖桑自认连上述三个人都不如，那么，也请你退出。”

我就没客套上来。

真的，日本人说话都这么一根筋吗？你委婉点儿说不行吗？

人家那三个，有处于杆位的，有紧随其后的，你非让我一个没根基的选手说些自信满满的话，谁信啊？可强烈的自尊心还是让我错愕地嘬了嘬嘴唇，自嘲地冲他笑笑：“那么，如果我说，我一定会在他们中间脱颖而出呢？”

阳一好像看穿了我的心思，把杯子里的酒一饮而尽，抓着我的手腕子说：“我会帮你！”

44

阳一去了中国，追他的“女神”去了。我还在日本，跟我的“女神”耳鬓厮磨。

我拿了薪水，退了房子，拿着保证金买了一身体面的衣服和鞋包，日子开始有模有样。

我给夏树做了一个星期的早餐，荤素搭配，她吃胖了三斤。后来夏树就莫名其妙地剥夺了我下厨的权利，请我吃了两天馆子，还尽点贵的。我就知道，她想“送神”了。

果不其然，夏树在一家卖章鱼小丸子的亭子里，委婉地提出要我搬家的想法。主要理由是，我也算有女朋友的人，久住容易生误会。夏树说，我可不能让林桑把我做成人形偶，生气的时候用针戳，那样会短命的。

“哎，肖桑为什么不说话？是不是没吃饱？我再给你点一份豆沙馅的小点心如何？”

我低头，不语，我的伤心不是两个豆包就能打发的。

“好吧，三天之内，我找了房子就搬出去。”我红着眼睛告诉她。

这么天然的优势就快拱手相送了，我真想告诉阳一，我实在没什么把握去和那三个本地人PK了。

转折就出现在第三天。我耷拉着脑袋加完班回家，正打算跟夏树说我没有找到房子，能否再宽限两日的时候，看见夏树扎着围裙正在做寿司，餐台上摆了一桌外卖。

“你回来啦！”她用手背拭去额头上的汗，给了我一个出其不意的、露齿的微笑。

这难道就是传说中“最后的晚餐”？我看着夏树殷勤地把外卖的盖子打开，香气扑鼻。她竟然还给我倒了杯红酒，我都不好意思跟她说我没找到房子了。

不用这么欢乐吧？不就是我搬走吗？至于乐成这样……

“那个……”我说，“夏树桑，告诉你一件事你可不要失望啊，那房子……”

“今天我们不提房子的事！”夏树的反应异常敏捷，坐在我对面，略带为难地开口道，“请肖桑原谅我，都是我的错，把你害成这样……”

你把我害成哪样了？我瞪大了眼睛：“什么意思？”

“我今天才知道，肖桑已经跟女朋友分手了。”

“啊？”我说。

“而且，已经分手很长时间了。”

“啊？”我又说。

“对不起。”夏树站起来，鞠躬，满脸愧疚。

“对不起？为什么对不起？还有，这都谁告诉你的！”我问。

“是……是阳一在电话里对我说的。”

我差点蹦起来，这岸谷阳一发的什么昏？你这哪儿是帮我啊，这分明是害我！要是能说的话我早就说了，不就是顾及夏树的想法吗！——林豆豆诬陷了我，让我有口难辩，所以干脆就不辩，要不然我得怎么跟夏树解释？我刚认识了她，就跟林豆豆分手，那不成了始乱终弃了？不仅如此，我还千里迢迢来日本追她，不是喜新厌旧又是什么！这样的男人怎么托付终身啊？

“他都是怎么告诉你的？”我完全没胃口了，放下筷子，眼睛急得喷火。

夏树一板一眼地说：“他就是把你们俩前几天喝酒时说的秘密告诉了我，于是我才知道林桑因为你把我带回了家跟你大发雷霆，后来还把你赶出来。你们俩闹到分手，你还把积蓄都给了她做补偿，这才只身来到日本谋生……我是始作俑者，可肖桑却一点儿都没怪我，还一直保密……”

“我什么时候告诉岸谷阳一这些了？”我急了，“这不是瞎编吗！”

“什么？难道事实不是这样？”夏树迷惑地抬头看我，不知所措。

呃……我突然想，难不成是岸谷替我撒了个善意的谎，意在帮我？好在我反应奇快，想通了这一点，立刻改了口：“呃……是，是这样，我喝醉了，就把真相告诉他了。嗯……好像是有……这么回事……”

夏树急了：“你为什么瞒着我呀？至少我可以跟林桑去解释，你背我回家，是因为我醉得回不去酒店，我用枕头砸你也不是因为你非礼，是……是我误会了你……你们可是五年的情侣，怎么因为一点小事就分开呢？而且……还偏偏是……我惹出来的事……不行，我这就去给林桑打电话！我不能看着你们这样。”

我一把拦下她：“你算了吧！林豆豆现在已经有了新男友，两人都快结婚了，你这个时候打电话不是破坏人家婚姻吗？你学了五年汉语，知不知道什么叫‘宁拆十座庙，不破一桩婚’啊？”

夏树没辙了，规规矩矩地站起来，大声地说狗没拿伞，眼泪都快掉下来了。

看见夏树这样，我本来虚着的一颗心渐渐壮大，我夹了一筷子培根，大口大口地嚼：“嗯，没关系了，你也不要太内疚。我呢，就是怕你负罪感太强才没告诉你。别跟我客气，我早原谅你了！那个，阳一他还说什么了？”

夏树红着眼睛，慢腾腾地说：“他还嘱咐我不能赶你出去，都是我的过错才让肖桑告别恋人又远走他乡，甚至你害了病也是因为这个。我在这种情况下赶你走，那不是太没人情味了？阳一要我挽留你，直到你找了新女友为止。”

听见这话，我的一颗心哪，就像SHE歌里唱的那样——颜色艳了，香味香了，花都开好了！

我忍住胸中的快意问她：“若是我半年也找不到女友呢？”

“那就住半年。”她斩钉截铁。

“若是我一两年都找不到女友呢？”

“那就……那就……”夏树涨得满脸通红，腮帮子一鼓一鼓地说，“那就多努力嘛！”

我一下子笑开了：“嗯，一言为定！”

心里畅快地想，呵，我就不信我一年都拿不下你个小丫头！看见夏树心无杂念地招呼我吃吃喝喝，我自己都觉得罪恶，她可能压根儿就没有意识到，大龄青年肖臣早就把目光锁定在她的身上了。

45

12月，连续下了两场冷雨，天气一下子转凉。这是我在日本度过的第一个冬天。冬日的福岛，冷清而安然。下了班，我行色匆匆地踏进暮色里，在苍灰色的寒风中抱紧公文包。无人牵挂的日子，总是倍感寒冷。

这已经是我在夏树家里寄宿的第二个月，气氛友好而客套，按说这没什么不对，但我总觉得欠缺点什么——你见过谁家情侣一见面就哈腰行礼，一口一个“桑”叫得甚欢？要想有所建树，就一定要打破这种礼节的禁锢。所以我有一次特意跟夏树促膝长谈了半个小时，核心问题就是改变对彼此的称呼。

夏树犯难地看着我，几次三番地欲言又止，终于在我把意图和盘托出之后，瞪大了眼睛问我：“那我们互相称呼什么才能又随意又不失礼数呢？”

我说：“你叫夏树悠爱，年龄比我小，干脆我就叫你‘小爱’得了！没问题吧？”

夏树皱着眉头说：“这么叫……也还可以，可问题是我得叫你什么呀？”

不知怎么，我的脑海里出现一幅画面，夏树跟一伙拉家常的少妇们侃侃而谈：“交男友，我选老肖；嫁男人，我还是选老肖！脾气小，还实惠，我一直用他！选男人，就是选老肖！”

我刚说了句“要不，你就喊我老肖得了”，夏树就把头摇得拨浪鼓一样。

“什么老呀小呀的，多难听啊！”夏树一脸的抵触，“如果你实在不习惯日本的称呼，那我就直接喊你名字了。”

从这天开始，夏树悠爱就直呼我肖臣的大名了，大部分时间里叫得温情脉脉，偶尔也会咬牙切齿。

这只是我的对内策略，我还有对外的。

进入12月份之后，夏树开始频繁加班了。加班，在各个企业之间，标准是不一样的。在事业单位，晚走二十分钟给科长赶制一份表格就叫加班，而且通常会把加班两个字咬得苦大仇深；一般的合资企业，出租车会准时守候在公司的门外，八点半的时候会迎来加班族的客流高峰。如果是那种有偿加班的公司，距离整点还有五分钟的时候，传达室就排着一队掐着点举着门禁卡的员工了。时间刚过一秒，打卡声便不绝于耳。直到来了日本，我才知道加班到八点半的日子是那么珍贵。这听起来可能有点矫情的意味，可我在日本干过三个通宵，有一次刚想打卡下班，发现上班铃已经响了。

夏树的部门还算清闲，可也连着三天工作到12点。那三天，无一不是南波浩二开车送她回的家。这让我耿耿于怀。

还好那些日子我相对清闲。正点下班，回家煮饭，再坐电车回公司去接夏树。

12月的深夜，我套着羽绒服系着毛围巾，一站就是一个小时。

灯火通明的公司里陆续有员工出来，嬉笑声不绝于耳。一行四人里，夏树走在最中间，安静地听着同伴们侃谈，脸上带着上班族疲惫的笑。南波浩二打开车门，两位女孩儿鱼贯而入，就在夏树的一只手扶在车门上的时候，她适时地一回头，看见十米之外的树下，我正笑眯眯地朝手心哈着气。

“小爱！”我大声地招呼着。

“你怎么……来了？”夏树的脸上呈现意外的笑容。

“我来接你呀！”我攥了攥冻僵的手。

夏树关了车门，像只小雀一样，神色怡然地飞到我身边。这让我无比受用。那边厢，南波浩二从车里钻出来，一脸茫然地看着我们俩。

鉴于我最近日语进步神速，夏树和南波的对话，我听了个大概。夏树告诉他，今晚就不蹭车了，有朋友来接。南波说那也无妨，让他坐我的车，一起回去嘛。夏树只沉吟了片刻，马上就抱歉地冲他笑笑，说不必了，我们俩单独走就好。

眼看着南波妒火中烧地发动车子离去，我和夏树相视一笑。

“哎？”我笑着嘟哝，“我还以为你会搭他的顺风车回家呢！”

夏树嘴巴一噘，眼睛一瞪：“胡说，你都来了，我怎么会撇下接我的人，让另一个人送呢！”

“请吧——”我弯下腰，做了个请的手势，夏树笑得一脸得意。想想就是，谁稀罕跟他挤那辆破车呀？这么好的初冬夜晚，月朗星稀，风里没有一点儿尘埃，满是提神醒脑的味道。在这样的夜幕下散一次步不可谓不浪漫吧？

我和夏树被浪漫冲昏了头脑，同时忽略了一个很实际的问题。

“你是怎么来的？”夏树问。

“电车呀！”

“啊？”夏树面露难色，“那我们……怎么回去啊？”

“怎么来的就怎么回去呗！”

夏树不再为难，而是怒目而视，指了指自己的腕表：“你知道现在几点了不？”

“那怎么办？”

夏树盯着自己的高跟鞋忖度了半天，一咬牙：“走回去！”

六公里的路，说远不远，说近，我们走了一个多小时还没走完。半路上，我眼见着夏树越发吃力，活见鬼的是我们走了一路，一辆计程车的影子也没有看见。我跟夏树商量："要不，你再给那个南波浩二打个电话，让他把车开回来接咱俩吧。"

夏树没理我，高跟鞋摔得虎虎生风："我记得，你们中国男人都是要面子的，而你是其中最典型的那一类人吧？"

我说："这个不能成为理由，这一次我可以放下面子，让你舒舒服服地回家。"

夏树想了想，一本正经地望着我说："可我想让我的朋友有面子，哪怕脚都走疼了也没关系。这个，能不能成为理由？"

我摸了摸鼻梁子，小声说："其实……其实……我早走不动了，是我想坐车了……"

夏树欲发火，却忍不住地大笑，她一跺脚，小包抡起来砸了我一下："你想气死我呀！"

我停住脚，把围巾摘下来，认认真真地给她围上。夏树的鼻尖冻红了，她扬起脸和我四目相对。慢慢地，她的嘴角画出一道好看的弧。

那天夜里，夏树的两脚都磨出了水泡，她蜷坐在沙发上，偷偷朝跟腱上贴创可贴，对我却一言不发，假装什么都没发生。倔强和温柔其实并非不可调和，我躲在门后面看着一切，觉得她抿着嘴角忍着疼的样子俨然是种最美丽的温柔。

Chapter 16

日本风月场也去不得

46

为了答谢我深夜接她回家，第二天中午夏树邀我共进午餐。在餐桌上，夏树很郑重地要求我别再接她下班。“一来你要往返几个小时，二来没有车，真的很麻烦。我总不能每个晚上都跟你做一次‘野外行军’吧？”夏树把秋刀鱼拨到我的碗里，直言不讳。

我笑眯眯地问她：“那……有没有第三点原因？”

夏树听完一愣，慢腾腾地嚼了一口米饭，说：“有的。”

“南波浩二，就是你见过的那个男生，嗯……他在……追求我……”夏树一直低着头，声音也越来越小，“我正考虑……要不要做他的……嗯……女朋友……”

秋刀鱼的刺扎了我的嗓子眼，我咕嘟咕嘟灌了一大碗汤，擦擦嘴角问：“那你考虑得怎么样了？”

“我……我不知道。”

夏树垂下头，意思是：这件事不要再说了。

合着我还成了电灯泡了！

她不说话，可我不能闲着。我说：“阳一告诉我，你一年之内一定要结婚的，可我觉得，现在的你根本就不是个结婚的状态。”

我突然想吐个槽：“哎，你知道你的名字悠爱，在中文里是怎么释义的吗？”

夏树扬起脸，听我掰扯。我说：“悠爱，悠爱，就是‘悠着爱’的意思。悠着爱，你知道怎么解释吗？就是love carefully，可你现在呢？一点儿都不‘悠着’，一点儿都不carefully！白瞎你取了这么有内涵的名字！婚姻大事，能跟买菜似的，放到筐里就算一个吗？”

夏树沮丧地扬起脸：“肖臣你别再劝我了，我曾经也认真爱过，结果……结果你都知道了。我不可能再找到一个像他那么理想的结婚对象了，所以……”

“所以谁都一样，无所谓了，对不？”

夏树落寞地点了点头。我心说对个屁！谁都一样你怎么不选我呀？

当天晚上，天气骤变。夏树照常加班，我顶着大雨回了家。半路上，积水就开始结冰，冻雨夹杂着冰雹。夏树滞留在公司里，餐厅都打了烊，订餐电话打不通，整个部门的人都在饿肚子。夏树给我打了三遍电话，无不是提醒我防寒、注意安全云云，着重强调了不要去接她。我问她：“不接你倒是可以，可电车都停运了，那个南波浩二能不能把你安全护送回家呀？”夏树说：“恐怕不行了，一个是道路结冰，坡路太多，根本没法行车。再者，让冰雹一砸，车子就得进修理厂，他怎么舍得？我已经做好在公司挨过一夜的准备了。”

我没说太多，因为牛肉汤已经在火上沸腾了。我心说南波浩二这个垃圾，铁包肉的车子你都不敢开出来，宁可让我们小爱陪你挨饿，到底是不是个男人！我把牛肉汤倒进保温桶，又做了两个热菜，带上足够的饭团子。我喝了二两清酒，又穿了雨衣、拿了柄结实的雨伞，挎上保温桶，准备只身营救被困公司的小爱。

风雪异常凶猛。历时两个小时，我摔了不计其数的跤，陡坡结了冰，走两步的工夫能退出三步，我几乎连滚带爬地赶去了公司。推开人事部的大门，饥寒交迫的日本朋友看见我手里的保温桶，眼睛都直了。

在一片“满载（万岁）”的欢呼声中，我的饭团子被一拥而上的人群瓜分。我尚未接受感谢，就被小爱一把扯到了角落里。

“肖臣！”小爱却并不欢喜，而是生气，“我不是跟你说过了，不许出门，不许出门！你为什么不听我的话嘛！”

说真的，我费了半天劲，迎面就受数落，心里自然不快。扬了扬下巴，我说：“这种天气，谁不愿意在家看电视啊！我喜欢清闲，我又不傻，可你喜欢被饿着吗？”

小爱咬了半天嘴唇：“我饿着，可毕竟还有那么多人陪我饿着，可你呢？有人陪你吗？再说……我挨饿，那毕竟是我一个人的事……”

中日文化的巨大差别延伸到日常小事，就是这个结果。大冷天里走了这么远的路都不曾让我感觉冷，可夏树的态度就像一杯冰酒，让我透心凉。尤其是那句点睛的“毕竟”，更像传说中的黑魔法，让我的五脏六腑里一下子结出六棱冰箭来。

不行了，我要挂了。

我哆哆嗦嗦地说：“夏树悠爱，你讲讲道理，你们全部门的人都在为我的做法叫好，唯独你是另一番态度。我越发不明白我到底在给谁送吃的！”

夏树也气得胸口起伏：“叫好的那些人，谁真正关心你的安危？为你担忧的，还不是只有我一个！”

“得嘞！你爱吃不吃！反正我是要回去了。”

“下着冰雹呢！你怎么回去？”

我气得乐了：“我又不开车，我又不怕顶棚被砸成蜂窝，怎么来的我就怎么回去呗。”

“听我的话，别走了，咱们在公司里待一夜吧。”

我上来了倔劲：“我要是听你的话，就不该来！走了！”

我一转身的工夫，夏树就哭了。她跺着脚说：“肖臣，你这个人……怎么这样啊？”

想说几句软话哄哄她，但最终我只是淡淡地说："要么你先吃点东西再哭得了？不然我白来了，吃的都快被你同事抢光了。还有，汤里面我没放香菜，知道你不爱吃。还有……"

我踌躇了半天，最终道出了这句话。

"小爱，你挨饿，不是你一个人的事……至少……我是这么认为的……"

夏树怔怔地看了我半天，回到工位上取了外套："我跟你一起走。"

"哎你不是吧？你不是刚说过天气不好……"

夏树瞪着眼睛盯着我，等我把没用的废话咽下去。

47

我就在众目睽睽之下，带着夏树出了公司。为了腾出一只手，我们合打一把伞回了家。至于腾出的那只手用来做什么，不用我说也猜得到——夏树被我揽得紧紧的，她的鞋子完全不防滑。

夏树看着我谨小慎微的样子，忽地笑了："肖臣，我饿了。"

"活该！"我说，"那么多吃的，你愣是一口都没抢到。"

"哎？你回去再做给我吃，不就好了？"

"我呸，美得你！"

"你说的，挨饿不是我一个人的事。"

"……"

夏树的眼睛在风雪里闪烁，嘴巴抿成了一条线，带着满足的弧度。有一阵冰雹下得很急，我不知道哪里来的勇气，举着伞的同时把夏树抱在怀里。突如其来的暧昧，她没接受也没挣脱，整个人木讷得如同一只受了惊吓的小动物。

第二天小爱提议请半天带薪假，敦促我陪着她休息。我说："还是算了，咱俩上班都一先一后，这次步调如此一致，保不齐人家就误会你。”

小爱叹了口气：“现在全世界都知道你住在我家里，还是别担那个心了。”

经过那一次的“雪夜护花”，小爱对我的态度有了些微妙的变化。比如，寒冬将至，过去的她会用大篇幅的啰唆敦促我保暖御寒，如今她会不声不响地丢给我一管护手霜或者补水的乳液。没有废话，就像默契的情侣一样。

此外，和南波两次交锋的获胜，让我信心爆棚。我会一边照镜子一边暗暗地想：这小子不是我对手。

按照惯例，公司在每年的12月24日举办忘年会。今年联欢的主题是“万人共舞”，其实就是吃吃喝喝，再来一场华尔兹舞会。“万人”那都是扯淡的说法，公司一共就八百来人，按照男女3：1的比例，有至少四百个男员工没有舞伴。甭说田中里奇奥那样的粉刺男找不到舞伴，就连我肖臣这么溜光水滑的男青年也有落单的危险。

说白了，我能不能找到舞伴的关键就在小爱。若是她弃我于不顾，我就一点儿辙都没有了。如果我肯放下架子去问她，小爱八成不会驳我的面子。可我好歹也是矜持的大叔一名，偶尔也有放不下的傲娇。我默默地想，如果小爱能来主动邀我，岂不是更好？

在忘年会之前一周，公司也会给各部门拨预算，开展小规模的庆祝活动。夏树所在的人事部由南波浩二负责，这小子竟然主动问我，要不要参加人事部的聚会。

好意我领了，我说还是算了吧，你们部的事，我一个外人不好掺和。

南波浩二说，你怎么能算“外人”呢？你的身份是夏树悠爱的“家属”好不好？

我的傲娇得到了最大限度的满足。

这个原理就和诸多RPG游戏一样，当你从外在到内心强盛到极点的时候，满心想的都是去哪儿才能跟敌人碰个兵！

南波的邀请让我如何拒绝呢?

我没告诉小爱我受到了邀请，我更没说我是她的家属。

那天晚上南波给我发了邮件，说小爱临时加班一个小时。“下了班你就跟我们走吧，兄弟们带你去！”他说。

我忘了问他聚会的地点和内容，这是我最大的疏忽。

当南波一行八人带着我来到一个灯光暧昧的粉红色橱窗下的时候，我才注意到那家店悬挂了一个袒胸露乳的女人标识，才看清了“女の子大募集”的字样，才明白这是一家“风俗店”。

算我在内的九个人，都是单身男性。看着他们一张张眉飞色舞、略带猥琐的脸，我就明白了大概。

我是被他们推进店里的。说实话，我也有点半推半就的成分。出来玩，就要放开一点儿，我总不至于在小爱的同事面前表现得像个童男子一样。更何况小爱加了班还要赶过来，我安慰自己说没事儿，没事儿，风月场，风月场而已。

48

公司位于城郊，这家风俗店也难脱乡土气息，虽然规模不小，可比起那些大都市的红灯区，也就是个装修气派的小歌厅而已。一层是卡拉OK，地下一层是泡泡浴，再往下一层我就不明白了——日本法律是禁止性交易的，可日本经济振兴方案中鼓励援助交际。至于那里发生着禁止还是鼓励的事，刚来日本几个月的我是断然说不清的。

南波在我面前露出邪肆的微笑，我把头埋得很低。

他们开始点起了“鸳鸯谱”，我手足无措地坐在一边。实事求是地说，在来日本之前，我也曾豪情万丈地和朋友们开过玩笑，声称要赚日本的票子、逛日本的夜店，以达到“取之于民用之于民”的效果。可当浓妆艳抹的日本歌女盈盈浅笑地坐在你身边，探出兰花手施展绕指柔的时候，你会觉得这和什么“民族气节”一点儿关系都没有，甚至说，还有一种不可名状的耻辱感。

我不想让这样的日本女人伺候我。

所以我坚持让南波浩二退掉了一名陪侍女。同事们轰地都乐了，南波浩二更是笑得手舞足蹈：“我差点忘了，肖桑可是有人来陪的哦！”

我很不舒服，就想一走了之了。怎奈南波拉住我，递过啤酒：“哎？肖桑既然来了，就要开心！我们唱歌吧。”

转念一想，我还真的不能走。我走了，待会儿小爱来了——八个醉醺醺的单身男人，一个单纯美丽的未婚女孩子，又是在这么暧昧的地点，天知道能发生什么不靠谱的事？也罢，我就在这里唱唱歌也没什么了不起的，身正不怕影子斜嘛。

我点了一首邓丽君的《我只在乎你》，便坐在角落里，一边苦闷地啜着麒麟啤酒，一边看那些日本同事随意地搂着各自的女人，不时用叽里呱啦的日语调笑着，觥筹交错，包厢里的气氛腻到伤神。那首歌，我点了一个多小时也没轮到，插队的太多。他们就像商量好了似的，每每快到我的时候，就有人张牙舞爪地冲上去乱点一通，再聒噪地乱吼几曲摧残我的耳膜。我四下窥视，发现这些个看起来老实巴交的同事纷纷解放了思想和胸襟。所有的神经末梢全都在精神抖擞地舞动着，如同贪婪的昆虫的触角。

咸猪手……

猪手……

手……

我看不下去了。

南波却告诉我：“夏树桑已经在路上了，喝完这瓶啤酒，你就能看见她。”

那瓶酒我只喝了一半，终于我点的歌到了。

我接过麦克风，端坐在演唱位上，盯着屏幕上的日文字幕，几乎像念经一样地唱那首《我只在乎你》。

为了助兴，南波把他那位陪酒女推到我身边。

我用眼睛偷瞄，好家伙，就算把她一寸厚的脂粉都算在内，也就是个六分女，有日本女人典型的大龅牙。

南波浩二大笑着叮嘱她：“我们这位肖桑是外国朋友，你要对他热情哦！”

她暗送秋波：“我是由美子，初次见面，俺娘哈塞哟！”她说完就用她胸前的某个部位蹭我的胳膊。

吓得一激灵，我说：“你能不能让我一个人唱！”

就在这推三阻四的时候，包厢的门无声无息地开了。

夏树一脸惊愕地站在门口。

喧哗的包厢很应景地安静了下来，就和国产电视剧里，偷腥的丈夫被回家的妻子撞见，一定会有几秒钟的空白去凝视对方一样，时间的长短和你在心里暗骂一声“我靠，我怎么那么倒霉啊”的用时刚好吻合。

回过神的夏树没说话，静静地坐在了南波身边那空出来的位子上。

我已经顾不得被人紧紧缠绕的胳膊了，低着头，只想把这首惹祸的歌曲唱完。

人生几何能够得到知己
失去生命的力量也不可惜
所以我求求你别让我离开你
除了你我不能感到一丝丝情意
……

唱完最后一句，我瞥了一眼几乎躺在我膀子上的龅牙女。

我动情得都快哭了。

南波领着头鼓起了掌，我看见夏树的两只手僵硬地举在胸前，一动一动，拍不下去。

南波浩二笑哈哈地说：“夏树特意来接你回家，你还不跟她走？”

不由分说地，几个人簇拥着把我推出包厢，那情形就跟推我进来的时候一模一样。

出了店，我跟夏树站在路灯下，目光错愕地四目相对。

“你怎么……才来……”我喃喃地问她。

“怎么？”她说，“我有错过什么精彩的事情吗？”

“……”

“其实我不该来的，”夏树慢腾腾道，“他们说你喝醉了酒，我担心你的安全，才从家里过来接你的……没想到……扰了你的雅兴，对吗？”

“哎？”我不解，“不是说你在加班吗？！”

夏树咬着嘴唇，兀自地冷笑：“哦？你听说我在加班，所以才来这种地方的，对不对？”

听得出，她把“这种地方”几个字咬得很重。

“不不不，是因为……”

我刚想解释，夏树就潇洒地挥挥手：“算啦，我又不是你什么人，你去哪里，做什么，跟我都没有关系。”

我再三咂摸夏树的口气，断定她的话里只有句号没有感叹号——她的语气平淡，没有一丝波澜，就像一汪不见底的深潭，那么冷，连决绝都冻住了。

饶是我再傻，我也能明白，我让南波浩二给整了，结结实实地，被他整了。

Chapter 17

跟我回家

49

余下的几天夏树没再搭理我。不是冷战也不是吵架，就是情绪不对劲，有一种冷漠和瞧不起的态度，亘在她的眉间。

终于，我在忘年会的前夜问她：“小爱，明天的舞会，呃……我能不能邀请你做舞伴？”

她深深地“哦”了一声，就再没了声音。沉默，沉默充斥在两个人的中间，时间久得让我怀疑她不打算回答我。这时候，她说话了。

“浩二也邀请我了呢，而且我……嗯，答应他了。”

再次回过神的时候，我的嘴唇已经在不觉中咬出了一排牙印子。

那晚，临睡前，我在自己房间里给夏树发了条短信：“风俗店的事，其实不是你想的那样。”

我知道夏树没有睡，我甚至听见了她房间里响起的短信提示音。

可是直到我昏昏入梦，她也没有回复我半个字。

我练了半个月的华尔兹，看来完全派不上用场了。

忘年会的现场，我和我的开发部同事坐在一起，远远地看着人事部的几张桌子。南波浩二和他的绯闻女伴谷口浅美课长紧挨着，夏树坐另一张桌子。不过，我看见她每隔几分钟就瞟过去一眼。看得出，她的心思都在南波浩二的身上。

也不能完全这么说——夏树在我愣神的工夫也深深地朝我的方向瞥过来。四目相对，我们俩尴尬地错开目光。我心里嗟叹，这哪里是什么联欢会啊，就是一场感情上的暗战！

领导讲话，酒宴开始，其间穿插着几个部门临时排练的节目。再之后，主持人就用麦克风通知在座众人，舞会即将开始。

这一次的舞会有五个曲目，男员工早已喝得满脸红云，一声令下便急三火四地去邀自己的舞伴了。我看见夏树还目光错愕地守在座位上，南波那面发生了一点情况，他和那位老美女还在推杯换盏。不知怎么，谷口课长今天的情绪不好，这会儿已经醉倒，不仅如此，还哭得泪满青衫。南波急在心里，笑在脸上，一边哄着谷口，一边偷偷向夏树使眼色。

两曲过后，夏树干脆扭过脸不去看他。一个人守着周围空荡荡的座位自斟自饮，眼神落在舞台上。夏树盯着旋转的舞者和她们飞扬的裙摆，落寞地抿着嘴角，像一个远古的、孤独的公主。

我粗略地算了一下，夏树在接下来的两支曲子内无声无息地喝了五杯，共计600毫升红酒。

那边厢，谷口拽着南波的胳膊，不住地哭诉呢喃。南波浩二急得两眼冒火，却脱身不得。

第四支曲子结束，舞台中间基本上没什么人了。人们跳累了，相拥对饮，喧哗声鼎沸，年会乱成了一团。

夏树就在这个时候，静悄悄地来到我的身边，轻柔得就像一团会脸红的棉花。

“还剩一支曲子了，”她抬起眼，幽幽地说，“你，还不约我？”

我唐突地笑了下：“我不是怕，嗯……怕被拒绝吗……你都有了舞伴，我怎么好……嗯……”

夏树不动声色地看着我，眼睛里仿佛藏了幅水墨烟雨：“那么，肖臣，你不会是想等我弯下腰伸出手，邀你这个男人一起滑入舞池吧？”

我马上站起来：“别别别，那多不好意思啊。”

摆出一个标准的邀舞手势，我笑眯眯地看着她：“请吧，女士。”

50

第五支曲子响起来的时候，我和夏树已经搭好了舞架。也许是喝了酒的缘故，夏树的脸粉扑扑的，眼波流转，微微偏着头，姿态柔曼。从我的角度看过去，她颇有一种“惊鸿”的美感。我就不好意思再看了，扭过脸，把腰板拔得倍儿直，准备起舞。

那首舞曲随即让我惊呆，《神秘园》的提琴曲，《Serenade to Spring》，和夏树初遇的那次，我听的就是它！

我涨红着脸领出第一步，旋即，我们就像一对搭档多年的舞伴，随着提琴的旋律荡开了纺织步。起初身边还是有几对舞者的，随着我和夏树渐入佳境，这些人谦逊地退出舞池，注目旁观。于是我们这对厚积薄发的组合顺理成章地成了场上的主角。

我始终低着头，抿着嘴。我和夏树结识了半年有余，说朝夕相处、耳鬓厮磨也不过分，可此刻我却紧张到了嗓子发干，仿佛只有闭紧嘴巴才能稳住一颗躁动的心。夏树在我耳边淡淡一笑：“舞蹈家，跟我跳舞，你也会紧张吗？”

我心里暗自说：你算猜对了！除了你，我跟谁跳都不会这么紧张。

因为华尔兹这种舞蹈，两个舞者的脸部是要错开的，所以我们说的每一句话都像是在对方的耳边私语。

“你的节奏感……真的不错呢。”夏树“私语”道。

“嗯……”我清了清嗓子，“那是因为，我对这首曲子很熟悉——

还记得我们初次见面的那天？课间休息，我挂着一只耳塞，我就是一边听着这首提琴曲，一边看你在讲台上转过身……”

“这你都能记得？”夏树窃窃地笑。

我点头：“是啊，有些事，不知不觉就能记很长时间。”

“那……你告诉我，当时我都说了些什么。”她生出了好奇，一边像陀螺一样旋转着，一边询问我。

“当时你说，‘我是夏树，请问您的名字’。”我如实还原那天的场景。

“还有呢？”

“还有就是，当时下着雨，窗台上溅起一串水花。”

“不会是你编的，逗我吧？”夏树轻笑，“还有没有？”

“有，”我深深地呼了口气，说，“你穿了一套职业装，淡紫色的那套，裸色的高跟鞋尖上沾了些灰，你掏出手绢擦拭干净，手绢的一角有龙猫的图案。擦完后你把它折成四折，打开你背包侧面的拉锁放进去……”

没有惊呼，可我看得出，夏树的肩膀微微发抖。她沉默了半晌才问我：“告诉我，为什么你能记得这么清楚？”

答案，从我身体的四面八方攒集，就像血流一样，温热、湍急，齐齐地卡在喉咙，我却发不出一个音来。

好半天，我才堪堪地笑了。

“我……也不知道……”

51

那支曲子终于结束，夏树在一片掌声中撤开我的手，离开我的臂弯，优雅得像艺术片里的慢放镜头。而我，是何等地满足？我站在原地，愣着神，久久地回味着方才的一舞。

就在我以为舞池里的几分钟就是这场忘年会的高潮时，从我的身后杀出一员悍将，一把拽过了夏树的胳膊，带得她身体重重一倾，险些摔倒。

南波浩二，他喷着酒气，近乎野蛮地将夏树掠到一边。从他剑拔弩张的脸上，我就能预感到接下来要发生的事。得益于我这几个月来日语上的突飞猛进，他们对话中的关键字我还是听懂了不少，再联系上下文，大概就能勾勒出中心意思。

“知不知道我才是你的舞伴！”南波怒气冲天，“你把我晒在了一边，跟这个人跳起了舞，夏树悠爱小姐，你把我当成了什么！”

夏树没有他那么气急败坏，而是幽幽地扬起脸，想解释，最终又放弃了。我从夏树的眼里看得出她对这个穷凶极恶的男人有多么蔑视，她讥讽地笑了笑：“我改变主意了，不可以吗？还有，请你放开我的手，对一个女人动粗，会让人笑话！”

南波真的急了，不仅没有撒手，相反用力地扬了扬：“真是不明白我怎么会喜欢上你这个蠢女人！就连挡箭牌也选得这么差劲——那个中国来的阿呆，他哪一点能和我比！你拿这样的角色出来试探我，不觉得可笑吗？”

他张牙舞爪地吼着，手里还攥着夏树的胳膊呢。我看见夏树被弄痛的表情，她被他扯得直趔趄，我再也坐不住了。

我刚把手搭在浩二肩膀上说“放开她”，结果这小子就冷不防地转回身，一拳打在我眉骨上。不仅出了血，我站立不稳，还摔了个腚蹲儿。这几年疏于锻炼，我气脉有点不足。我很自然地想起了星爷在《喜剧之王》里对张柏芝说的台词——“若不是有张桌子挡着我踢不起来，我未必会输给你”。

可问题是，我身前什么障碍物都没有，人们很自觉地空出一个过道来给我们当作角斗的空间，我想找个不还手的由头都难！

我怒了！

我发怒的主要原因，是觉得不怒而威这一套对疯狗一样的南波浩二已经不起作用了。

于是我第二次扑了上去，攥紧了拳头想招呼他。田中里奇奥技师抱住我的腰，再次把我拽倒在地。一时间，包括谷口课长和长谷川部长在内，很多员工都聚拢过来。此次事件的核心人物——夏树悠爱，一下子变得无助起来。她站在众人的最中间，头发散乱，目光茫然。

这大概就是外籍员工最为苦恼之处，天时地利都不怕，可当你四下眺望，发现每个人的脸上都有几分“拉偏架”的表情在蠢蠢欲动时，你就无从下手了。我的眉骨上，一团黏糊糊的东西，顺着眼角淌了下来。

南波浩二攥着夏树细弱的手臂，神情愈发猖狂。直到——夏树用尽全部力气挣脱开，并且出乎所有人的意料，她重重地打了他一个耳光。

南波浩二的脸被扇得重重一歪。

长谷川和田中技师心头一惊，彼此交换着异样的目光。

谷口课长惊叫了一声，奔过去疼惜地抚摩着那张她深爱的脸。

众生相在我流着血的视线里做了个定格。

夏树蹲下身，擦拭我脸上的血迹，把我扶起来，当着诸多日本人的面，将我护在了她的身后。

南波发狠地盯着她，难以置信地嘬着牙关：“为了这样的角色，你竟然打我？”

夏树僵直的脸缓缓放松下来，逐渐现出柔和的微笑。她笑着回答他，无比坚定地：“没错，谁动我的男朋友，我就这样对付他。”

我不确定夏树是否是这样说的，反正我是这么听的——あなた，在日语里就是亲爱的，就是男朋友！

在围观者的哗然中，夏树回过身，笑眯眯地拉起我的手，用中文对我说：“肖臣，跟我回家。”

Chapter 18

我是你的“あなた”

52

这场风波，来得快，散得也快。只有一小撮人目睹了实况，待到更多的人搁盏凑过来的时候，夏树已经带着我离开了忘年会的现场。身后是一片觥筹交错，依旧热闹。穿过大厅，来在户外，方才被吼得发酸的耳膜在一片静谧中苏醒过来。

我蓦地发现，下雪了。

雪花在一片静默里降下，垂直地落在夏树的头发和肩膀上。我突然觉得自己三番五次地做过这个梦，梦里面有过相似的画面——雪花、街道、寺庙、店铺、错落的高压线、女人的背影和她呼出的白气……可我忘了那场梦是如何进行的，是我走过去揽住她孱弱的肩膀，还是任由她的眼泪悄然汇聚？零落的哭泣声里，我看见夏树脚下的雪地被烧出豆大的洞，很快就结了冰，再被雪覆盖得无影无踪。

她没有转过身，就那么背对着我说：“肖臣，你先回去吧。我心情不好，想去街上逛一圈。”

我什么都没说，就一个人竖起棉大衣的毛领子，走进了漫天大雪中。

我认定方才是我听力出了问题。我笑呵呵地自嘲着：真是逊透了！

来日本几个月，居然连一句“亲爱的”都能听错。我又在心里安慰说：也别太绝对了，这么长时间都没有日本美眉向我表白，该不是有谁含情脉脉地向我示好的时候被我听漏了吧？想到这里我一下子眉飞色舞了，五脏六腑都笑翻了天，只是那笑声有点鬼哭狼嚎。

我猛地转回身，向一百米外的女人大喊：“夏树悠爱！”

“你说的话到底算不算数！”我把两只手拢成喇叭状，声嘶力竭地喊。用的是范伟在《卖车》里吼到缺氧的喊法。

百米开外，夏树用了三秒钟才把脸转回来。参照25摄氏度下音速是346米/秒这个事实，要么是冷空气把我的声音冻住了，要么，夏树悠爱就是个十足的慢性子。她怯生生地转回身，又用了十秒钟擦了擦眼泪，把表情调整到气定神闲的程度，然后拢着手下定决心似的回答我。

“什——么？”她说。

我想再继续吼下去，但我已经眼冒金星了。

算了，我摆摆手：“早点回家——”

12月24日的下午4点，暮色将至，灰蒙蒙的天空吐着白雪，仿佛带着一种想撇清的情绪。我就是在这样的大雪中心灰意冷地看着夏树上了电车，再默默地走过去，在无人的站牌下等下一班。她去市里逛街，我也去逛，我们各过各的平安夜。我在鱼丸店里用一分钟吃掉了六个鱼丸，却用了足足半小时才喝光了鱼丸汤。我捧着纸杯，任由手心里的滚烫慢慢冷却。咽完了最后一口，我萌生了去意。

我想家了。想念大连的街头闪烁的彩灯，想念每一个不相干的中式菜馆都贴满圣诞老人贴纸，想念火车站对面的杂货店用大喇叭循环播放着“圣诞酬宾，一律10元！10元钱，你买不来吃亏，也买不来上当……”。

这才是圣诞节的气氛，尽管过清明的时候人家也酬宾。

在日本，没人骗我，可我有一种吃亏上当的感觉。我摸了摸眉骨上的血痂想，小爱是个好女孩儿，可惜就是个木鱼脑袋不开窍。我追求她，就连南波浩二都看出来了，她愣是觉察不出来！

手机屏幕亮了起来，日文操作系统的界面上闪烁着一句中文。夏树悠爱说：能不能送件礼物给我？我想要个浪漫点的。

莫非，木鱼也要生芽开花了？

我冰封的身心开始渐渐融化。男人真是天性犯贱啊，夏树朝我要东西，都能把我乐成这样。

我故作矜持地环视左右，收起笑容。一脸严肃地回复了三个字：不给买！

夏树发过来一个坏笑的表情：我只对浪漫的男人说话算数。

然后这丫头就关机了。

53

余下的一个小时，我逛了几家商场，并且很失败地买下一套化妆品，资生堂的。买完了我有点泄气，我亲手糊上了粉色的包装纸，可还是觉得有欠浪漫。再去买，又怕时间不够。天已经完全黑了，我唯恐夏树等着急。

晚上7点钟，我揣着化妆品顶着大雪回了家。楼上黑着灯，夏树没回来。

我在门口等了一个小时，街道的人已经越来越少，我来回跺着脚，还是不见她的影子。

一个半小时之后，我不跺了，蹲下去，抱住膝盖。翘首企盼也变成了缩着头张望。

终于，9点05分，大小姐拎着几个纸袋子优哉游哉地从计程车上下来。我已经成了一坨冰，哆哆嗦嗦地从地上站起来，衣襟上的雪“噗”的一下落在地上。

夏树弯弯的眼睛里满是惊喜和感动，她走到我身边，上下打量，垂下眼睛，尚未说话就红了脸。

“谢谢你，肖臣，”她说，“你这个snowman的礼物，我真的……真的是很喜欢。”

我的睫毛上都是雪，嘴巴冻得张不开。缓了好半天，我才打着寒战举起手：“礼物……在这儿呢……”

夏树接过去，看也没看一眼，边笑边皱眉地说：“你不是想把自己打扮成雪人吗？既然买了礼物，你还蹲在这儿干什么？”

我久久地凝望她，久得夏树都快不好意思的时候，我才缓上了一口热气，对她说：“我……那个，忘带钥匙了。”

接下来一个镜头值得永久珍藏。

夏树不笑不怒，而是像蓄谋已久一般，无声无息地走进我的怀里。

她给了我一个满满的，长达一分钟的拥抱。

于是我知道，从这一刻起，夏树悠爱已经是肖臣的女朋友了。

元旦假期到了，我和夏树悠爱已经做了一个星期的男女朋友。

做男女朋友的夏树悠爱与肖臣和做师生的夏树悠爱与肖臣有什么不同？天知道。

我和她仍旧分别住两个房间；洗澡仍旧是一先一后；我仍旧会站在她的脚印处，嗅着那氤氲着水蒸气的体香与沐浴露混合的味道；早晨仍旧是饭团子就着墨鱼汤吃；逛超市逛到卫生棉专区，她仍旧会把我支到动漫柜前去看《机器猫》。照这个进度，就算到小静嫁给大雄的那天，我也搞不定夏树啊。

有次借着看电视的工夫，我准备跟我的女朋友亲热一番。我招呼她：“过来坐啊，一起看这个脱口秀节目吧，似乎很有意思呢！”

夏树刚出浴，穿着一件杏黄色的睡衣，裙摆很短，应该是来不及穿胸衣，正歪着头擦拭发梢上面的水珠。听见我的话，她着实犹豫了一下。

“来呀，一起看？”我再次邀请，心里想的是，一会儿夏树坐过来，我把手放在她的哪儿，才算是自然又不失唐突呢？我是她的男朋友，我把手搁哪儿都不算过分吧？

夏树到底坐了过来。我刚想伸手牵住她，夏树就从地上抱起一只一米高的维尼熊毛公仔紧紧搂在怀里。两只手、前胸、小腹、腿……都占上了，就剩一个僵直的后背，还牢牢地靠在沙发上。

这个……

我说：“你抱它干吗？”

“因为这是双人沙发，它都没地方坐，我可不就得抱着它？”夏树的眉毛间或一弯，“它跟了我三年，是我弟弟，资格比你老多了。我要是慢待它，弟弟会不高兴。”

“……”

两个人心照不宣地看了一会儿电视节目，我心生一计，剥了一个橘子递过去：“吃吗？”

夏树点点头。

“你这个样子怎么吃啊？小心蹭上橘汁儿。”

我等着夏树把维尼熊弟弟放下，夏树眨着眼寻思了片刻，愉快地接过了橘子，与此同时把公仔递到了我怀里：“你替我抱一会儿吧。”

“……”

54

脱口秀很快结束，换了一档娱乐节目，类似于国内的音乐风云榜。主持人正在介绍一个新近崛起的男子乐队，四名歌手都是日本88后的帅哥。我看了半天，觉得他们中间那个主唱特别英气，身材高大、星眉朗目，相貌气质俱佳，丝毫不输巨星。

那歌旋律不错，朗朗上口。我抱着我的维尼熊小舅子和着旋律哼唱，就在我意兴盎然的时候，夏树拿起遥控器，不动声色地换了个频道。

“我看得好好的，你怎么给换了？”

“太吵了，不喜欢。”夏树冷漠地说。

那首歌很柔和，一点儿都不吵。不仅如此，夏树换了一档更吵的名为《狂言》的日本节目，和中国的昆曲差不多，咿咿呀呀让人好不心烦。我错愕地盯着她，看见夏树不说话，嘴唇抿得紧紧的。电视的荧光打在她的脸侧，泛起淡淡的清冽。

好半天，她才缓过神，努力地冲我笑了下："肖臣，我想去京都看望我妈妈，你愿意跟我去吗？"

这不就是传说中的见家长吗？

在这里我有必要澄清一下，我是很喜欢见家长的，尤其当对方是面容慈祥的老太太时。首先我长了一张老太太们喜欢的天庭饱满、地阁方圆的脸，这和帅气不沾边，但在老太太们的眼里，什么帅啊酷的，最终都要落实在"端正"两个字上。而我一不小心就把端正二字诠释得淋漓尽致了。彼之帅得滴水儿，此之端正得掉渣儿。再者，我有一份很唬人的职业，软件工程师。在老太太那个年代里，工程师还是个很吃香的职业，至于软件那就更了不起，九成以上的老太太不知道软件为何物，仿佛是机箱里包裹的一个软软的类似于灵魂的东西，听于无声视于无形，不为表象所拘囿，只可意会不可言传。而我能掌握这么牛叉的技术，于情于理都被老太太高看一眼。最后一条，我骨子里有一种很吸引老太太的特质，一个两个喜欢我那是凑巧，三个四个喜欢我那是投缘，可见过我的老太太无一不喜欢我，这就不得不说是气质使然了。有过一面之缘的老太太们大多张罗着把自己的侄女、外甥女之类的亲戚介绍给我认识（虽然从没遇到一个把亲生女儿许给我的），这让我大为满足。

可不得不说，自从上一次，集端正容貌、工程师学识、稳重气质于一身的肖臣被林豆豆的老娘瞬秒之后，他就一蹶不振了。我一想到她避轻就重地直戳我的要害，我就浑身乏力冒虚汗。林豆豆的妈只想要个两室两厅，谁知道夏树的妈是不是想要个联排啊？要知道，在国内我尚且买得起一个干湿分离的卫生间，在日本我可是几块瓷砖都买不起呀。

我才不去哩。

夏树见我不语，马上开始晓之以理、动之以情："我给你讲个故事好不好？”

呃？我心想，莫非她想“迂回”我？

夏树的故事有声有色地开始了：“从前，有个中国男人，他飞了一个半小时来日本找他喜欢的女孩子。”

我：“然后呢？”

“然后……”夏树说，“当女孩子要带他飞半个小时去见自己的妈妈时，他居然不肯。你说，怎么会有这样胆小的男人呢？”

这个迂回得……也太……直接了吧？

我说：“那我也给你讲个故事！”

“从前，有个日本女孩子，答应做中国男人的女朋友。可是他们分住两个房间，手也不敢拉一下，上下班都是一先一后，相隔两米远。你说怎么会有这样胆小的女孩子呢？”

夏树笑得前仰后合：“胡说，根本就没这回事！”

我趁着她笑的时候，饿鹰扑兔地抓住了她的两只手，夏树大叫着向后缩。我说：“对嘛，世界上根本就没有那么胆小的男人和女人。”

夏树佯装挣扎了几下，就笑眯眯地任由我攥着她的小手，不仅如此，还撒娇地摇晃了几下：“那么，肖臣，跟我去见妈妈吧。你是有勇气的中国男人，手都被你抓了，你最勇敢，对不对？”

我傻眼了，旋即放开手：“对是对，但是小爱你听我说，我想去见她，可是我没有那个资本——现阶段我买不起房子。”

“这是什么意思？”夏树怔怔地看着我，“是不是我们两个其中之一把逻辑理解错了？我要带你回家见妈妈——我说的可是地道的中文呢！”

“没错。”我说，“可你妈妈要是问我什么时候买联排别墅，我会很尴尬的……”

夏树瞪大了眼睛：“妈妈怎么会问你这样的问题？”

“因为结婚是要有房子住的。”

夏树的眼睛瞪得更大了，我这才发现，原来我女朋友在明眸善睐方面有出色的潜质。她笑，不咸不淡地：“那我们现在住的是什么呀？茅屋吗？”

夏树悠爱生气了。因为我用小人的想法揣度了君子的心思，因为我用中国老太太的想法揣度了日本欧巴桑的心思。

我很不服气，满脑子都是林豆豆父母那冰冷刺骨的声音——“娶媳妇，就得男方买房子！你说房子贵，这个我们都知道，不贵我们还不要了哩”。

日本老太太就深明大义了？就宽宏大量了？

我不相信。

夏树回了房间，把门关得山响，反正我就是生气了，你怎么着吧！

我能怎么着啊？只好赔笑脸解释说，我也是出于面子，谁不想让老婆结了婚就住进新房子呀？

夏树板着小脸儿说，肖臣，那你还是五十岁再来找我吧，因为在日本，不奋斗二十年，别想买房子。

女友都这么说了，谁愿意和自己较劲啊？我笑眯眯地说：“好，好，如果真不用即刻买房子，但去无妨，但去无妨……”

夏树就气哼哼地去网上订机票了。

Chapter 19

去京都见家长

55

我喜欢京都那个地方，气候温和，文化氛围浓郁，尤其是有很多樱花。春天的时候每刮一阵风，樱花树底下就似落了一场樱花雨。冬天去京都，虽看不见阶前樱雨，但银阁寺、二条城这些闻名遐迩的景观依旧让我这个在日本农村混了半年的外乡人心驰神往。

夏树几乎从未在乎我的外表，我穿过大裤衩、人字拖，在犯懒的时候偶尔也用牛仔裤配皮鞋，都不见夏树有过微词。但这一回，她把我从头到尾捯饬得那叫一个光鲜。她先带我做了个皮卡路日式漂烫，又给我买了羽皇的黑色羽绒服、波西米亚风格的围巾一条，下身一条臀围紧小的李维斯筒裤配一双米白色的休闲皮鞋。人配衣装马配鞍，穿上之后增色不少。

夏树非把我一个大叔级的人物打扮成超龄正太，这让我很不适应。我一边照镜子一边连连咂舌：“怎么？我原先的穿衣品位很低吗？”

“还好啊。”夏树说。

“既然还好，不至于从头到尾大改组吧？”我问。

夏树一边上下端详我一边回答：“因为我要带你回家，我要让妈妈看见你最英俊的一面。”

“这就不对了吧？”我心里暖乎乎的，可不耽误我嘴上发难，“我首先是你的男朋友，其次才能跟阿姨攀上关系，平时怎么没见你这么用心打扮我呢？合着你都在破罐子破摔呀？”

夏树跟我一起的这段时间，成语和中国俚语突飞猛进，不知道“破罐子破摔”这样的词能否难住她。

结果夏树眉毛一挑，狡黠地眨巴着大眼睛：“哼，敝帚自珍呢。”

我觉得我这个日本女友是要成精啊。

我知道夏树为什么带我回家，岸谷阳一对我说过，她妈妈生了病，又对女儿的终身大事耿耿于怀。夏树把我精心包装捧在老太太的面前，无非是想解了她的心结。在飞机上，我问夏树：“你带我见阿姨，是真心安排我们见面，还是拿我做……”

“做什么？”夏树歪着头，严肃地问我。

“咳咳，”我咳嗽了两声，还是原封不动地告诉她，“做挡箭牌。”

夏树落寞地笑了下：“那要看你啊，如果你表现得足够好，得了母亲的欢心，我想不嫁你都不行；如果你表现得差劲，即便我是真心安排也无济于事啊。”

这个说法有技术含量，我马上很狗腿地笑笑：“那那那你说，怎么才能讨阿姨的喜欢？”

夏树白了我一眼，嘴巴噘得老高，忍俊不禁地说：“现在能想到的有三条。第一，如果妈妈和你谈起结婚的打算，你一定要表现得迫切，不许犹豫，不许说模棱两可的话；第二，如果妈妈向你提问，你一定要诚实，怎么想就怎么回答，不许冠冕堂皇；第三，我知道你有一个亲妹妹，可如果妈妈说起你的家世，比如家里有几个兄弟姐妹，你一定要……”

我抢着说：“一定要说自己是独生子女，这个我知道！”

早在去年，林豆豆就给过我相同的嘱咐了。看来家家有本明白账，每个如花似玉的千金背后都有一个善于把关的老妈。

“哎？”夏树一愣，“什么呀？我是要你说，你有很多兄弟姐妹，很多很多，不是堂的，不是表的，是亲的！”

我就想，这夏树悠爱不是在给我使绊子吧？做我女朋友后了悔，于是请出老人家借刀杀人——我要是那么说，老太太还能同意这门亲事吗？

“为什么呀？”我瞪大了眼睛，“你让我说假话可以，得先拿出个理由来。”

夏树轻叹了一声：“我不是逼着你说假话。我有两个哥哥，一个常年在外，一个成了痴呆，只剩一个我，又不能时时陪在身边……妈妈常说家里人丁不旺，她喜欢庞大的家族。妈妈说，只有那样的家庭才有生气，才不会受欺负。”

这席话让我若有所思了很长时间，不是说日本人都以精打细算著称吗？算盘是东汉年间我们发明的，这都过去了一千多年，他们俨然还没掌握其中的精髓。

56

几个小时之后，我见到了夏树悠爱的母亲，小林加奈子女士。加奈子女士年近七十，脸上皱纹密布，有一双和蔼的眼睛，嘴巴很小，皮肤白皙。依稀可以看出老人年轻时是位不可多得的美女。此次知道女儿要带男朋友回家，她特意把白发染得乌黑，拄着拐杖，老早就等在巷子一端。

我带去的礼物都是夏树帮忙挑选的。除了您好、初次见面、请多关照，其余都是夏树在做翻译，就连笑容我也对着镜子练了好久，无懈可击。

见过夏树痴呆的二哥，我们便和老人在客厅里席地而坐。她给我沏了好喝的玄米茶，洗了几个饱满的大苹果，还端上了自制的小点心，递过来的时候用双手，眉毛一弯一弯。老人让我受宠若惊。

加奈子女士问了我的年龄、职业、家庭。真是知母莫若女，下一个问题，她果然问我家里有多少兄弟姐妹。鉴于夏树早就叮嘱了我，于是我神情自若地作起了秀，我掰着手指用日语数着一二三四，最后扬起脸，一本正经地回答老人我家里有七个兄弟姐妹，我们留着相似的鬓角，穿同样的马甲和泡泡纱七分裤，我是家里的大娃，特点是力大无穷……直到夏树狠狠地掐了我腰上的赘肉，我才停止了胡诌。

老太太眉开眼笑，一个劲地说好，人丁兴旺啊，真兴旺。

看得出，加奈子挺喜欢我这个外国后生，至少没表现出一点儿不喜欢。几个很常规的问题过后，老太太说："你和悠爱交往，我不反对，可我始终想了解一个问题，你能告诉我吗？"

老太太祥和的目光不离我的脸，缓缓说："你喜欢悠爱哪一点呢？"

似乎，这就是考官大人发出的最后的也是最具决定性的问题了。

一时间，我的灵感如同泉涌，答案从四面八方汇集，齐刷刷地往外冒。官方一点儿的，我想说，这可不好总结，像夏树这么全面且优秀的女孩子，怎么能用一个优点概括呢。咬文嚼字的，我想说，大妈，真的爱情是说不清楚的。恋爱是卷入的，被绊倒的，说不清的是恋爱，写得清的叫合约。感性一点儿的，我不知道爱情是什么，但我断定，我爱您的女儿……

说法太多了，一时间我举棋不定，把自己都犹豫感动了。

继而我想到了夏树的嘱咐，要真诚，想什么就要说什么。扪心自问，我爱夏树什么呢？似乎就是一种纯粹的吸引——严格说，夏树悠爱并不完美，单纯得有点固执，稳重里带着寡断，犯懒的时候家中一团糟，做料理能让人嘴里淡出个鸟来——然而这种吸引却是何等地强大？所有差强人意的优点和欲盖弥彰的缺点落实在这个女孩子的身上，通通成了点缀于锦缎上的花。

而我爱上她，无非是缘于初见时的几个瞬间。坦率地说，因为夏树好看。我对她的爱，不过是一个大龄男青年对一个漂亮女孩子的最原始的倾慕。

那个叫米兰·昆德拉的老爷子说过，跟一个女人做爱和跟一个女人睡觉，是两种截然不同，甚至对立的感情。爱情并不是通过做爱的欲望体现的，而是通过和她共眠的欲望体现出来的——按照夏树悠爱的逻辑，昆老爷子的话就不可谓不冠冕堂皇了——哦，我爱一个女人，还不许说我看上她白皙的皮肤、匀称的腰身、丰盈的胸和曼妙的腿，难不成我就爱她个睡觉时不打呼噜不磨牙？

想到这里，我呼了口气，很郑重地回答老人："因为您爱漂亮。"

母女二人面面相觑。

夏树赶紧给老人翻译："%￥#@……%￥#@……%￥#@……"

令我奇怪的是，我总共说了六个字，可夏树翻译了差不多六句话。加奈子面露喜色，微笑着让女儿转述："这样一来我就放心了，你的答案，让我非常满意。"

偷偷地，我瞥见了夏树悠爱的脸颊镀上一层羞涩的绯红。

57

当天晚上我们就住在老太太的家里。夏树跟妈妈赖在一个房间，我睡另一个。半夜的时候夏树偷偷潜进来，塞给我一个暖暖的热水袋。我向她评功摆好："怎么样，今天那最后一个问题，我回答得够真诚、够有水准吧？"

一句话把夏树噎到了，她张大嘴喘了半天才吼过来："你想死吗？你喜欢我漂亮？那叫什么答案！冒冒失失地回答一个那么重要的问题，你是想让妈妈把你当成色狼赶出去吗？"

"哎？"我愣了，"不会吧？我看阿姨挺开心的，似乎对我的回答很满意呢！"

夏树叉着腰，气得嘴角乱颤："拜托，那是我把你的答案'加工'了好不好？"

"你是怎么给阿姨翻译的？"我一骨碌爬起来，问道。

"我告诉妈妈，你说我贤惠善良、勤劳努力，会操持家务，又能做一手上好的料理！”夏树眉飞色舞，笑成一朵花。

轮到我噎着了。

“你当真是这么跟阿姨说的？”

“当然！”夏树抱着肩膀，一脸的云淡风轻。

“你这个说法很不真诚你知道不？”

“可你知不知道，真诚和‘加工’并不矛盾，有时候将事实加工是为了更好地表现真诚！还有，你没听说过一句话吗——美，就在你身边，只不过你缺少一双发现美的眼睛。”夏树自我感觉良好地说。

看来，再深明大义的女人也爱听奉承话。夏树喜欢我说她漂亮，小林加奈子女士喜欢我夸她女儿贤良淑德。我的回答取悦了她女儿，她女儿的翻译取悦了她，于是才有了母女相视一笑，心满意足的效果。

我都啼笑皆非了——贤惠善良没错，勤劳努力也倒中肯，操持家务我就不说了，还会烧一手上好料理？老太太哎，您女儿的墨鱼汤好不好喝，您肚子里没点儿谱吗？

“我不是来问你这个的——”夏树的大眼睛忽闪忽闪的，她拍拍脸蛋兀自说，“我真的很漂亮吗？”

我嘿嘿一笑：“因为我想更好地表现真诚，所以我把事实‘加工’了。”

夏树也跟着我一起勾动嘴角，笑着笑着就一把抽回了我怀里的热水袋，站起身就出了卧室。

我很惊讶日本女人竟然可以不借助任何外力就把前一秒还盘着的腿站得溜直，难怪日本女人腿型不雅者甚众，敢情都是这么练出来的！

我们只在京都停留两天。第三天早晨，母女分别，夏树抱着妈妈偷偷垂泪，尽管听力很差，可我依然听懂了诸如“病”“离职”“照顾妈妈”这些关键字眼。反倒是小林女士格外豁达，要夏树安心工作。“你瞧妈妈现在不是很好吗？”小林女士极力把脸上的皱纹笑开，很动人。

夏树一步三回头地挽着我离家，刚拐出巷子就把眼泪蹭在了我的波西米亚大围巾上。

一路上，夏树用了一包纸巾，边哭边给我讲述了小林女士的病。绒毛状腺瘤这种病是分等级的，前三个等级可以算作良性，达到四级就可看作恶性，也就是癌。小林女士的肠道腺瘤做过切片分析，八处取样的结果里有四处已经达到了三级，距离癌变只有一步之遥。有的医生建议做肠道切除手术，可对于加奈子这种年纪的老人，手术无论成功与否都会对身体造成无可修复的影响。遭罪是一定的，夏树迟迟不敢采纳这个办法，一筹莫展。

“肖臣，换作你是我，你会主张给妈妈手术吗？”

我摇头：“不主张。”

“可一味地坐以待毙，瘤体是不会停止生长的。”

“谁说要坐以待毙了？”我抬起眼问她。

“那你有什么好办法？”夏树不哭了，晃着我的手问。

我说了三个字：“汉方药！”

Chapter 20

父子齐上阵

58

汉方药，就是中药的日语叫法。

夏树怔怔地看了我半天："汉方药我是知道一些的，可我没用过，更不知道汉方药能否用来抵抗肿瘤。据我所知，汉方药在日本的口碑……嗯，并不太好……"

我撇了撇嘴，日本诋毁中药的消息我是有过耳闻的，可好歹我肖臣也是来自中药故乡，出自中医世家吧？

"我不管汉方药在你们日本的口碑如何，可在我们中国，那可是民族瑰宝！'橘生淮南则为橘'的道理你懂吗？即便汉方药在日本受了排挤，那也是地域的问题。"

夏树低头思忖了半天，嘟哝着说："还是……算了吧？我知道'橘生淮南则为橘'，可我们这里毕竟是'淮北'，我还是觉得……"

我打断了夏树，只说了两句就让她彻底改变了主意。我说的是，如果给一个"淮北"老太太剥一只"淮南"出产的橘子，她是不是一样感觉甜？

另一句是，不瞒你说，我爸爸就是资深老中医一名，他在汉方药领域很有建树的。

我还说了第三句："哎哎，你能不能别搂我脖子？飞机场这是！公共场合！"

心里美得什么似的。

到家的时候已然是晚上10点，北京时间的晚9点。我迫不及待地给老家屯东头的食杂店打了电话，让老板帮忙去屯西头的电线杆底下喊下象棋的中医肖老汉。

我爸的作息规律我了如指掌。

半个小时之后，我再次把电话打过去，老爷子那浓重的家乡口音就从听筒里飘了出来。

"老子把残局都下成了'跨海征东'，马上就要赢下来的工夫让你一个电话给搅和了，你啥事？"

他只会下"跨海征东"这一个残局，当初用这个在屯口摆棋擂，五块钱一盘，一年多无人能破。当然，也从没有一个人肯花五块钱破他的局。

我说："大事儿，天大的事儿！"

然后我就把夏树妈妈的病症转述给我家中医老子，希望他能给出个良方。

我能想象老爷子把眉头锁成一个肉坨坨的样子，他咂着舌头说："病，我可以瞧，方子我也可以开。可你不让我见病人，不号脉，病咋瞧嘛？"

我说："这就要看您的本事了。病人远在日本，号脉是不成了，我可以用电子血压计测个心率，再把诊断书翻译成汉语给您邮回去。"

老爷子大怒："我就是给皇上瞧病，也要去那金銮殿上！你当老子是神仙，闻闻味儿就能治病呀？"

我说："这就要看您的本事了。皇上一道旨，您就能上金銮殿。我让您来日本，您来得了吗？我再说一遍，病人可是我对象、您未来儿媳妇的亲妈！”

老爷子犯难地嘬牙花：“肿瘤用中医治，本来就没多大胜算，你可别给老子大包大揽。”

我说：“您要是敢治，并且治得好，老太太一高兴，女儿就许配给我了；要是您不敢治，人家本来看好我，一想他老子这么没能耐，儿子也出息不到哪里去，兴许就不嫁了。”

电话里有拍桌子的声音：“哎呀，敢威胁你老子！你要是这么说，我还真就没那个能耐！”

我在心里努力地谅解他：没事儿没事儿，他是金牛座，他是金牛座……

一个没忍住，我还是在电话里咆哮开了：“我过了年就28了！你不为我打算也得为你未来的孙子打算吧！邻居老张头是不是抱孙子了？孙子是不是会满地爬着叫爷爷了？你眼馋不？”

老爷子的气势被我一句话给灭了，半晌喃喃地说：“要是治不好可咋办？”

我说：“那就要看您的本事了！”

说完挂机，干净利落。夏树关切地问：“大叔说怎么样？”

我一拍胸脯说：“没问题，你就请好吧！”

夏树疑惑地问我：“你怎么在电话里和大叔吵架呢？你好好和他说话不行吗？”

我说：“这个你就不懂了，我爸那是大赛型选手，你得适当地用些小招数，激将法。他生气与不生气，完全两个状态。那是第六感和小宇宙的区别，是赛亚人和超级赛亚人的区别。”

59

夏树把小林女士的病历整理成汉语，我又把她翻译的汉语再度翻译成通俗易懂的东北方言，最后快递回了家。老爷子在腊八那天把配好的中药打了三十个纸包，密封得严严实实，连易破的边角都拿透明胶缠过了，精心得就像在给儿子包装一份美丽姻缘。

小林女士还特意打了我的手机，说了些感谢的话。

这件事使得我在小爱眼里的印象分猛增。我在微博上发私信给宁宣：要想让一个女孩子对你好，首先你要对她最关心的人好。这是个定律！

宁宣给我回复：夏树老师主动跟你嘿咻了？！

我说：没有。

我们谈的是“素恋爱”，连吻都没吻过。

宁宣：你刚刚才说，她对你好来着！不是嘿咻，那指的是什么？

我没好告诉他，昨晚夏树洗了两个苹果，背在身后面问我要哪一个。我说要左手的，她拿出来比较了一番，最后乐呵呵地把她右手上那个更红更大的给了我——就这事儿，让我开心了一整晚。

看见宁宣如此跳跃的反应，我还是不深不浅地小落寞了一下。

我们已经发展到牵手散步了。虽然以我主动居多，但小爱也还蛮配合。她的手指凉丝丝的，从来不用力，而是任由我扯在手里。她不声不响，就算两只手牵成空心状，她也会出很多汗在手心里。

很多时候我在微博上看那种矫情的诸如《什么是爱情》之类的帖子，第一个想到的就是夏树悠爱的那只左手。手心出汗，手指很凉。这就是我那个时期的爱情。

宁宣却嗤之以鼻，他说：你傻呀？恋爱怎么能四平八稳地谈呢？得趁热打铁，得机不可失！你以为恋爱是玩魂斗罗，可以玩挂了无限循环接着打呀？

我说：那——我得怎么以为呢？

宁宣：婚姻是场垒球比赛，恋爱是垒球比赛里的一局。一垒是手，二垒是嘴，三垒是床。完成这个循环才能得分，得分最快最多的才能拿下婚姻——是这个道理吧？而投球手就是恋爱中的新鲜感。新鲜感一过，无论发展到哪一步都得叫停——没错吧？你美滋滋地上了一垒牵了手，可新鲜感不等人，同样是那么长的新鲜期，同样给那么多机会，你连得分都懒洋洋的，最后怎么能搞定夏树呢？

我：那我得怎么搞定夏树呢？

宁宣：尽快得分！

我：那我得怎么尽快得分呢？

宁宣：尽快上垒！

我：那我得怎么尽快上垒呢？

宁宣：你是不是傻呀？用球砸呀！你一个月二十多万的日元留着干吗？买礼物啊，取悦她呀！什么贵买什么，什么好送什么！只有投出让她招架不了的球，你才能跑垒嘛！

我：……

宁宣的恋爱经太深奥了，我有点一知半解。可有句话他说到了我心坎里——来了日本，尤其是涨了工资之后，我花销一直不大，每个月都有一半以上的盈余。我真的想给夏树买个礼物，让她爱不释手的那种礼物。

60

过春节日本公司是没有假期的，他们日历上的“红日子”才是我得以休息的时候。3月末有一个“春分日”，我又请了两天假，连着周末，用五天时间飞回家省亲。这半年我赚了一百多万日元，大部分都攒下了。我买了很多日本小玩意带给老家的孩子们。我还有一桩很重要的心事，就是在中国给小爱买件礼物，不光要买对的，还要买贵的，起码得是奢侈品级别的。我知道夏树几乎没有奢侈品，而在日本，女孩子之间的攀比是很盛行的。

我还特意请教了部门里三个很时尚的女同事，她们给我上了一课，大抵内容就是：女人啊，要一看包，二看脚；男人呢，要一看腰，二看表。

这说明了包和鞋子对于女孩子的重要性，就像男人的皮带和手表一样，那都是门面中的门面。三个热心的大姐几乎异口同声地建议我：买包！

而关于包包的品牌，我还是略微了解一些的。爱马仕，要想买得起我得先认个干娘；香奈儿，买得起，有点伤力；LV和GUCCI，差不多两万人民币就能买个新款了，用三分之一的积蓄给小爱买个包，我还没有到肉疼的程度。打定了主意，我就冲着这两个品牌使劲了，暗中套小话儿，后来到底摸清了一些材料。夏树喜欢浅色系的，裸色、粉色、米白色为最佳。夏树很懂事，闭口不说中意的款式，如果你问到她的心坎上，她会笑眯眯略带羞涩地说“还行吧”“不错啊”“挺好的”。可你若是问到了她不喜欢的款型，她会像诸多懂行的女孩子一样，拉个小板凳坐在你对面，掰着手指细数那些款式的硬伤，诸如“肩带太窄勒得慌”“水钻容易脱落还可能刮到衣服”“没有拉锁感觉不安全”“流苏？这是哪年的款式？怎么还有流苏！挎着多像个阿呆呀”……

简直滔滔不绝。

只有这种情况发生时，夏树才是真的不喜欢。

她越是分析得专业，我就越发不忍心。

能把一千五百块钱的智能手机的每一项功能开发得淋漓尽致的人，通常都舍不得用iPhone；而买iPhone的那些人，通常只知道用它打电话。这让我想起了一首古诗：陶尽门前土，屋上无片瓦。十指不沾泥，鳞鳞居大厦。

我就在想，如果我能把一个肩带不勒、水钻不掉、没有流苏、既好看又有安全感的名牌包包放在夏树的手里，她该是何等地快乐？

我把这件事提上了日程，临回日本的那一天，我特意把宁宣找出来替我做参谋。

宁宣坐在胜利广场的长凳上，捋着没毛的下巴冥思苦想了半天：“你，大老远从日本跑回来，想给夏树买个包，还是正价的，正品包——你脑子没进水吧？”

我说："各人老婆各人疼，不光要买正价正品的，我还要买新款的，限量版才好呢！——哎？我记得你说过，要什么贵买什么，什么好送什么，怎么转过脸又出幺蛾子？"

宁宣把我拉到长凳上，苦口婆心地说："大兄弟呀，这是在国内！淘宝事业蒸蒸日上，山寨高仿层出不穷，你非跑这儿来较劲地买个正品包，那不是糟蹋钱吗？"

我说："这话好没道理，国内怎么就不能买正品了？国内有的是大款小款啊！"

宁宣鼻子一哼哼："这你就不知道了，越是有钱人，买的东西越假。反正人家有钱，买个假包背你也觉得是真的。相反，你如果是穷人，买个真包背，人家也权当假的。"

简单地说，真包是给有钱人准备的，那叫物有所值。

而假包，还是给有钱人准备的，那叫物超所值。

你如果是穷人，就老老实实地买个假包，那叫物美价廉。

你如果是穷人，还嘚嘚瑟瑟地买个真包，那就是最大的傻蛋，那种傻法就叫暴殄天物。

呃，这个……我说："我不管别人，反正我是一定要买个真包送给我家小爱，我虽然没什么钱，可对她的感情不掺假！再说，她连一件奢侈品都没有，我好容易送一样，还是个假的……我做不到。"

宁宣笑了："你啊，对付女人的经验太少，好容易上手一个就掏心掏肺的，这是一种病你明白吗？我今天就给你标本兼治一番！首先，你知道国内市场的高仿包已经仿到什么程度了不？多少明星都买高仿包，一来皮革比真的还软，二来款式新颖。真包就那么几种，人家外国人早就背腻歪了，你弄一高仿的，在美国街头一走一过，正宗的美国妇女纷纷摇下车窗冲你搭讪，嘿，Honey，这包在哪儿买的？咋那么有品呢？其次，就算你非正品包不买，怎么也得回日本买去吧？你不知道这边的价格贵吗？"

我喃喃自语，底气全无："不是世界杯出线那一年就已经WTO

了吗……”

宁宣仿佛一下子抓到了我的小辫子：“你看你看！什么都不懂就想烧钱，你研究过税差吗？”

拍了拍我肩膀，宁宣笑哈哈地指点我：“在国内，就得按国内的套路办事，这就叫入乡随俗！你大老远从国内带个包回去，保不齐人家夏树就想了，看着没？放着价格优势不利用，非要回国买一高价包，还告诉我正品！上坟烧报纸，糊弄鬼哪？到时候明明你买了真的，人家也不信你了！何苦呢？”

“再说了，”宁宣道，“泡妞嘛，省钱是硬道理。你说夏树没有奢侈品，你一掷千金不足惜，这好办——你在国内买一高仿的包包，再回日本弄一套正品的女装。一款奢侈品的钱你能买一身奢侈品，多好哇！”

我看似不可动摇的理念就在宁宣的几番轰炸中，战战兢兢地打了个寒战。

我说：“要是被人看穿了咋办？”

“开玩笑——”宁宣一下子从条凳上蹦下来，“你才出国几天啊，就对民族工业丧失了信心？从里子到面子，保管她夏树您爱拿着放大镜都看不出来，真的都没这么真，你就信我吧！”

恰好我们身边的条凳上就坐了一个穿真维斯大毛衣挎LV的女生，宁宣低声问我：“你看她背那款LV是真是假？”

我目测了半天：“是真的吧？真的我看过，和她背的一模一样。”

宁宣二话没说就凑了过去：“美女，那啥，跟你打听个事儿——你这款包挺漂亮的，哪儿买的呀？”

美女是个热情似火类型的，宁宣问了一句，她回答了三四句：“就这地下商场啊，你脚下站的地方就是！地下二层，穿过乾隆大集，左拐第一家。要价1900，1100就能卖。你要是跟掌柜的好好侃，她能卖你1050也说不准呢……”

我就再也淡定不起来了。

宁宣谢过了美女，回头冲我说："听见没，听见没？你该不会傻到认为路易威登专卖店开到了乾隆大集的程度吧？"

我踌躇地站起身，蓦然发现胜利广场上的女孩子们挎的都是形形色色的LV。

一段广告语像闪电一般击中了我——

一位美女笑靥如花地捧着自己的包包说："我的LV，是在乾隆大集买的！"

又来了三位挎包的美女，对着镜头撩了下秀发，彼此心领神会地一笑："我们的LV，也是在乾隆大集买的！"

越来越多的美女从四面八方过来，汇集在镜头前齐刷刷用骄傲的女声说："我、我，还有我，我们的LV，都是在乾隆大集买的！"

"乾隆大集买LV，还有防伪标识inside！灯，等灯等灯——"

那一刻我决定，加入这种时尚。

Chapter 21

谢谢你送我的“好东西”

61

半个小时后，我和宁宣已经在乾隆大集左拐第一家挑了不下三款仿真LV包。

“这款，1:1的，450块，挤公交车，被小偷割了也不心疼。”

“这款，95%高仿，1100，阔太太们的最爱，一般人辨不出个真伪来。”

“哪，这一款就厉害了，超仿的！”掌柜拿出一只更精致的包来，“就这包，这么说吧，就算我把它扔给一个常年研究LV的行家，让她一针一线地鉴别，她都说不出子丑寅卯！1450，一口价！”

那是一款路易威登Monogram Denim系列大号Neo Cabby手提包，夏树钟情的款式之一。宁宣用手摩挲着高仿的皮面，赞不绝口：“除了价钱差了将近十倍，其余一模一样，俨然就是个真包。你放着这样的包不买，非要买一个正品，是不是傻？是不是傻？”

我说：“小爱喜欢浅色系的包，这个是深蓝色的。”

“哎呀呀。”掌柜的把我拦了过去，“浅色系我们也有，可是没有深色仿得真！”

“包的真假你都不在乎了，还在乎什么颜色？”宁宣也帮腔道，

“你是舍本逐末你知道吗？”

我被这两人一唱一和弄得头都晕了。

我迟疑着数出了十五张大钞，还想纠结一阵的时候，掌柜的就一把掠了过去，找了我一张皱巴巴的五十，买卖就算成交。

原价一万三千多的Neo Cabby，我用了不到一千五就买到了。

整个过程用了差不多四十分钟，而我的脑子也仅仅短路了四十分钟而已。毫不虚伪地说，出了乾隆大集我就后悔了。我想起夏树一谈及包包时那明亮的眼睛、滔滔不绝的语气，还有那欲说还休的憧憬和偷偷拢着的小小心思。

而我，即将拿一个赝品去骗她。

飞机轰鸣着从大连周水子机场起飞，我用手掩面。

愁绪，像对流层的云彩，从四面八方压过来。

我在飞机上打定了主意，回到日本就再买一个真品送给夏树，至于这个真不真假不假的超仿品，我还是藏着的好，说什么也不能让夏树看见。

所以我回到家熊抱了我的日本女友，塞给她老爷子封给她的红包和老太太炸的小麻花，乐得她合不拢嘴，我却始终也没有打开最大的那个皮箱。我在羞愧的情绪中睡了一夜，第二天刚拉开房门，就听见楼下传来夏树的惊叫。

“是不是做饭烫到了手！”我连拖鞋都来不及穿，就那么光着脚跑下楼。

我看见一张红透的脸，眼睛弯成一个月牙，连忽闪的长睫毛上都挂着起起落落的满足，嘴巴鼓鼓的，嘴角弯着。她捧起那只LV的大包装袋缓缓转过身来，就像小孩子在年初一穿上了新衣裳那样地开心。

那声惊叫——确切地说，是欢呼——就是这么来的。

脑袋嗡了一声，我的眼睛立刻就直了，两个小人儿开始在脑袋里打架：“告诉她……不告诉她……对她说……不对她说……”

我正犹豫的工夫，夏树放下包就嘤咛了一声扑到我怀里。

“亲爱的！”她这样喊我。她第一次喊我亲爱的，用的还是地道的中文。

夏树半嗔半喜，撒娇一般地说：“你怎么……你怎么……对我这么好呀……”

于是我脑子里的俩小人儿不再掐架，他们和我一样，都变成了星星眼。

“哼！买了礼物，还搞惊喜这一套，可是你知道吗肖臣？”小爱喜滋滋地说，“我闻到了味道，高档包包的皮革香会从很远的地方飘过来，哼哼，好东西你是藏不住的！”

62

夏树没问我是真是假，她甚至没有问我价钱。第二天上班，整个人事部都知道肖臣花了二十万日元给夏树悠爱买了一个路易威登的包包。其实这本没什么，在高收入的日本，爱美的女孩子都有一款或几款名牌包包。可对于不走奢侈路线的二年级员工夏树悠爱，这点皮毛小事却足以小小地轰动了一把。

我终于见识了什么叫“爱不释手”。随后的几天里，夏树几乎走到哪儿就把它背到哪儿，哪怕包包里只放一片面巾纸她也愿意不辞劳苦地一路挎着它。她又从装饰品小店里源源不断地买来一些很孩子气的挂链和其他配饰，琳琅满目地装衬在包包的袋口，还把一串小铃铛和金黄色的铜件挂在一起，走一步响三声。小爱眉飞色舞，沉溺其中。

单单是这样也就罢了，可夏树对它“爱不释口”我就有点扛不住了。那些天里小爱几乎逢人就面露喜色地说：“我男友送了我一个包包，喏，就这个……”

然后，那些被她广而告之的同事、同学、发小就眼睛发亮地抓过去，鉴赏着，鉴赏着，再次鉴赏，再三鉴赏……

我的一颗心啊，蹦得都快吐出来了。

雄兔脚扑朔，雌兔眼迷离，双兔傍地走，你知道谁家的小谁一眼就能辨出真品和赝品？

我预见到了事情的严重性，对夏树开始了一番思想品德教育。

“小爱。”

“嗯？”

“你这样不好吧？”

“怎么不好了？”

“是不是有些招摇了？不过就是个包包而已，不稀罕，公司的女生哪个没有？”

“我就没有啊！现在你送了我，我可不就高兴了呢！”

“小爱。”

“嗯？”

“咱们别这样了。”

“为什么？”

“人家会觉得你在炫耀，一个包就把你乐成这样，你的那些伙伴会认为你很肤浅。女孩子，要端着点儿。那个谁曾经说过，不懂端着的女孩子通通不是上品。端着，你懂吗？”

“我为什么要懂那些啊，我开心，让我的伙伴分享我的开心，有什么不对吗？再说，她们买来好东西，找我分享的时候，我都没觉得是炫耀，轮到我了，怎么就成炫耀了？”

“小爱！”

“嗯？”

“我再给你买一个吧，这个不好看。”

“别别！告诉你肖臣，这一次你搞突然袭击也就算了，你一个月才赚多少啊？都买了包包，我会心疼死的。”

“小爱……”

“嗯？”

“算……算了，没事儿了。”

“……”

方才在和小爱探讨“端着”的时候我就在想，如果我送林豆豆一个赝品LV，不知道她会是何等表情。即便我送她一个真的，即便也有女同事逢迎，她也会冷漠地撇一撇那动过刀的嘴角，佯装不经意地告诉人家：咳，一般一般吧，我家里还有一打呢。

从这个角度看，我家小爱真的缺乏“上品”女人的潜质。我就纳闷了，都是24啊，她怎么就那么单纯，那么好糊弄呢？

正在唏嘘之际，小爱冷不防地叫：“肖臣！”

“我想，你应该知道我喜欢浅色系的包包吧？”小爱把手背在身后，点着头，拉出了一个拷问的架势来，“为什么还买一个深色的回来呢？”

我想都没想：“因为深色的比浅色的真。”

“什么？”夏树一愣神。

我赶紧改口：“啊，我说的是，深色的比浅色的深。”

这不废话吗？真想找一个哈利·波特那样的魔法师，法棍一点，赝品就自动变真品，倒贴多少钱我都乐意。只可惜我是个麻瓜，还是个耳软心活、立场不坚定的麻瓜。当初要是不听宁宣的谗言，买个真包给小爱的话，此刻的肖臣该是多么开心……

我深知这是个澄清误会、交代事实的绝佳时机，慢慢低下头：“对不起小爱，我……”

夏树一下子笑开了，背在后面的两只手“嘭”地展开，像藤蔓一样揽住我的脖子：“傻瓜，为什么要对不起？我是说过我喜欢浅色，可是忘记了补充。事实上，你送我什么颜色，我就喜欢什么颜色。现在我觉得这款深蓝色最好看！”

我的一番坦白齐刷刷地堵在嗓子眼，一看见夏树那如假包换的开心，我就一句话也说不出。

63

我务必要给小爱买个真包了，务必！

遗憾的是，一连十几天，我们形影不离。虽然我们也一同逛过两次街，可小爱无不是一脸惬意地，左手挽着我，右手挽着包。

我一点下手的机会都没有。

好消息是，近来夏树要出差了。欧洲，为时三天，足够我去几趟大型百货商场，买一款货真价实的奢侈品包包回来。临走的当晚夏树就一脸踌躇，我揉了揉她的头，小别胜新婚嘛，更何况我们俩只是拉拉手就会脸红的男女朋友关系，更不必纠结于分离之苦了。

结果夏树仰起脸嘟哝了一句："什么呀？我是在犹豫，到底是背我的好东西还是不背呢？按说我是一定要背去欧洲的，可包包是新买的，长途跋涉，皱了或者划到就不好了。所以到现在我也没有拿定主意。"

我："……"

半晌，夏树凑过来，一双眼笑得亮晶晶的："那我就背着好了，我会很珍惜的，保证崭新如初，一个印印都不会留下。"

夏树走后的第二天我就去了商场，福岛县最大的商圈，奢侈品店琳琅满目。这次我买的是香奈儿白色鲟鱼皮手袋，售价26000元人民币，正好是那款路易威登Neo Cabby正品的两倍。

我想得很清楚，小爱喜欢我送的包，非常喜欢。我已经用赝品骗了她一次，就算是为了将功赎罪吧，我也得拿出两倍的诚意来。更何况这只香奈儿鲟鱼皮手袋也是真的漂亮，材质独特，造型个性十足，挎在手臂上是何等耀眼？一个LV都能把小爱开心成那样，我就想，当我把这只香奈儿双手奉上的时候，她怎么能不开心？

我乐颠颠地一直等了她三天。结果等来的不是女友回归，而是一条爆炸性消息。

按说小爱已经准备登机了，可我怎么都拨不通她的电话。临近下班时分，同一个部门的竹野内技师满头大汗地跑来找我。竹野内的女友就在人事部，此次跟夏树一同出差，我一下子就嗅出了紧张。

“阿喏，肖桑……”他磕磕绊绊地用日语说，“您送给夏树的那个包，是正品吗？”

“啊？”我一下子就呆住了，何出此言呢？可还是忍住了心虚嘴硬地说，“没错啊，就是正品！怎么了？”

“那就好……那就好……没什么……”竹野内抱歉地弓着腰，就准备撤了。

我愈发不安。既然是“没什么”，何来“那就好”呢？

待我叫住他，一五一十地询问了情况之后，我就化不安为惊恐了！竹野内技师告诉我，夏树和他的女友在出境的时候遇到了一点麻烦。确切地说，是品牌监察员怀疑夏树的路易威登是赝品，欲将包包没收，夏树执意不从，双方僵持不下，已经吵起来了。

我的脑子嗡了一声，像被人隔空打了一闷棍。竹野内笑哈哈地说：“没什么，肖桑放心好了，真的假不了。”

我更害怕了。

我知道真的假不了，不仅如此，我还知道假的也真不了！

我彻夜难眠，夏树的电话打不通，我只得打给宁宣寻求安慰。我刚说了句“夏树把那款超仿包背去欧洲了”，还没等说被品牌监察员逮个正着呢，宁宣就炸了。

“什么！你让夏树背着个假包优哉游哉地出了境，而且还去了最严的欧洲……你你你，是不是疯了！”

我哪知道有这么多的说道？不是说这超仿的，就连行家一针一线地对比，都看不出来的吗……

“那也不行啊！”宁宣说，“出入欧洲可是有专门的监察员、海关和警察三方监督的，人家就专门干这个的！看都不用看，闻闻味儿就知道真假！你赶紧的，给夏树打电话，让她找个垃圾箱把那包扔掉，要是查出来可就麻烦了！”

呵，呵呵呵，没买之前，是一个比一个能忽悠啊！什么超仿的，什么万无一失，结果呢？一千五百块的小妖小孽怎么能架得住孙猴子的火眼金睛？我告诉宁宣：“夏树已经被监察员扣了，咱们还是想想怎么善后吧！”

宁宣傻了，好半天才喃喃地说：“这回事儿大了……”

“你那么有经验，你倒是说说，抓到了能怎么样？把包没收吗？”

宁宣苦笑了一下：“说了你可要挺住啊——持假包出入境，但凡被逮到，先没收再罚款，最后……最后还得追究携带者的法律责任，有可能要拘留呢……”

宁宣还想再跟我掰扯什么，可我已经默默地把电话挂掉了。

我就那样头抵着柜子慢慢滑坐在地上，我终于悟到了一个真谛，就是《裸婚时代》里文章对姚笛说的那句话——细节决定爱情。

我用了一年时间稳扎稳打地接近夏树。

我不吸烟、不喧哗、很少喝酒、不撒酒疯，还保养着一双没有异味的脚。

我用国内带过来的海飞丝洗头发，当着夏树的面从来不清理鼻毛，我能把每顿饭吃得干干净净，连个饭粒子都不掉。

可我怎么就稀里糊涂地买了个假包，还让她到欧洲监察员的眼皮子底下嘚瑟去了呢？

人家姚笛在连续剧里都“裸婚”了，还坚持用iPhone，背真的LV呢！

这不是细节决定爱情是什么？！

Chapter 22

一个“超仿包”引发的血案

64

直到第二天上午夏树也没有消息。竹野内的女朋友已经回来了，草草地告诉我夏树滞留了，要问题解决后才能登机。我从她的态度里听见了轻蔑的意思，短短两个小时，公司上下都知道夏树因为一个LV包包遭遇滞留的事，而那个包，就是她的中国男友肖臣给买的。

整个上午没人跟我说话，他们探头缩脑，用怪异的眼光瞅我，他们用日语叽叽喳喳地品头论足，那种表情，就像旧社会里千辛万苦被扶正的姨太太们聚在一起讨论一个狐狸精。我听不懂那些日本方言，可从眼角眉梢的讥讽里我也能猜出几分。

“瞧瞧，就是这个中国人，用一个假包来骗我们日本姑娘。”

“我就说嘛，这种包怎么可能回国去买？又贵又麻烦，只有夏树悠爱那么傻的家伙才肯相信这是真品！”

“唉——我们日本这么多优秀的小伙子，夏树怎么就非看上他了……”

……

这种情形下，我完全没法工作了。我请了一天假，回家里去想对策。

中午饭也吃不下，我千辛万苦地查了机场的电话号码，拨过去用英语跟负责人询问夏树悠爱的情况。还真不错，联系上了！负责人告诉我事情已经解决，你要找的日本女孩子已经乘坐了上一班飞机，很快就会到达日本。我想问问他处置结果，但是那人英语不大好，只会一个劲儿地说“sorry”。

我本能地想，外国人跟你说“sorry”，表明事态基本上升到了“很遗憾”的程度。估计夏树一落地，我这个男友就要被罢黜了。

我把家里收拾得干干净净，顺便给自己的行李打了个包。这个家，我再也没有脸待下去了。我不怪掌柜的，也不怪宁宣，曾经有足够的坦白机会摆在我面前，我没有珍惜。

我摩挲着那只新买的香奈儿鲟鱼皮包包，一遍又一遍，眼睛里慢慢涌上潮气。脑袋里那两个会打架的小人儿此刻正五花大绑在柱子上，那个主张隐瞒秘密的小人儿声泪俱下地说：我不是舍不得给她花钱……真的，我不是舍不得……

我叹息了一声，仰起脸把眼泪忍回去，看见墙上的挂钟指向了晚上6点。

夏树就在这个时候摁响了门铃。

不顾一切地冲下去，我打开门，第一眼就看见素颜的夏树高高肿起的眼睛。她没有常规地喊“我回来了”，而是撒手扔下皮包，猛地扑进我怀里，与此同时，“哇”的一声哭了出来。

我紧紧地抱着她，恨不得把她嵌在肉里的那种紧法。我想这也许是我们最后一抱了，让我再感受感受。

多好的女朋友啊，五十公斤，不多不少，刚好是看起来瘦瘦的，抱起来肉肉的……可惜就要分手了。

这么想的时候，我更难过了。

夏树揽着我的背，把眼泪一股脑儿地蹭在我的脖子上。她哭得像个噎到的婴儿，一颠一颠地抽泣了半天才说出一句完整的话：“呜——肖臣，他们把你送给我的包，给剪了……我的好东西……没了……”

“没了”两个字刚出口，就被更高一波的“呜呜”声盖过。夏树哭得喘不过气。

我轻抚她的头发，疼惜地蹭着她的脸颊，一字一句地说：“小爱，对不起，都是我的错，如果不是我……”

“跟你没关系！”夏树一把推开我，哭得咬牙切齿，“都是那些失职的品牌监察员！他们毁了我的好东西，还耽误了我的飞机，呜——”

呃……

我放开她，给她揩了鼻涕和眼泪：“小爱，你先别哭，他们怎么你了？给我讲讲来龙去脉啊！”

65

夏树此次欧洲之行，入境的时候还算顺利，问题就在出境的时候，她背着那款“超仿包”刚进机场，就被品牌监察员给盯上了。他们常驻于此，对几款容易出赝品的包包，尤其是对亚洲女性的背包，有着超乎寻常的敏感。不得不佩服监察员的嗅觉，那个三十多岁的法国女人一眼就看出夏树的包不对劲，悄悄地报给了上司。

夏树就在安检的时候被拦下来了。

面前站着来自机场和厂家的三男两女，为首的是个会讲英语的男人。他用三言两语跟夏树交代了情况——小姐，我们怀疑您的包包是赝品，请您把包里的东西清空，配合我们进行检查。

起初夏树以为人家怀疑她带了违禁品，蛮配合地逐一掏出来给人家看，可夏树发觉人家的下手目标是她的包包时，她一下子不干了。

一个日本人同一堆法国人讲英语，双方的舌根子有先天性的硬伤，好在夏树有语言方面的天赋，连说带比画，外人听起来鸟语花香的，可人家鸟儿自顾自地，比画得好不热闹。

夏树把包掠过去，一把抱在胸前，警惕地看着众人说：“你们是不是搞错了？这包是真的，绝对绝对是真的！你看这皮、这纹理、这针脚，怎么假得了？”

监察员慢条斯理地跟她说：“小姐，没人断言这就是一款赝品包，我们只是想让您配合检查，这样才好下结论。所以，请把它交给我们。”

夏树如临大敌，好半天抿着嘴唇说了两个字：不给。

“你们这是无理取闹！我的包，凭什么交给你们检查？我谁也不给！这是我男朋友送我的礼物，从中国带回来的呢，你们谁也无权拿去……”

不知夏树的话里有哪个关键字让监察员们同时为之一振。几个人彼此交换了眼神，为首的男人问：“小姐，您方才说，这包不是您亲自买的？”

“嗯。”

“是谁从哪里带回来的？”

夏树讪讪地看了一眼：“是我的中国男朋友……”

男人未等夏树说完眼睛就猛地亮了，大巴掌隔空一挥：“给我拿下！”

再之后的情况，就和竹野内的女朋友形容的一般不二了。双方的争执终于起来，夏树的嗓门高了八度，整个候机大厅都能听见她据理力争的声音。机场的保安拦着她，与此同时，那几个监察员组成的临时小组戴上专业眼镜开始对夏树的包包进行全方位的检查。

整个过程大概用时不到十五分钟，监察员按照五个不同特征把这款赝品包和正品做了全方位对比，结果让人惊讶——这款包的上述五个特征和正品完全一致！围观者越来越多，趾高气扬的监察员有点黯然，倒是夏树，始终保持着亢奋的情绪，在她看来这个结果是必然的，真的就是真的，监察员也得用事实说话！

“首先，我要你们把包还给我，其次我要你们道歉——你们，必须向我道歉！”夏树的脸都急红了，声线也在愤慨之下瑟瑟发抖，像一把破了音的吉他。

事实证明，夏树得理不饶人的做法一点儿都不明智。大家都是有自尊心的成年人，对面是富有权威的监察员，他们又是主场作战，周围聚集了一大帮等待说法的观众，这一军将下去，不是鱼死就是网破了。

结果就是，鱼也没死网也没破，可那个倒霉催的包包难逃一劫了——监察员当即决定把这个包解剖。那位始作俑者的法国女人一脸坚毅地向为首的男人打包票：头儿，相信我！这一定是个赝品。为今之计就是把它彻底剪成碎片，要知道，赝品仿得再真也只是表面功夫，皮革的另一面断然不会一致，造假者不可能拥有这样的技术！

男人迟疑地看着她的属下：“我相信这是赝品，可万一剖开也找不到差别，怎么办？”

女人冷冷地笑了：“那就没办法了，赝品要是能仿到那个程度，那就是真品。”

“不过……”她牵动嘴角，“这种可能不存在。”

66

夏树刚开始还像一只耀武扬威的大尾巴狼，和监察员斗法的同时还不忘了叉腰站在人群里拉拢不明真相的群众。这是妇女战争的一大特色，不管结局如何，声势上（确切地说是口头上）一定要占便宜。就连夏树这样不谙世故的小丫头也无师自通了。可一回头，看见对方亮出一把二尺长的专门剪皮革的大剪刀，大尾巴狼一下子就僵在了原地，嘴脸还是狼的嘴脸，可是眼神已经慢慢软化，像一只柔弱的小白兔了。

“你们……这是要干什么？”

男人微微一笑：“很抱歉，女士，您不是要我们向您道歉吗？我们决定把包解剖，如果皮革的内侧仍然和真品一致的话，我们全体都会向您诚挚地道歉。不仅如此，我们还会赔一个一模一样的真品包给您。”

“那个……”夏树用上牙咬了咬下嘴唇，蓦地，笑靥如花。

“哎呀，我不用你们道歉了行不？”她说。

“你们服务态度挺好的，我也很满意，哎对了你们有那种评价服务的小仪器没有？我给你们评个‘非常满意’，然后你把包还给我，你看可以吗？”她给男人飞了个日式媚眼。

“不可以。”男人的笑容里有着拒人千里之外的严谨。

小白兔都快哭了。

“要么这样可以吗？包先抵押在你这里，我回去问我男朋友要买包的收据和相关证明……”夏树垂下头，松散的头发像战败的旗，毫无生气地挡住了眼睛。她喃喃地说：“我不怕麻烦，可是我不能容忍你们把它剪了，你们……你们这些个阿呆！坏蛋！你们有什么权力剪旅客的包？有什么权力！就因为你们怀疑？就因为你们怀疑！”

夏树说着说着就再也按捺不住，扬起脸的瞬间，眼睛里射出了一小团愤怒的火焰。

男人淡淡地笑了下：“嗯，我们有怀疑的权力。”

随后发生的事让我这个听众大为动容。夏树猛地冲过去，紧紧地抓住包包的肩带。保安追上前，用更紧的力道扼住她的肩膀。

于是，娴静而知礼的日本女孩子夏树悠爱真的爆发了，爆发成一个完全不像她的夏树悠爱。她声嘶力竭地喊着夹杂着日语的英语，张牙舞爪地挣扎。坐拥十大美丽画面的夏树悠爱失去了最后的优雅，像疯子一样够向那只即将罹难的包。皱着眉头的围观者只能在这个疯狂的日本女孩子口中辨别出两句还算完整的话。

“可是，你们不能剪碎它——

“那是我男朋友送我的礼物啊——”

我几乎在以一种侥幸的心理聆听夏树的讲述。直到她复述了这一段，我的心里就像一脚踏空，五脏六腑都跟着塌陷了一轮。我后悔没有出现在事发现场，可我又在偷偷地庆幸——当我目睹夏树为了保护一个赝品包玩命挣扎时，我的内心是否蓄积了足够的坦然去掩盖我犯下的罪过？我不知道。

我不在夏树的身边，可只有我明白，她承受着满满一个候机厅的白眼与讥讽，几乎以一种不可理喻的方式去挽救那只剪刀下的奢侈品，不过是在维护她心里那一小池不容玷污的爱情，不过是因为她曾那么义无反顾地相信她爱的男人能送她一个真品包。

夏树的哭声就在剪刀在包的边缘铰开第一道豁口的时候，冲破空气，回荡在候机大厅里。她的哭泣就像炸开的坝口，带着功亏一篑的遗憾和无法挽回的悲伤。夏树不再挣扎，慢慢地蹲下去，仿佛只有这个姿势才能擎住她的难过。保安识趣地放开了她，与此同时，几位监察员紧锣密鼓地把剪开的碎皮拆线，鉴定……夏树默默地走过去，俯下身，一块一块地把包包上剪下的碎皮拾起来，铜件上的铃铛小饰品“当啷”一声掉下来，夏树的眼泪像断线的珠子一样往下淌。

Chapter 23

我的爱不是赝品

67

说到这里，小爱又哭了。

从回家到现在，她给我讲述了半个小时，手背一抹，双眼肿得像两枚通红的杏子。

我双手按住她的肩膀，迫不及待地问她："然后呢？他们在皮革的内侧发现了差别？"

小爱喝了一口水，淡淡地说："当然没有。"

谁也没想到风波会以这种方式平息。

监察员满头大汗地鉴定了二十分钟，你看我，我看你，全傻了。

皮革的内侧——印花、轧线、纹理、防伪——均和正品一模一样！

鉴定结论，这是个真包。

至少——几口子专业人士用专业手段忙活了一个多小时，把好端端的包剪成了九片，拆成出厂前的样子，也没发现它和正品包有任何的不同。

"啊？！"我抓着她肩膀的手掐得更紧了，不停地摇晃着说，"再然后呢？”

夏树皱着眉把我的手摘下来：“再然后，他们给我道了歉，在机场免税店买了个同样的包包赔给我，又因为误了我的航班，给我订了下一班飞机的头等舱，我就回来了……”

“没啦？”我问。

“没了。”夏树如是说。

“这么说，他们赔给你新包了？”

“嗯，赔倒是赔了，可是……”夏树怔怔地扬起脸来看我，鼻子一酸，扑到我的怀里，“你送我的好东西已经被剪碎了，即便赔了我一个新的又怎样？十个也换不来我的那一个呀！”

夏树讪讪地把人家赔的那个真品Neo Cabby包包拿出来丢给我：“喏，就这个，我连包装都没拆，完全没有心情。”

我两眼发亮地接过，打开拉链，翻看说明书，细细端详。

这就叫一分钱一分货呀！我心里不住地呐喊，超仿的就是不一般啊！那么多专家费了那么多周折，愣没查出个所以然来！

“小爱，有件事我有必要跟你坦白，这事儿我办得不光彩，可为了让你宽心，我务必得把真相告诉你——”我盯着夏树的眼睛，一字一顿地说，“我买的那个路易威登Neo Cabby的包包，的的确确是假的，我是花了上万元，不过不是人民币，是日元。”

夏树一愣，抬头和我对视了三秒钟。从进屋开始就哭哭啼啼的夏树扑哧一声笑了。

“肖臣，你真好，为了哄我开心，竟然编了这么拙劣的谎。可是你不惜诋毁自己，我会更加难过的——我知道，你不会送一个假包来骗我，打死我都不信。”

“嘿——”我瞪大了眼睛，“你干吗不信啊！我什么时候骗过你？”

“我信，我信。”夏树的嘴角泛起淡淡的笑意，“可相比于信你，我更相信那些专业监察员和他们手里的仪器——他们已经下定论了，那就是个正品包！”

我……

“小爱，我发誓我真的没骗你，那就是个赝品！如真包换的，赝品！”

说完我自己都觉得拗口，是啊，可不就“如真包换”了吗？

夏树笑眯眯地摊开手：“好吧，你把买包的发票给我，我就相信你。”

“不，真包才有发票呢！我一假包，去哪儿弄发票啊？”我说。

“呵呵，我一猜你就会这么说。好吧，肖臣，这个话题到此为止，你拿不出发票来，我就不信这是个赝品。”

我急得脸红脖子粗，终于，我想起了那只鲟鱼皮。于是我跑进屋子里把新买的正品香奈儿连同发票一起给了夏树。

这下夏树真的吃惊了，没有半点惊喜，双瞳紧紧地锁在我的脸上。

好吧，我全交代了。

“小爱，那款Neo Cabby真的是高仿品，买完我就后悔了，所以藏起来没有拿出来，准备一回日本就买一个真的送你。谁知道你自己发现了，还开心成那样，让我骑虎难下。后来我就趁着你去欧洲的机会跑了趟专卖店，买了这款白色鲟鱼皮。你那么聪明，只要想想就知道——我没必要在送一个正品LV之后，马不停蹄再送你香奈儿。这两款包的价格想必你也了如指掌，我只想花双倍的钱来弥补我的过失。可到底还是迟了，你在机场滞留的时候我一夜不眠，肠子都悔青了。见你平安归来，我高兴，听说包包被鉴定成真的，我更高兴——可我不能顺着事态发展去欺骗你，假的真不了！我的确买了正品包给你，但不是那一个。”

夏树怔怔地听完了我的讲述，落寞地勾起嘴角，想笑，却没有笑出来。她只是喃喃地说了句“我不信”，就转身离开我，去收拾东西。

她的表情告诉我，她到底还是信了。

“小爱，你原谅我！”我冲着她的背影喊道。

她不说话，尚未从方才的哭泣中缓过劲来，我看见夏树的整个后背都在抽泣中一颤一颤。

68

整晚上夏树再也没有说话。她默默地整理皮箱、洗菜、做晚饭，又一声不响地把米饭盛在我的眼前。吃完了收拾碗筷、洗澡、看电视……她抱着她的维尼熊弟弟，一直把电视看到一片雪花点，也没有侧过头看我一眼。

我讪讪地回了卧室，颓然地倒在榻榻米上。过了很久，久到我都快睡着的时候，夏树才轻轻地敲了我的门。

“肖臣，你能穿好衣服，来一下我的房间吗？”

这话说得很有条理——穿好衣服，再去她房间——夏树到底还是了解我的，即便到了这个节骨眼，我仍然怀有一颗不死的YY之心。不过听了她的话我就一点儿杂念都没了，这么晚去她的卧室，应该是有一次促膝长谈在等着我。

我就蔫头耷脑地去了。

拉开门，我看见夏树盘着腿坐在席子上。她面前摆着一只钱包、若干存折、借记卡、我送的香奈儿和人家赔她的那只路易威登包包，最醒目的是中间的九块碎皮，上面还挂着拴有红绒线的小铃铛。那些碎片，都被她原封不动地带回来了。

夏树头也不抬，声音淡雅却清晰：“我已经五个小时没和你说话了，你让我原谅你，可我不知道你哪里做错了，也就无从去原谅。我的脑子里很乱，所以，如果我说些没有头绪的话，请你不要见怪。”

她把面前的东西一样一样又摆了一遍：“这个，是你从中国带回来的，已经被剪成了碎片；这个，是你在日本给我买的，用了你两个半月的薪酬；这个，是他们在免税店买来赔我的，没拆封的正品——瞧瞧，仅仅不到半个月，我就拥有了这么多的名牌包包。可是肖臣，我应该做出怎样的反应才算正常呢？是欢呼吗？是拍照传到twitter上或者打电话给朋友分享吗？”

她又不声不响地把那几张存折和卡重新摆了一遍：“这张，是公司发给我的两次年终赏，五十万日元；这张，是我哥哥送我的红包，让我用来结婚买首饰；这张，是爸爸在我18岁那年送的生日礼物，可以买一部紧凑型小车；还有这张，我攒了两年的薪酬，将近一百五十万……”

她就像个负气的小孩子在兀自摆着扑克牌，把那些“家当”拢账似的念叨了一遍。

“其实……我买得起名牌包包，我一个月挣的钱就够买两个，我买得起，我有钱……”小爱有点哽咽，“夏树悠爱是个守财奴！自己不买奢侈品，看见男友送她一个，就像白痴一样手舞足蹈，像中了彩票那样满足。可是，可是……当这么多好东西都摆在她面前的时候，这个守财奴却不知所措了——我不知道自己怎么了。肖臣，你知道吗？”

她扬起脸，眼巴巴地看着我。

面对这样的夏树，我还能说什么？我还有什么好说的呢？一股力量支撑我，像个正宗的日本人一样，不借任何外力就用盘着的腿把身子撑起来站直。我站起来，走到她身边，本能地把她的脸捧起来，埋进我的怀里。我感觉肚皮上一片热乎乎的湿润，就知道夏树又哭了。她呜咽着说：“肖臣，永远都别说这个包是赝品了好吗？我不管你用多少钱买的，可他们鉴定出是真的。而我，拿到它时的那种喜悦再不会有第二次。这样，还不够吗？”

“即便剪碎了，它也是我的好东西，永远都是。”夏树哭着说。

我的眼睛也偷偷地湿了。

这一刹那，我被夏树，或者说，我被生活严肃地上了一课。有些东西不是我用双倍的付出就能挽回的。如果非要把我愚蠢的行径套上个标签的话，那便是，我曾用一个假的名牌包，骗取了夏树真的喜悦。

我蹲下身，牢牢地抱着她，贴着她的脸疼惜地说：“我记住了，小爱……对不起。”

夏树没说话，而是迎着我的脸闭上眼睛，用气息捕捉到我的嘴唇。

于是，我和夏树的初吻就在这个毫无迹象的夜晚，突如其来地发生了。不仅如此，我还很认命地被她撬开了牙关，这是个湿吻。

在中国，人们说，平均每个男人吻过四个女人。夏树这一吻虽仅维持了三秒钟，甚至更短，只是舌尖相撞浅尝辄止，却在我的分子上重重地加了一码。此前我一直觉得自己在扯平均数的后腿，甚至是扯着大腿根儿，落后到了“扯蛋”的程度，可夏树的一吻让我不再艳羡任何人，不管是分子上的还是分母上的。现在的肖臣只羡慕他自己。

这一吻是个什么感觉？

我说不清，那三秒钟是没有记忆的，我如同被一道闪电击中，我的思维明晃晃地被灼烧着。我只能说清闪电过后的感觉——我躺在自己的榻榻米上，用嘴唇蹭了蹭自己的舌尖，闭上眼，漫山遍野，陌上花开。

69

我想把那九块“劳苦功高”的碎皮扔掉，以防勾起夏树的伤心，不料这丫头先我一步，把那些碎皮像宝贝一样地藏好了。

大概用了一周的时间，也不知道她去了哪个有才的裁缝家，更不知道她用缝纫机还是锥子打的孔，总之她把那九张碎皮重新用手工缝合在一起了。包还是那个包，只不过从一块皮变成了七巧板，奢侈品LOGO被拆掉了，还用藕荷色的绸子打出漂亮的蝴蝶结盖住了豁口。包包动了手术，可仍然漂亮。

她就这么背着它，毫不在意别人的目光，依旧是那样坦然。只有出差的时候，她才会背那只香奈儿，其余时间，把它束之高阁。至于那只免税店里买来赔她的正品Neo Cabby——毫不夸张——半年之后，它还躺在壁橱里，包装袋上落了一层灰。

一切无声的事实证明，夏树只喜欢她男朋友送的包包。

这让我欣喜，也让我心有余悸——我送的东西她尚且如此，那么我的前任，那个爱事业不爱美人的青年呢？他送过她什么？她也会如此珍视吗？要知道，他可是她的初恋哪。

日本人是个很八卦的民族。

上回书，说到竹野内的女朋友把夏树因为一个包包而滞留的消息宣扬得满城风雨，几乎所有日本人都用卫生眼球把我肖臣浑身瞧了个遍。

转过天，夏树乘坐头等舱，带着官方的道歉和一个崭新的赔偿品空降的时候，诸位看客就眼镜大跌了。

我的腰杆儿又硬了，气宇轩昂地拉着夏树的手在众目睽睽下步入公司正门。

又是一上午，他们仍旧没跟我说话，仍旧探头缩脑地用日语叽叽喳喳品头论足。

“看来这个中国人真的买了正品包送我们日本姑娘哦。”

“我就说嘛，作为礼物的包怎么假得了？人家正在热恋期，讨好都来不及呢，只有你们这帮肤浅的家伙才肯相信这是个赝品！”

“我现在愈发觉得这个中国小子很忠厚了，比起那个意大利来的混血技师，还是要略强一点点的。”

……

面对闲言碎语，我岿然不动。那种惬意，就像一个有城府的狐狸精躲在地主员外的身后，暗暗讥笑那些千辛万苦才被扶正的姨太太一样。

自从上了二垒之后，我就愈发泰然自若地把自己当宅子的男主人了。我不再让夏树吃那些个盖浇饭和炸鸡饭的午餐，我亲自给她做便当，荤素搭配，再用保温桶给她带去公司。她胃不太好，有浅表性胃炎，保温桶不是十分保温，我就拿去附近的餐馆给她热，大不了给店家一笔加工费——这些事，在夏树的朋友和同事眼里，简直是闻所未闻的。

夏树跟我一本正经地交涉：“肖臣，你说过的，不懂端着的男人通通不是‘上品’。你是不是……应该，嗯，‘端着’点儿啊？”

说这话的时候我正在做一道水果粥，我头也不回地说："那是针对女人说的，男人要是深谙'端着'的道儿，那通通不是什么好鸟！"

"可是……"夏树说，"在日本，没有男人喜欢做这些琐事的。"

"虽说是在日本，可我是你的中国男友！我虽然入了你的乡，但不能完全随了你的俗，要取其精华去其糟粕。你正在向我灌输你们的糟粕你知道吗？"

"可是，会有人在背后笑你的。"夏树据理力争。

好吧，我转过身，摘下胶皮手套，搭在夏树的肩膀上直视着她的眼睛："我知道你们日本，大男子主义盛行嘛！男主外女主内嘛！我也不是天生伺候人的性格，可咱俩都在上班，工作强度一般大，我毕竟是个精力充沛的男人，还比你大了三岁半，照顾你是应该的。"

我说："我做得比那些日本男人好，他们是吃酸葡萄；而那些日本女人没有享受到你的待遇，她们是没尝过甜头的狐狸。这两伙人聚在一起，能说我半点好吗？而你，这只吃到了甜葡萄的狐狸，最有发言权——我且问你，我这么对你，不好吗？"

夏树怔怔地回味了半天，垂下粉颈。

老半天，她说："肖臣，你在中国的时候，也待林豆豆这么好吗？"

这是她第一次直呼林豆豆的全名。

我点头："差不多吧。"

夏树没有笑，睫毛忽闪忽闪的，像是在挖空心思想什么桥段。又是半晌，她说："那么肖臣，甜葡萄只给一只狐狸吃，好不好？"

我心里一个没忍住，差点笑出声来。这不就是赤裸裸的争风吃醋吗？

我说："来来来小爱，我教你两句中国俚语，一句难的一句简单的，你想先学哪个？"

"先学难的。"

"好，难的，跟我念——矫情的孩子多吃奶。"

夏树瞪着大眼睛，不解地问："矫情？什么意思来着？你说过我却没记住……嗯，还是学简单的吧。"

“简单的，就是，矫情的狐狸才能吃到甜葡萄。”我说。

夏树寻思了半天才明白我在挤对她，正想用她五百日元做的法式水晶甲来抓我，煮沸的水果粥很应景地溢了出来。我们俩同时扑过去，夏树大喝一声“别动”，便先我一步，抓起滚烫的锅盖。

我就真的没敢动，目送夏树拿起锅盖扔到水池里。而后——而后她眼疾手快地伸出手指一把掐住我的耳垂，她烫红的手指肚在我两个耳垂上又捏又揉，完成了“热传导”。

恐怕不是矫情的问题，我的耳垂真的很烫。

我揽着夏树的腰，和她对视的时候就在想，这个日本傻妞，她怎么就能用眯缝的眼睛把开心笑得如此绵长呢？

Chapter 24

甲之熊掌，乙之砒霜

70

客厅的电视在播放一首脍炙人口的某乐队的单曲，主唱的帅哥装扮狂野，玫红色的染发，搭配机车夹克、亮闪闪的配饰，令台下尖叫声不绝于耳。夏树拿起遥控器，轻盈地扬手，“啪”的一声，把频道换成了阿部宽主演的日剧，《不能结婚的男人》。

“我们吃饭吧。”她回过身，笑吟吟地说。

我有点明白了。这个乐团，特别不受夏树待见。

“听音乐多好啊？起码还能有点节奏旋律，看这么枯燥的电视剧，我又听得一知半解，是很痛苦的。”

夏树牢牢地霸占着遥控器，支支吾吾道：“那个……你迁就我一下不行吗？我喜欢这部片子……嗯，男主角在日本很有名气，女孩子们都喜欢他……”

“放着帅哥不看，偏要看这些老男人……”

我嘴上揶揄着，可心里很亮堂。现在的夏树悠爱喜欢我这种成熟厚道的，像阿部宽一样的大叔。从那天开始，我刻意在夏树面前对那些面目俊朗、个性鲜明的小正太大加夸赞，走在街上，碰见有款有型的帅哥也会招呼夏树去看。因为我知道，任凭我再怎么怂恿，夏树也不会动心，相反还会觉得我很大度。可如果遇到那种成熟有韵味的男子，那才是我的潜在威胁，我会拉着夏树掉头就走，没有半点溢美之词。

我多狡猾呀！

她愿意看阿部宽，我就偏不让她看。我就主张看流行音乐节目，让夏树整天对着那些红头发帅哥，她才不会审美疲劳，我才有戏。

我想。

日本人的八卦劲头越来越大。

这一个春天，我们的夏树悠爱同学破天荒地把体重吃到了破百，终日加班却也气色红润。而我，非但没胖，相反瘦了。如果你曾经也像我一样，竭心尽力地把女友当成女儿一样照顾，你就知道那绝对是个功夫活。

我累在表面，美在心里。我那些男权主义的男同事和伪女权主义的女同事却是看在眼里，笑在嘴上。

我就这样不知不觉地成了日本同事口中的“懦弱男人”，理由就是，我不仅像个大管家一样服侍着女朋友，而且还知冷知热，愣充自己是个贴心大姐。一句话，肖臣为了个“娘儿们家”完全放弃了男人应有的尊严。

这样的评语不可谓不恶毒。

甚至远在中国的岸谷阳一也发邮件给我：肖桑，你不能对夏树这么言听计从，你需要强硬，强硬你懂吗？我听说昨晚上夏树逛街走累了脚，你甚至还给她按了摩——这像什么话？

我的第一反应：夏树悠爱你个大嘴巴，这样的私房情节，你怎么好到处宣扬？

我的第二反应：岸谷阳一你个站着说话不腰疼的小丫挺，等你追到那个中国小女友，看我不送你一块主板做贺礼！

嚼舌根的威力是强大的。我蓦然发现，就连受益者夏树的情绪也发生了变化，她在同事和朋友面前刻意地表现出小鸟依人，还抱着我脖子撒娇。明明是相敬如宾类型的情侣，偏要做出相濡以沫的忸怩状，她借此来向外人展示她温柔体贴的一面。上次有同事来家里做客，她抢着给她们洗水果、沏茶，为此，她跟我争得脸红脖子粗，一指沙发，义正词严道：肖臣！你给我老实坐那儿！

我甚至怀疑夏树嫌我这个周到又勤勉的男友丢了她的面子。

于是我猛醒。

这一个周末，我花了整整一下午来和岸谷阳一聊天，以解决我恋爱期遇到的第一个莫名其妙的瓶颈。

岸谷阳一：大哥，你这么做，有想过夏树的感受吗？

我：她除了舒泰和熨帖，还会有什么感受？

阳一：她还会自卑！

阳一：你把夏树的分内事都抢了你知道吗？你已经很出色了，又要工作，又要兼顾着家务。你照顾她、做料理、招待客人……这些固然没错，可那是女主人的事，你让夏树变得无所事事，别人会说这个女人不贤惠、无能。这会让夏树深深陷入自卑里，她会觉得自己处处不如你优秀。

我：嗦——嘎！

阳一：瞧着吧，再这么下去，夏树定会找你长谈一次，甚至会跟你分开。因为肖桑让她迷失了自己。

合着我照顾她，还把她给照顾迷失了……

我：那我得怎么才能不让她迷失，让她找回自己的方向呢？

阳一：首先，再也别给她做料理，让她烧菜给你吃，你再由衷赞美一番。

我：问题是，你吃过她烧出来的东西吗？还得赞美？还要由衷？

阳一：呃……大不了你可以偷偷倒掉，再悄悄去外面吃。

我：这不是没事儿闲的吗？

阳一：不，这是一种情侣之间的相处手段！吃不吃由你，但你一定要赞美她，伟大的主妇都是夸出来的。

我：……

阳一：再就是，进了家门，只需大喊一声“我回来了”，鞋子脱下别动，千万别动！如果皮鞋脏了，别擦，千万别擦！

我：你的意思是，让夏树给我收拾鞋子外加打鞋油？

阳一：我最后再教你一个速成的，那就是，看电视的时候，一定要随意地倒在沙发上，双脚平伸，架在茶几上。这是一个很男子气的姿势。

我：你确定把脚丫子摆茶几上就有男人范儿了？

阳一：我不确定，可只有痛经的小姑娘才把双膝并拢，并且紧紧夹着，轻手轻脚地看电视。

我：哥哥我那是家教使然好不好！

阳一：可如今你住在一个日本女孩子的家里，夏树悠爱有这么教过阁下吗？

我：可她也没教我把脚丫子撂茶几上啊？

阳一：我是以一个二十几年的经验者的身份在指点一个初来乍到的外乡人，请肖桑严肃一点，不要开玩笑。

我：咱俩到底谁在开玩笑？！

71

静下心来思索，岸谷阳一的话不能不信。日本女人究竟会不会对一个衣来伸手饭来张口的男人大加青睐，谁也说不好。甲之熊掌，乙之砒霜。一如在中国女人眼里，叼着烟卷眯着眼，摇头晃脑地把抠得咯吱吱作响的麻将牌一把蹾在桌上大吼一声“自摸”的男人，不也散发着无穷的魅力吗？

我决定，装一把岸谷所说的“有范儿”的男人。

我不再给夏树烧菜，下了班也不回家，跟那些日本同事去小酒馆喝得半醉，再用大咧咧的口吻接夏树的电话——“你谁啊？喝酒呢！”，站在门口大声敲门，敲开了就喊“我回来了”，躺在沙发上醉醺醺地看电视，把身体扭成个麻花状。

我这是要死啊。我想。

偷眼看夏树，这丫头没有丝毫反感地给我沏茶，甚至，表情里还有几分欢喜。我佯装醉酒，自然也没有早起煮饭。醒来后，等待我的是夏树煎的荷包蛋和一屋子耀眼的阳光。夏树在那阳光里回头冲我笑，满口闪亮的小白牙。不仅如此，我一眼就看见玄关摆着锃亮的皮鞋，她特意早起为我打了鞋油的。

这个，就叫“文化差异”了。我一直提倡入乡随俗，直到今天我才真真切切地理解——“随俗”不光要委曲求全地装孙子，有的时候也得学着装大爷才行啊！

我就一咬牙，过了半个多月“大爷”的日子。既然日本女人都有伺候人的瘾，我何乐而不为啊？

半个月之后，我受不了了。

我忘了自己压根儿就没长那富贵的身子。这厢我游手好闲不说，还要眼睁睁看着忙碌一天的夏树连夜做家务，单说擦地板和楼梯这一项，夏树就得跪着擦两个小时有余。不仅如此，在连着十几天跟日本同事泡酒馆之后，我的胃终于支持不住了。某个夜晚，我被几个虚张声势的小子合力灌倒了，我扶着电线杆吐得天翻地覆，胃里空空的，夜风轻飘飘地蹭过头皮，我突然就很怀念自己煮的白米粥的味道。最最难过的，要数我呆站在厨房里，一脸茫然地看着夏树在灶台前疲于应付。明明一眼就瞧出作料的比例不对，有几次我都想抢过围裙和炒勺，想起岸谷阳一的叮嘱，我只能生生看着上好的食材明珠暗投，变成黑黢黢的一团被端上餐桌，我还得眉开眼笑假模假样地说：“おいしい（真美味啊）！”

天，难为死我吧！

为了摘掉“懦弱男人”的大帽子，我尽了自己最大所能，装了十多天的大尾巴狼。最终让我功亏一篑的是公司一年一度的体检报告，夏树的体检结果是中度疲劳，十项数据里有八项都不合格，最主要的原因就是缺乏睡眠。第二天一早，我偷偷关了夏树的闹钟，待到她起床的时候，我已经做好了四菜一汤。经历了一轮不成功的变革之后，肖臣和夏树悠爱又恢复了照顾与被照顾的关系。

她不高兴，一个早晨都闷闷不乐。我也不与她争辩，那张体检报告让我打定主意。我不管同事们怎么说，也不管你心里怎么想，即便你因此fire了我，我也决无二话。

我默默地说：夏树悠爱，你是肖臣爱着的女孩子。你是那个“被喜欢的”，这就决定了很多事是不能由着你的。很抱歉，这一次我不能“随俗”下去。

就在我任由自己“懦弱”下去的时候，一个小插曲发生了。老实巴交的开发部职员肖臣来了个大爆发，差不多整栋楼都知道了我的事迹。

我承认，这件事并不光彩。

我那美丽的女朋友被上司“揩油”了。

这件事值得称道之处在于——夏树不是唯一惨遭咸猪手的女员工，我也不是唯一的男家属，可在别人姑息养奸的同时，我毅然选择反抗。

72

事件涉及的三个男人是新上任的开发部技师长佐藤雅史、开发部职员肖臣和竹野内健一，两个女生则是肖臣的女友夏树悠爱、竹野内的女友桑原彩子。

佐藤雅史是岸谷株式会社的理事，在会社服务了二十几年，是岸谷社长的心腹爱将。本是德高望重的一个人，偏偏就品行不端（我就不说他把员工的姐姐搞大了肚子，结果让人堵在理事办公室门口要钱的事儿了），社长一怒之下将其下放到开发部，做一个徒有虚名的首席技师长。

怎料这个技师长还要越俎代庖，老早就放出了开发部裁员的风声，名额是一人。他还美其名曰提高竞争意识、增强紧迫感，搞得开发部人人自危。

午休之前，佐藤技师长打电话给人事部，要他们把开发部员工的资料拿给他过目。一刻钟之后，小爱的邮件就发过来了。

困ってるなあ（郁闷啊）！居然让我去给那个老色鬼送资料，还偏偏要我午休的时候上去，什么意思嘛……

我一下子警觉了，给她出主意：要么你这样，拉个伙伴一起，人多势众，谅他也没那个胆子。

其实日本人大多是色大胆小型的，我不信他敢对夏树怎么样，但是一想到他那猥琐的眼睛盯到夏树肉里的情景，我就浑身不自在。小爱穿的可是夏季工装啊，肉丝、细高跟，裙摆高出膝盖一巴掌还多……我只能撺掇她找个姐妹壮胆了。

结果，夏树拉的这个伙伴，就是竹野内的女友桑原彩子。

午休铃声响过，员工纷纷起身离开工位，除去几个伏案睡觉的，偌大个开发部只剩下我和竹野内健一。他跟我情况相似，同是热恋中人，就连午饭也要和女友一起吃。

然后，我们两个等女朋友吃午饭的男人就目睹各自的心肝宝贝婷婷袅袅地从办公楼的走廊里穿过。夏树和桑原，两个女孩子抱着一大摞文件走向佐藤技师长的工位，高跟鞋踏在方砖上发出嗒嗒嗒的声音，格外诱惑。抬头看竹野内，他的目光仍旧追随着桑原彩子的背影，半晌才缓过神，和我相视一笑。

佐藤技师长就坐在距我们俩十步远的侧面，有意无意地把目光瞟过去，我们目送两位大小姐交差。

明明就是提交一摞档案，半分钟就能搞定，也不知道佐藤老家伙在叨叨什么，仰着脸，眉飞色舞，眼球频繁地在两个女孩子的脸上切换。

夏树和桑原一左一右，毕恭毕敬，有问必答。我等了大概五分钟，等得我几乎不耐烦的时候，异常终于发生了——佐藤雅史摊在办公桌上的两只手不知何时离开了原位，老小子和姑娘们聊着天，一边捧腹大笑一边开始了不安分。我眼睁睁看着他的左手揽过桑原彩子的圆臀，轻盈地捏了捏。而那只右手，竟然伸到了夏树的腿后，在齐裙摆高的位置，结结实实地捞了一把。

满手的温香软玉。

两个姑娘一激灵，身子一颤，各自向后迈了两小步。

事态变化如此之快，我大张着嘴，发不出一点声音。

夏树和桑原面面相觑了两秒钟，没有发作。

她们垂下头，避开了老鬼子那贪婪的直冒火的眼睛。她们竟然没有反抗，连瞪都没敢瞪那老小子一眼！

我难以置信地瞥向竹野内健一，他满脸通红地抿了抿嘴，竟然也把头垂下来，这个家伙的反应和两个受辱的姑娘保持高度一致！

我感到一阵阵的头晕。

突如其来的情况让我陷入了短暂的困惑。坦白地说，我从未想过自己的日本女友会被她本国上司吃豆腐，所以我这个外乡人的大脑皮层里空空如也，没有一道相应的指令。

好吧，我承认我的坦白有点软弱无力——我当时已经攥紧了拳头，可我马上想到这一拳挥下去的后果。公司会把我开除，理由可以是动手打人，可以是以下犯上或者不尊重长者……而我还不能解释，这件事关乎我女朋友的名节。即便公司网开一面，我也在劫难逃，老小子手里握着的那个裁员名额会不偏不倚地落在我的头上……

一个声音反复地告诫自己：你是个没根基的外乡打工仔，你正在追一个本地妞儿，需要一份安定的工作，谁都有被解雇的资本，唯独你没有！

这就是我困惑的全部内容。

我茫然的目光里能攥出水来。

回过神的时候，夏树和桑原已经悄悄地站在了我们的身边，脸色铁青，还是装作若无其事地说："好了，我们吃饭去吧。"

肖臣和竹野内健一就这么灰溜溜地跟着两个女孩子下楼去了。

行至二楼的时候，我猛地撒开了夏树的手，回头就朝楼上奔去。

女友吃了亏，我该怎么做？——这本来就是一桩可以凭借条件反射做出决定的事！亏我还是个男人，亏我还垂头丧气地陪着他们下了一层楼！在我眼皮子底下占我女人的便宜，这件事若忍得，以后还有什么事让我忍不得！

夏树太了解我了，她早早就做好了准备，回身就抓住了我的衣襟："肖臣！"

她神色凝重地摇头："不要去。"

挣了一把，我竟然没挣脱！我的眼睛越过夏树的脸，落在竹野内的身上，用日语清清楚楚地问他："那么，你要不要跟我一起去？"

沉默，像一枚降落伞载着的细菌炸弹，慢悠悠地在空中飘着，优雅得让人神伤。我盼着那优雅的沉默永远地飘浮在空气里，像一片无可厚非的云。可总有心虚的人会把它扯下来摔成一团蘑菇，噗的一声，魔魇破罐而出，体无完肤地腐蚀你的周身，污染你的视听。

竹野内愣了半晌，没言语。末了，他不好意思地咳嗽了一声。

沉默就以这样的方式被打破，我顿时一把甩开夏树。

丫头追上来死死地抓住我，我就一根一根地掰开她的手指，用眼神向她传递信息：我必须得去！

Chapter 25

潜规则就像一包酸奶

73

佐藤正在位子上谈笑风生地给什么人打电话，我大步流星地抢过话筒一把撂下。佐藤雅史，这个五十多岁的老头子如临大敌地看着我，紧张得失语。我一把揪住他前胸的衣裳，指着夏树的方向用日语对他说："她，是我女朋友！你，要为你方才的行为道歉！"

但凡这老小子说点服软的话我就放了他，可他一脸无辜地说些叽里呱啦的鸟语，让我气炸了肝。夏树、桑原、竹野内纷纷追上来，急得目瞪口呆。说真的，鉴于这三个消防员的存在，我也没机会把拳头招呼在老小子的脸上，可我真没想到，还没等我攥紧拳头呢，竹野内就把我抱住了，狠狠向后一拽，差点儿给我来了个标准的背摔。

这小子的力气还是蛮大的，是块打架的好材料。单冲这一点我也应该鄙视他。

结果就是竹野内把我架开，夏树再三向佐藤道歉。我的气没解，说法也没要到，正准备挣脱开收拾他，夏树冷不防地回头瞪着我，眼睛里满是玉石俱焚的犀利。

我就没敢再造次。

这个中午，我们四个人围坐在一个小面馆里吃着生硬的乌冬，谁也没再搭理谁。夏树咬牙切齿地把挑起来的面条咬成一截一截；桑原彩子的丝袜上有一处跳线，她低着头摆弄了一会儿，最后生生地抠了一个大洞出来；我气呼呼地一动不动。吃？我气都气饱了。竹野内不时地说几句暖场的话，呼噜噜地喝几口面汤：“哎？你们怎么不吃啊？乌冬都凉了！”

桑原彩子就在这个时候开始伏案大哭，任谁也劝不住。竹野内也傻了，求助地看着夏树悠爱。

“你们先回去吧。”夏树发话了，“我留下来劝劝她，没关系的，女孩子难过一会儿就好了。至于这面……”她顿了顿，“愿意吃就吃了它，不愿意，就倒掉！”

我二话没说，站起来就走了，差点带倒了板凳。

远远地，竹野内从身后追上来，端详了我半天，忽然说话了：“肖桑，你就不能……不能沉稳一点吗？”

我诧异地看着他，问了他一句：“请问，阁下今年多大了？”

“26岁。”他咬了咬牙，如是说。

26，多好的年纪啊！我心说，当年哥26岁的时候可是血气方刚啊，同样的年纪，怎么就把你给“沉稳”成这样？

自从来了日本，我还从没有如此恼怒过，浑身是力，发泄无门。我买了一盒七星烟，站在吸烟室里狠狠吸下一口，呛得连咳了十几下。

我一拳擂在墙上，把对面会议室里的人都吓了一跳。

下午的上班铃还没有响，夏树的电话先到了。

“肖臣，我在公司正门，你给我下来！我有话对你说！”夏树有板有眼的声音里藏着怒不可遏。

“这都快上班了，有什么话不能邮件里说？”

“不当面讲清楚，就不要上班！”一口回绝之后，夏树挂断了电话。

瞧瞧，这大抵就是做男人的终极悲哀，明明自己是有理的一方，却要被那些无理搅三分的女人钳制得服服帖帖。我很认命地下了楼，看见夏树一个人孤零零地站在门口，她抱着肩膀，整个人都因为气恼而抖作一团。

“肖臣！我生气了！”她说，“我真的生气了！”

咬了咬牙，我说：“我早看出来了，可就是不知道原因。”

“原因？你还好意思问我原因？你为什么不听我的劝告？为什么要去找技师长理论？你害得桑原掉眼泪，害竹野内受牵连，你害得我有多被动你知道吗！”

好吧，请原谅我是个胆汁质的人。听见夏树的一番谬论之后，我的反应是——分吧！分了算了！这些人根本就不是个供你来讲道理的群体，我替你们伸张正义，最后还落得一身埋怨……我图什么呀？

压了压火气，我扯过夏树的手腕，用温婉的口气说：“走吧，咱们找个僻静的地方，不然被你同事围观了，你还得说我害你日后没法做人……就算道歉，咱也得找个闲人免进适合抒发感情的地方吧？”

夏树听话地跟我去了一片无人的枫树林。我心里暗暗地冷笑，小样儿的，这就跟小孩子见了商场里的玩具就打滚耍赖不走了一样，作为家长的肯定是好言相劝稳住你，“乖啊，跟爸爸去一个地方，那里有更好更贵的玩具在等着宝宝，可有意思了，要多少爸爸就给你买多少……”等小孩子巴巴地跟着去了，他才发现那个“可有意思”的东西是大巴掌炖肉。

哼哼，我心说，夏树悠爱啊，你也太不谙此道了，一看就是在作威作福中长大的小姑娘。好吧，今天我就给你补一课。

等到了树林深处无人的地方，我用力地甩开夏树的手，与此同时，对她怒目而视。

“夏树悠爱！”我喊，“你也太不讲道理了！——女朋友被欺负，作为男友我看不顺眼怎么了！我找他理论有错吗？难不成看见老家伙非礼自己老婆还要像那个竹野内一样，淡定地垂下眼睛，装作捡钱？让我用一句成语来概括，就叫‘是可忍孰不可忍’！”

夏树手腕吃痛，眉毛揪在一起咬着嘴唇揉了半天，想争辩，一下子失去了力气。

放缓了口气，她慢慢道："听听你说的话吧——什么非礼，什么猥亵……别忘了，接在这些词汇后面的那个屈辱的女人是我，是你的女朋友！你说这些，让我怎么受得了？肖臣你听我说，这样的事情在日本公司里很常见！佐藤技师长虽然一身陋习，却也是公司的前辈。我不是第一次遇到这样的事，何况，他也没把我怎么样。我真的不觉得一个五十多岁的前辈拍了拍我的腿，做后辈的就要据理力争……"

"好好好，"我说，"夏树悠爱，既然你觉得这种行为不算非礼、不算猥亵，那你说说，这到底算什么？"

夏树抿着嘴唇，交替地咬了好几次，才堪堪地挤出几个字来。

"爱抚，"她说，"算作一个老资格的前辈对后生的……嗯，一种爱抚……"

我难以自控地扯着自己的头发，恨不得一把将自己甩去外太空。

夏树悠爱仰着脸，直直地盯着从树叶间隙里漏下来的阳光，背诵课文一般地给我讲了通大道理。

我彻底惊愕了。

原来在日本，晚辈对长辈的尊重已经达到了迂腐的程度。日本公司里的上下级关系不仅森严，而且残酷。每一个佐藤这样的老油条都是从一个二十岁的愣头青做起，受上司责骂，受同级的排斥，几乎是从夹缝里绝处逢生才能坐到今天的交椅上。在媳妇熬成婆的过程中，许多不成文的特权就这么荒唐地诞生了，落实在佐藤雅史这里，就是可以随意猥亵青春靓丽的女员工。而吃了哑巴亏的女孩子们还得自欺欺人地安慰自己：就这样吧，谁叫咱们上司当年也被他的上司折磨得像狗一样？再于是，这些所谓的"后辈"几乎是带着冤冤相报的信念，咬牙切齿地向上爬。三十年河东，三十年河西，今天你做小兵看着女朋友被人调戏，等你做到了众人景仰的部长，就可以名正言顺地调戏别人的女朋友了。

74

夏树告诉我这样的事并非第一次发生，并非虚言。领导级的老油条里，很多人都有咸猪手的癖好，这个几乎成了普遍的现象。而真正让我这个旁观者震惊的却是受害的女员工大多选择无动于衷，她们对自己的上司有种天然的崇拜。所以，美国被潜的女秘书出书了，韩国被潜的女艺人喝药了，而在我待的这个鬼地方，潜规则就像一包酸奶那么好消化。

夏树那厢还在源源不断地向我灌输着她的“理论”。

“肖臣，麻烦你以后别再跟我讲你们中国的成语。你忘了我也学过五年中文，我积攒的词汇量并不比你少太多，我不光知道‘是可忍孰不可忍’，我还知道‘小不忍则乱大谋’——不用我说你也明白，技师长的手里握着那个该死的裁员名额，大家避之不及的事，你为什么要一头撞上去？难道你不知道经济不景气，这样一份工作对于初到日本的你有多么不容易？你为什么不替自己想一想！”

不知道哪里来的一股怒气，支撑我讪讪地说：“夏树悠爱，你是不是想说，你这样一个‘懦弱男’，连煮饭洗衣服做保姆都忍了，女友被上司‘爱抚’一下，怎么就不能忍？对不对！”

不等她回答，我就戳着前胸自顾自地说：“你说错了，我正在为自己想！被他裁员，我对不起自己，可如果眼看着你受欺负，我就更对不起自己！你是我的女朋友，即便是暂时的，也有从属关系在里面——你，是我的，而那个老家伙动了我的东西，我是决不能容忍的！如果女人不需要被照顾，如果女人在吃亏的时候不需要一个人站出来替她撑腰，那还要男人做什么？”

“够了！”夏树悠爱大喝一声，“你能不能别用中国男人的惯性思维去想问题！”

一句话，让我如鲠在喉。

冥冥中，我甚至听见了爱情的丧钟。我的日本女友，她不要房子不要车，她不爱慕虚荣，她优哉游哉地背着七巧板的假LV不以为耻反以为荣，她跟我抢着做家务，看着我跷着脚丫子惬意地看电视，她是那么心满意足……一切一切都让我觉得她是那么完美无缺，直到我发现——她是另一个世界的完美生物。

我缓缓地转过身，忧伤像一枚蠕动的虫子，缓缓蚕食着我的周身。

“对不起小爱，我……”

我想说，我们分手吧。正在犹豫呢，就听见身后有女人的哭声。

回过头，夏树正目瞪口呆地看着我，脸上一派平静。

不是她！那是谁？

夏树也回过头，面向枫林的更深处，那哭声便是从那儿传出来的。原来我和夏树吵架的当儿，桑原彩子和竹野内健一也没闲着，两人闹得很凶，并且从喊叫和哭声的音量来判断，人家的阵仗比我和夏树还高一个级别。

看样子小两口没有发现枫林里还有别人，这会儿正发自肺腑地倾诉呢。夏树想过去劝解，被我一把拉住。

“嘘——”我堵住她的嘴，“别动！听听来龙去脉先。”

夏树恶狠狠地瞪我，我把小脖儿一梗，怎么着？我乐意用中国男人的惯性思维去对待问题——偷听小情侣吵个架什么的，最喜欢了。

这里我插播一句，我的日语听力一直是个让我头疼的难题。我也曾虚心向那些听力高手请教秘诀，他们说听力这东西也有一种类似于武学里“任督二脉”的玄机。“天天听，天天听不懂，可突然有一天，你就会感觉空气里飘来一股醍醐灌顶般的清新，仿佛喷薄而出的灵感，之后，再听什么都一字一句，异常清晰。”

本来我是不信的，可这个下午，我被夏树气得青筋暴跳、血脉贲张，迫切地想听清楚竹野内两口子在说些什么。尤其是我听见他们的对话里不时夹杂着“肖臣”二字，情急之下，我的“任督二脉”就这么通了。尽管他们语速很快，我也听了个清清楚楚，连句子末尾的时态都不差。

75

只听竹野内健一说：“你不要拿我和肖臣那个蠢货去比较好不好？这就像拿一个灵长类动物和单细胞生物做比较一样愚蠢！他除了会给人添麻烦还会什么？噢，对了！他还会像个没尊严的奴仆一样伺候夏树，哪里像个男子汉？请你不要再说谁对谁错，单单把我和那个蠢货摆在同一个台面上，我都感到没来由的耻辱！”

“该觉得耻辱的是你！”桑原彩子哭得更厉害了，“就是这样一个天天被你们诟病的‘懦夫男友’，在他的女友受到侵犯的时候，能奋不顾身地站出来，可那个笑话人家的竹野内健一呢？却眼睁睁地看着他心爱的女人受到欺负却没有吭一声！难道这就是你所说的勇敢和果断吗？”

“彩子，你已经25岁了，怎么能和那个中国男人一样意气用事？你不知道裁员的名额握在技师长的手里吗？冒犯他，不是自寻死路又是什么？”

“难道肖臣就不知道这些吗？他就不害怕吗？他千里迢迢从中国赶来追求夏树，没了这份工作他能不能留在日本都是问题！说到底，还是你没勇气——或者说，你不够在乎我，至少没有肖臣对夏树那么在乎！”

“桑原彩子你讲讲道理！我不敢这么做，就是因为我怕离开你，我并非不敢像那个蠢货一样冲过去揍佐藤一拳，我害怕的是我们再没机会在同一家公司上班，怕我不能再和你朝夕相对！”

“你留在公司里又有什么用呢？看着我继续被老家伙欺负吗？今天因为一个裁员的名额，你姑息，我体谅，可未来呢？他永远是你上司，永远贼心不死，如果在结婚典礼上或者婚后的生活里发生同样的事，你就敢挺身而出了吗？对不起，健一，我看不到任何希望。我想，我们是时候分开了。”

接下来，竹野内气急败坏地用拳头捶着树干，嘴里叽里呱啦地骂着一些难听的话。

我终于听不懂了，任督二脉就值这些了，张无忌打通了经脉充其量只学了个乾坤大挪移而已，至于太极拳什么的，那得长年累月地浸淫其中才行。

即便这样，也够了。我看见夏树听得十分专心，末了抿住嘴唇，因为生气而变得煞白的脸色开始回暖。

我看在眼里，笑在心上，借机拉着她出了树林。

我边走边讥笑："哎呀呀，竹野内做了缩头乌龟，结果彩子跟他大吵一架；我挺身而出讨说法，结果你又跟我不依不饶——哎我说，你们日本女人到底有没有一个统一的价值标准和道德要求？合着不管我们出不出手，都得受你们埋怨对不？夏树悠爱，你们日本女人也忒没道理了吧？"

夏树红着眼睛不说话，低着头若有所思。

那天的后来，她回公司上班，我休了年假。佐藤那老东西不是要裁员吗？老子还不去了哩！

我生了一个下午的闷气，晚饭也没做。待到头脑凉下来的时候我一筹莫展了，女友不理解我的苦心，上司要拿我开刀，日本恐怕是待不下去了，革命果实也不知会被哪个幸运的家伙盗取。想到这里的时候，我差点落下泪来。

我和众多无性同居的男人一样，风平浪静的时候标榜纯爱有多高尚，一旦起了波澜，委屈和不甘就像散发着腥臭的污水一样灌到自己小心翼翼守护的那池净水里。我和夏树一起住了九个月有余，但凡有点霸王硬上弓的气势我都能把她挂在弦上。可事实却是我们就连洗澡忘记拿浴袍，都要颤颤巍巍地从门缝里伸出一只手来接。如果发现你没有背过脸去，她还要大大地尖叫一声——这哪里是什么相敬如宾？这简直是如临大敌啊！

这个下午我终于给自己来了个准确定位，夏树悠爱和肖臣只是一对允许牵手和接吻的房东和房客。相安无事的时候姑且称作男女朋友，遭遇上司揩油，她连个妒火中烧的权力都不给我！

Chapter 26

だめ是男女间最伤人的话

76

林豆豆就在这个时候拨了我的电话。不得不说，这是件很凑巧的事。

她喝醉了，没说几句话就开始哭。大致的意思是，她傍上的那个挺老有钱的老板另觅了新欢，是电视台的主持人，比她年轻、比她漂亮、比她有料，迅速地勾去了她男人的心。幸运的是，在这个决定胜负的节骨眼儿上，林豆豆怀了孕，她想借此逼迫男人结婚；悲催的是，国内颁布了新《婚姻法》，因为是男方出钱，林豆豆那套引以为豪的大房子完全归他所有。男人借此反戈一击——打了孩子，房子给你一半；继续拿孩子要挟我，我就跟你结婚，大不了结了再离，孩子归你，房子嘛，一毛钱也没你的份儿！

林豆豆和她老妈同时觉得有点乱。买了房子怀了孕，怎么看怎么万无一失，眼看就要成阔太了，出台一个《婚姻法》，一切就变了？

林豆豆的妈哭得直拍大腿："天杀的哟！早知如此，还不如跟了那个姓肖的软件经理。咱们家首付买房子，写咱们的名，让他帮着还贷款，多理想啊！女儿啊，跟妈说，你们俩还能不能破镜重圆了？"

林豆豆看着老太太冷冷地勾起嘴角："你不是撺掇人家找个日本媳妇吗？跟你说，肖臣就在日本，他和他的日本女友关系很好，可能就快结婚了！"

她一边说一边笑，最后眼角生生结出一滴泪。

我不是一个幸灾乐祸的人，尤其是听见自己相处了五年的前女友遭到欺骗，继而抱着电话哭得像个打嗝的婴儿时，浑身都泛着无尽的失落。林豆豆说："肖臣，麻醉的感觉真好，如果能带着什么开心的事被麻醉，那简直就是场美梦……我就在想，一年前躺在手术台上的你，怀着一种怎样的心情呢？是不是就像小孩子等待糖果一样开心……"

"咳咳，"我干咳了两声打发掉尴尬，继而问她，"你到底喝了多少酒？说话这么走板……"

她笑眯眯地说："我没喝酒，只是打了麻药而已……嗯……我就快上手术台了，打了麻药，就不疼了……"

我的心没来由地被狠狠蜇了一下。

那边，医生提醒林豆豆关掉手机，准备手术。我抓紧时间说："手术完成后，我回去看你。"

与此同时，林豆豆的哭声铺天盖地响彻我的耳廓。"肖臣——"她说，"我后悔了。"

我紧紧抓着电话屏住呼吸，不让自己发出任何声响。

我就在那种不可名状的忧伤里静坐了几个小时，直到夏树回家。她比平时晚了半个小时，手里拿着一个食品袋。里头是中餐馆买来的煎饺，茴香馅的，还有一包我爱吃的蒜蓉酱。小爱看也不看我一眼，不声不响地拆开食品袋把饺子盛在盘子里，端到桌上。我也不去理她，飘香的饺子告诉我，她已经妥协了，开口认错只是个时间问题。

果不其然，夏树见我没有上桌吃饭的意思，便走过来，偷偷拉住我的衣角。

回过头，我指着餐桌发问："这算什么呀？打个巴掌再给个甜枣？"

“就算作奖励吧，”夏树落寞地挑了挑眉毛，“奖励你在女朋友被人冒犯之后，能勇敢地站出来。”

嘿嘿——我再也绷不住，扑哧一声笑了：“几个小时前还指责我鲁莽，只会用中国男人的思维去想问题，埋怨我给你添麻烦……没道理只过半天就自我否认了吧？”

夏树没有笑，默默地走过来，环住我的腰。夏树把脸贴在我的后背上：“别再取笑我了，彩子和健一已经分手了，咱们不要吵了好不好？我担心……担心和你分开……”

我再也没有心思揶揄她，转过脸，揉着她的头发，啄她的脸颊。夏树悄无声息地埋头在我怀里，脉脉地说：“我被同事们批评了，知道这件事的人都在支持你，替你说话，健一也被你比了下去……她们说，你是我的骄傲，但是我要你知道，如果你当时没有站出来，我也不会怪你。一分一毫都不会。你想的是豪情万丈地离开，而我想的是无论如何都要在一起……”

夏树还想说什么，却被我低下头准确无误地封住了嘴唇。

我肚子叫了一个下午，茴香馅的煎饺近在咫尺，却抵不了我的饥饿感。我把夏树抱上了楼，抱进了她的房间。

我把她放在榻榻米上，伏过去，细密地吻着她的脸。我承认这个晚上我有失君子风度，我不断地提醒自己，你可是个心理健康的男人啊，你可得有健康的心思和举动啊……可我越这么想，身体的各个末梢就越发精神抖擞、不受控制。没错，我就是太健康了，九个月，差不多是一个健康男人可以忍耐的极限了。

起初，夏树悠爱蛮温柔、蛮努力地配合着我，可渐渐就发觉我动机可疑，在断定我不只满足于接吻，而是想和她那个的时候，夏树一下子把我游走在她小肚子上的手捞了出来。

“肖臣，”她很郑重地看着我，摇头，“だめ(不要)。”

很遗憾，我没有意识到这个日本弱女子在一场突如其来的求合体的战斗里会负隅顽抗得如此激烈。我忽视了她的提醒，于是，我一百四十斤的躯干在夏树的身体上产生了一个不可忽视的压强——如果以着力点的面积来考量压强大小的话。

夏树悠爱终于被我的不理智激怒了。

她用中文大喊了一声“我不”，弓起膝盖抵住了我的小腹，另一只脚运足了力气把我蹬开。

立竿见影啊，我被她的弹腿踹到了一米开外，后脑勺重重地磕在了书架上。书架晃了大概有10度角的样子，像在做一道选择题。千钧一发的时候，我勾起嘴角笑了笑，然后很认命地看着一本厚厚的杂志和一张CD从书架上扑啦啦地落下来，砸在我的脑袋上。

夏树也傻了，扑过来，抱着我的头，疼惜着，揉着，继而是不停地道歉：“狗没拿伞狗没拿伞……”

77

我描述了这么多的细节，侵犯、遭拒绝、被蹬开、撞了头……无非就是想说，有很多秘密就是在这么一蹬一撞的再日常不过的情节中，永远地被发掘了。

砸中我的那本书，是全日文铜版纸的《当代乐坛》。

而那张CD，我揉了揉眼睛，看清了是电视上听过的某乐队的单曲《初恋的滋味》。封面正是那位染了发的帅青年，笑容很邪肆，有点像刚出道时的言承旭。

夏树在我错愕的目光中把杂志和CD收拾好，支吾地告诉我饺子都凉了，咱们下去吃饭吧。夏树的一只脚刚刚迈到门外，又回身警惕地瞥了我一眼。

“肖臣，你跟我一起下去吧。”她说。

那盒饺子售价2000日元，对于精打细算习惯了的软件开发员肖臣来说，是足够奢侈的一餐。

那餐饺子也是我来日本之后唯一一顿没有吃出任何滋味的饭。

夏树悠爱看出了一些端倪，可刚刚经历了那样一场尴尬，明明想说点什么，也都尽在不言中了。我几乎挨到了就寝，又挨到了天亮。夏树去上班，我继续在家休年假。

目送她出了门，背影消失在街道的转角。我犹豫了很久，“呼啦”一声拉开了她卧房的门。有几颗细小的灰尘游走在光柱里，屋子里满是和煦的味道。我的心里不住地敲鼓。我对自己说，如果那本杂志和CD还在原位，我就回自己的房间再也不去想这件事，那只是个偶然。

待我仰起脸望向书架的时候，心里像打翻了毒药瓶，痛苦就像绿色的浆汁，在我周身漾开。

书架上的其他物品还在，唯独少了那本杂志和那盘CD。

我几乎对抗着每分钟120下的心跳，哆嗦着一双手把那盘CD的名字输入到搜索引擎里。

主唱山崎雅彦，1988年出生，比夏树悠爱小了四个月，籍贯是福岛县，是个富家子弟，他爸爸有一条全日本数一数二的电池生产线，远销东南亚和欧美，我断定我曾在中国的超市里见过山崎家生产的电池。我顺着他的资料一个接一个地点开链接，在一张狗仔队偷拍的照片中，我看见了一个女孩的侧影，和夏树有着一样的衣着、一样的体态，顶着一样的梨花头。她被他扯在手里，从侧后方看着他的脸，逆着光，她笑得一脸明媚，明媚得露出皓齿。

那正是一年前的夏树悠爱。

我是什么时候坐在了地板上，又是什么时候把一支七星烟揉得一地烟丝，我完全没了记忆。

不会吸烟的我站在阳台上连吸了三支，直吸得嗓子里像塞了把沙土一样。我抄起电话，拨给了远在中国的岸谷阳一。电话通了的时候，我舒了口气，平静地对他说：“给我讲讲山崎雅彦这个人吧。”

阳一愣了片刻，缓缓道："看来，肖桑也知道了。"

"知道什么了？"我问。

"山崎雅彦那个家伙要回来了。"他叹了口气，"听说夏树悠爱在和一个中国男子同居，他把他的乐团解散了，正准备回来找她。"

我苦笑了一下。本来我不知道，现在我知道了。就好比你仰天大吼难道还有更糟的事情发生吗，下一秒就天降大雨把你浇了个透心凉一样。

我说，一字一顿地："为什么你之前不告诉我？"

"我告诉你什么？"他反问。

"告诉我那个明星就是夏树的前男友！"我难以自控地对着电话怒吼，"这算什么呀？这他妈算什么呀！即便你提醒我，我只有做炮灰的命，我也会心甘情愿、心满意足，可如今我已经进入角色了，我把自己当夏树的老公一样，照顾她、保护她，到了不能失去的时候你们才让我知道自己就是个该死的傀儡，真的，岸谷阳一，你不觉得这太残忍了？"

"如果你真的觉得自己只是个替死鬼，如果你自卑得就像一团烂泥，"阳一顿了顿，说，"你走吧！你这种人，配不上成功。你一辈子都不配！"

78

至此，我明白了很多事。

夏树的那本漫画书是要送给山崎的，故事里追星的小花痴就是她自己，而山崎就是故事里那个万人瞩目的明星，他所谓的"成就事业"便是进军乐坛、录唱片、开巡演。夏树原本想借助那本书挽回他的心，书却阴错阳差地被我拆开读了。我也想通了为什么分手能让夏树那么自矜的女孩哭得一塌糊涂，山崎雅彦太过耀眼，换成别的女孩，寻死觅活也不为过。再就是为什么夏树和岸谷阳一走得那么近却也没有擦出半点火花，就因为夏树经历过更为惊心动魄的浪漫。我以为岸谷阳一已经很出色，谁知道夏树还有过那么精彩的一笔？岸谷和山崎的差距，是金子和钻石的差距，是像极了言承旭的帅哥和言承旭本尊的差距，是耀眼和带着光环的那种耀眼的差距。

至于我和山崎雅彦……算了，云泥之别的比较，不做也罢。

岸谷阳一见我不语，缓和口气说："肖桑，请你鼓起勇气好不好？当初我瞒下来不对你讲，就是算准了肖桑有一颗多愁善感的心。我不管山崎那个家伙有多强大，可毕竟你才是夏树悠爱唯一的男朋友！你才是坐在位子上的那个人，是领先者！任何的自暴自弃都毫无理由，要记得当初你是怎样信誓旦旦地漂洋过海，来到夏树身边的！"

算了吧，打这种比方有意思吗？没错，我是领先了，可终点却是遥遥无期。哥开的是卡丁车，人家是方程式F1，人家掀一股轻飘飘的小气浪都能把我吹翻到阴沟里。但凡长眼睛的女生都能轻易地在我和山崎中间做出选择，夏树悠爱单纯不假，可那不代表她傻！

不管岸谷阳一如何劝解、鼓舞，我完全置若罔闻。这不是自卑，这只是一个心智健全的成年人应有的一点自知之明。看着满地的烟蒂，摩挲着一夜疯长出的胡茬，我哑然失笑。真的，我接受不了。就连我这个大男人的眼里，山崎雅彦都是完美无瑕的，那种赏心悦目，甚至让你思考着"基情"也并非那么不好吧……可转眼间，这个帅得让男人都感动的家伙就成了你女朋友的前男友，说起来倒是轻描淡写，换你你受得了吗？

阳一最后说："即便你和夏树最后完蛋了，但在她亲口承认之前，你不能做任何消极的事——你只需答应我这一点就可以了。"

"好吧，"我近乎麻木地回答，"我试试看。"

我洗了把脸，一拳砸在池子里溅出一片水花。这个山崎雅彦，分手了又后悔，甩了的女友往回追……你丫听过《爱情买卖》没？你有谱没谱啊？你都万人瞩目的大明星了怎么还跟我们小老百姓过不去啊？

正在寻思的时候，夏树回家了，天色早就黑下来，我在不知不觉中踌躇了一天。

“我回来啦！”夏树像只跳虾一样，蹬掉了鞋子就朝玄关里蹦。

我一皱眉：“哎，你就不能雅观一点？挺大的女孩子了，怎么老是不拘小节的……”

换作平时，我是断然不会用这样的口气跟我的女朋友说话的，可今天，一想到她即将重回前任的怀抱，本着为自己找个台阶下的想法，我也要对她强硬一点。

夏树吐了下舌头，乖乖地垂下脸，把鞋子摆正，调皮而又顿挫地说：“た—だ—い—ま！（我回来了）”

“有没有吃的呀？我饿了。”夏树笑眯眯看着我的脸。

敢情我就是你保姆啊？进屋就问做没做饭！我没好气地说：“没有！不乐意做！”

“好啊！”夏树一把拉过我，“那我们出去吃吧，我有重要的消息要跟你讲呢。”

这大概就叫“是祸躲不过”了。夏树悠爱，我亲爱的姑娘，她终于要跟我摊牌了。我想。

“大宝贝。”她钩住我的脖子，“你想吃什么？”

我慢慢地把她的几根手指从我的脖梗上捋下去，面无表情地说：“我随便，什么都行。”

我知道，夏树肯定会装作若无其事地告诉我“咱们去吃顿有情调的吧”，也许是法国蜗牛，也许是意大利乳酪，总之是那种有钢琴、有喷泉，撞见明星约会都不稀奇的大酒店。届时，一曲钢琴奏罢，夏树就会隐忍地垂下头，泪光涟涟向我摊牌，并且用一句“肖臣，我喜欢你，但是——”作为结束语。

太老土了，我心说。这么想着的时候，我内心悲哀到极点。

夏树悠爱大眼睛忽闪忽闪的：“要么，我们还是去那家章鱼烧的小亭子吧？我就喜欢去那儿吃！”

我更悲哀了。

好歹我也做了你九个月的男朋友！

好歹也是正儿八经的分手！

从善始善终的角度讲，你也不能一边吃着章鱼小丸子一边就把我打发了呀。

“你到底去不去嘛！”夏树张开五指，在我发呆的面孔前晃动。

我默默地穿好衣服，没说二话就出门了。我双手抄兜在前头带路，夏树在身后蹦蹦跶跶地跟着，满心的喜悦溢于言表。我苦笑，前男友回心转意，扔了事业回来见她，不高兴就怪了——可你不能hold住一点吗？要知道你们俩的快乐可是建立在我的痛苦上！君不见我把手指肚都快掐破了？

Chapter 27

守身如玉不是虚言

79

我们俩刚刚坐定，章鱼烧还没上来的工夫，夏树就忍不住宣布了她的“重大消息”。

“消息，有一个好的，一个坏的，你想先听哪个？”她问。

“先听个好的吧。”我头也不抬地说。

“好消息就是，佐藤技师长今天给我和彩子发邮件道歉了，不仅如此，还抄送给了你和健一。他虽然只肯承认这是个误会，但到底还是做出了妥协的姿态。对了，他还特意嘱咐我，要我劝你回去上班。”

夏树双手拄着下巴慢条斯理地说：“出了这样的事，怎么也隐瞒不住，部门里的姐妹都听说了大概，肖臣，你知道吗？现在已经没人说你‘懦弱’了，你在她们眼里是最勇敢的呢！”

我苦笑：“就是勇敢的代价有点大，这口碑可是我用离职换来的。”

夏树摇头：“不会不会，你不会被裁员的——这就是我要跟你说的那个相对不好的消息，健一和彩子真的分手了。这件事对健一的影响很大，今早他提交了辞职信，声称要去别的公司做出番成就，重新追求彩子……你是没看见啊，他们俩分手的场面十分感人，抱头痛哭呢。”

夏树耸了耸肩膀："健一的辞职也算息事宁人，这下再没人提裁员的事了。"

热气腾腾的章鱼小丸子端在我们俩的中间。

夏树双手并拢，闭上眼，很夸张地嗅了一圈章鱼烧的味道："好了，今晚的消息宣布完毕，下面，让我们尽情地享用美食吧！"

"等下！"我拦着她，"这就……完啦？更重要的消息呢？"

"嗯？哪里有什么更重要的消息嘛！"夏树把丸子塞进嘴里，鼓着腮帮子一边大嚼一边说，"方才的消息还不够重要吗？"

我话到舌边，又咽了下去。和夏树一样，用牙签扎了一个丸子，涂了些芥末，吃到嘴里的时候，有一股清新直冲头顶。

看着窗外的夜幕，我突然无比留恋这一刻。

夏树的手指学着章鱼的样子爬在我的手背上，凉丝丝的。"肖臣，"她说，"不知不觉，我们认识有一年多了呢。"

我蓦然扬起脸，正好迎上那双笑盈盈的大眼睛。她慢慢垂下眼波，轻柔地说："今晚的气氛真好，我们，喝一点酒吧。"

夏树要了两个杯子，又选了"月桂冠"牌子的清酒一壶："别忘了，我们就是在喝这个牌子的清酒时认识的。"

"我们不是在上课的时候认识的吗？"我问。

夏树慵懒地勾着嘴角："说真的，即便是你把我气得躲进洗手间掉眼泪的时候，我都没把你当成我生命里的角色，更没想过我们俩会有这样的一天。肖臣，你如果在乎我，就应该感谢这个牌子的酒……嗯，跟我干一杯吧。"

我和她碰了下杯，又看着她一饮而尽。

这是我来日本之后，第一次和夏树正儿八经地坐在一起喝酒。今晚，从坐下的第一秒开始，我就试图在夏树那张布满笑意的脸上捕捉忧伤的铁证，但凡那笑容里掺了一丁点的不由衷，我都能明察秋毫。我心里默默祷告：夏树悠爱，别让我看见你手舞足蹈笑得卖力的样子，越是那样就越是昭示着你的心虚。可事实上，夏树就那么云淡风轻地跟我对饮，眼神里有憧憬，有缅怀，有肆无忌惮，也有欲说还休……可就是没有一种叫作“掩饰”的东西。

点酒，日语叫“注文”。夏树先后注文了三次，桌上摆了四个空空的酒壶之后，我就说什么也不再要了。她翘起食指，做勾引状，待我把脸凑过去，她才一脸狡黠地说：“再喝上两壶，你是不是又能背我回家了？”

夜晚10点，路灯明亮，街道上早就没了行人。出了亭子，刚刚离开服务生的视野，夏树就咯咯地开始笑。我伏下身，在她的尖叫声里把她驮了起来。

很久以后我还能记得那晚的情景。夜空深邃、星点成双，清风从头皮上蹭过去，仿佛女人的手指滑过，丝绸那般轻柔。夏树在我的后背上只是笑，并不出声，微醺的酒气里带着女人香，哈在脖子上的时候会一直暖进心里。她笑嘻嘻地问，你会把我背到什么时候？我说，一来要看你的要求，二来要看我的体力。她说，我要你一辈子都背着，你背得动吗？

不知道怎么，我被夜晚的新鲜空气刺到了鼻孔。有的时候，清新的凉风也是可以催泪的。

“我不让你停下，你就会一直背着我，对不对？”夏树问。

我说：“对。”

“纵使全世界都不要我了，你还是会要我的，对不对？”夏树问。

我回过头去，看见一个冻红的鼻尖。猝不及防地，我和她相视一笑。

80

那一天是我在日本的转折。此前的我没心没肺、勇往直前，有点小无敌的意思。可从那天开始，我陷入一种不可名状的忧虑中。我回去上班了，得到了同事的青眼和赞许。没人再叫我“懦弱男人”，可结结实实的懦弱感却像个魔咒一样，史无前例地飘进我的心里头。

夏树悠爱的每一个微笑都仿佛绝版，我开始珍惜我们在一起的每一分钟，我试图把所有的事都做得再完美不过。甚至有一次我把做好的鲫鱼汤倒掉了重做，就因为我没有做出理想中的味道。夏树不理解为什么这样浪费，我想都没想就回答她，因为我怕以后都没机会再做。

说完我们都惊呆了。

在这种情绪的操控下，我开始少言寡语。我时常半夜醒来，把夏树卧房的门打开一个小缝，呆呆地看着她熟睡的样子，足足几分钟，才肯怅怅地回房继续胡思乱想。而另一面，夏树却是一副泰然自若的模样。她不聊ICQ，不打电话，不发邮件……她的MSN头像从不闪烁，她的电话就放在我的眼皮子底下，安静得让人抓狂，有几次她洗澡的时候我都想抓过来看几眼。山崎雅彦信誓旦旦地回来找她，她总不会一点反应都没有吧？他们到底联系过了没有？总得有点迹象吧？

我盼着夏树心如止水，可当夏树真的表现出一副无懈可击的模样时，我才发现，那种惶恐，令人窒息。

梦魇一样的时刻终于还是在我的惶惶不安中准时到来。

周末，我和夏树在客厅里看电视，夏树放在茶几上的手机开始歌唱，与此同时，手机盖子上那一小块液晶屏在欢快的手机铃声里滚动出来电者的姓名。我看见夏树两个圆瘦的肩头在微微战栗。半晌，她才慢悠悠地翻起手机的盖子，怯生生地问了声“莫西莫西”，等着对方的声音从听筒里响起。

夏树并没有离开我去别处接电话。这是唯一值得我欣慰的地方。

我用力摁着遥控器，频道不断地切换，荧屏上泛出的青光落寞地投在两个人的脸上。我极力转移注意力，试图忽略掉他们的谈话，可事实上，对话的内容却一字不漏地飞进了我的脑子里。

夏树一共说了六句话。

“哦，是你，近来……还好吗？

“是吗，乐团解散了，嗯，真可惜。

“回来发展，也不失为一个选择。

“见面……还是……不必了吧。我不知道该对你说什么。

“我在做料理，再聊。

“沙扬娜拉。”

不超过一百个字，这通短暂得不能再短暂的电话却带着莫大的杀伤力。我知道，我和夏树的生活再不能平静。

夏树悠爱极力想做到泰然自若，但是她不知道，放下电话，她呆坐了一刻钟之久，不声不响、面无表情。这早就脱离了正常的范畴。

我由衷地感觉到累，仿若一个失眠者在痛苦地等待——等待、猜忌和怀疑所衍生的煎熬已经远远大过失眠本身。

我问她：“这电话谁打来的？”

夏树瞪着大眼睛用罹难者的表情注视我，屋子里一片寂静，我的声音刚一发出就陷入一片突兀之中。

“一个朋友。”她回答。

我清了清嗓子，顺便也给自己鼓了下劲，慢慢说：“山崎雅彦，他约你见面了？”

“你……”夏树咬了下嘴唇，“你原来……什么都知道……”

我笑了：“我什么都不知道，是你的来电上有他的名字，而我日语再差，也能听出电话里的人在约你。”

又是大段的沉默。

夏树悠爱下了好大决心似的，逐字逐句地说：“肖臣，有件事我想告诉你。山崎雅彦，他是我的前男朋友，就是唱《初恋的滋味》的那个主唱歌手。他从东京回来了，想和我见一面。就这样。”

我并没有露出很惊讶的表情，笑眯眯地问她：“那么，你要不要去见他一面？”

“要的。”夏树看着我的眼睛，眼底没有一丝波澜，“有些事，我要跟他说清楚才行。”

我再次笑了：“说什么呢？说你虽然跟我住在一起，虽然是男女朋友关系，可什么都没发生，说你还是那个和他离开之前一样清清白白的夏树悠爱，对不对？”

夏树的眼睛里蓦地攒上了一层雾气，半晌，她有气无力地说：“你怎么能这么说话？”

“不然我得怎么说？”我问她，“我要不要在你见他之前收拾好行李离开你的家？我消失得一点痕迹都没有，你就更不需要费口舌对他解释了吧？”

夏树难过地别过头去不看我，眼泪就在这个时候落下来：“知不知道，肖臣，这样的你，让我失望。”

我在心里默默地数着数，提醒自己要端着，要稳住，要体谅夏树的那颗多愁又易碎的心，更不能拿小人的想法去揣度君子的心思。我把九个月以来建立的行为准则从头背了一个遍，可那张不肯姑息的嘴还在做最后的据理力争：“夏树悠爱小姐，请你别再那么虚伪了，我知道自己的斤两，揣着自知之明呢。我就是他的替身，如今他即将回到你身边，我还有什么存在的必要？不要说什么难过，什么失望，我们俩恋爱了九个月，是块冰都能被我融化了，可你还是那么一副不咸不淡、守身如玉的样子！为什么？你不就是在等他的回归吗？山崎雅彦如你所愿地回来了，请你于情于理都要开心一点，至少别在你日思夜想的一天到来后还要忍着快意，皱着眉头做难过状——夏树悠爱，我接受你对我说‘不好意思’，说‘抱歉’，甚至你可以什么都不用说，可就是别跟我说‘失望’！因为我们两个之间，从来就没有过‘希望’！”

我的电话也适时地响了起来，林豆豆在那头大呼小叫：“肖臣！我在旅行社呢，刚刚报了个日本七日游的团，社长跟我认识，我申请一天一夜的自助行去找你怎么样？哎你提前把假请好了，预订个好点的酒店，吃住你可得全权负责啊……哎你欢迎我不欢迎啊？”

我本来想说你不是刚做完手术吗瞎折腾什么，可看着夏树无焦的眼睛，我改了另一套措辞。我笑着对听筒里的女人说："正好我在日本待得闷，不仅欢迎，没准儿我跟你一起回国也说不定呢。"

"啪"一声，夏树的青瓷水杯从手里滑落，掉在地板上碎成四瓣。

她立在屋子的正中央，默默地看着我打完这通电话，又目送我穿好外套。屋子里的空气凝滞到了冰点。"我出去转转，"我说，"咱们都冷静一下，想想自己的事。"

直到我穿好鞋子走出家门，我都能感到夏树在直视我的背影，她用空洞无助的眼睛注视我迈出的每一步。我顿了顿，还是竖起衣领走了出去。

拉开门，长驱直入的冷风一下子就灌进了心里。走过一个转角，我沉重的头一下子抵在水泥电线杆上，我用干燥的大手搓了几把脸。日本郊外的冷风割着我的脸，难过像两波滚滚的热浪，从我的瞳孔向外扩散着。我仰头看着萧索的树梢，心里成千上万遍地呼喊着那个伫立在堂屋里哭泣的丫头。

81

回到家的时候已经是深夜11点。夏树呆呆地坐在沙发上，碎掉的杯子还在地板中央，我知道这丫头一动不动地静坐了好几个小时。

始作俑者的我灰头土脸地从夏树的眼皮子底下溜过，准备回屋休息，被她叫住了。

"肖臣，你先等一下。"沉默了整晚的夏树嗓音有些沙哑，她说，"我能问你几个问题吗？"

"嗯，你说吧。"

"你和林桑，从相爱到分手，经历了多长时间？"

"五年。"我顿了一下，还是实话实说了。

"那么……"她继续问，"你们恋爱后多长时间，发展到'那一步’的——这个，你可以告诉我吗？”

我摸了摸鼻梁：“忘了，反正很快。”

“比九个月快吗？”她没有停止发问的意思。

我心虚地点了点头，用一个沉闷的“嗯”作为这一轮的回答。

我真没勇气告诉她我和林豆豆五年都没发展到“那一步”，肖臣至今还是个童男子。

“原来九个月，真的那么长。”她说了这样一句，久久不再作声。

又是一段沉默，久得让我怀疑她不打算继续这个话题的时候，夏树终于说话了。她的声音很轻，像是自言自语，又像说给我听。

“九个月纵使很长，可跟二十五年比起来，还是很短的吧？”她叹了口气。

懵懵懂懂地，我听出了一丝弦外之音。

夏树幽幽地说：“我以为，终有一天，你会把所有等待的煎熬都化成体谅，可我真的不知道，我们还会不会有那样一天了。”

“抱歉了。”她说，“有些东西，只能由我未来的丈夫拥有。因为今天的悠爱不是谁的新娘，所以今天的谁都没这个资格。”

说完这句话，夏树默默地起身清理了地板上的碎瓷，那耐人寻味的两句话让我费尽思量。夏树把碎掉的杯子扫进垃圾桶，可我怎么都觉得像是在埋葬一颗碎掉的玻璃心。

这回轮到我不知所措了。

Chapter 28

谁 见 过 真 的 天 荒 地 老

82

在这个危机四伏的时候，我和夏树悠爱开始了漫长的冷战。作为冷战背后的推手，山崎雅彦和林豆豆却在暗暗逼近。

三天了，我和夏树没有说过一句话。林豆豆即将登机，山崎雅彦有没有再联系夏树我不知道，但是他给我的公司邮箱里发了封E-mail，约我下班后去十五公里外他的音乐工作室一叙，并且提醒我带上夏树原本要送给他的那本漫画书。

我连晚饭都没吃，倒了几趟车才到达。那本漫画也装进了公文包里，不是我的东西，我决不强留。

山崎雅彦的工作室宽敞气派，我极力告诫自己别像刘姥姥进大观园一样冒傻气，可还是忍不住四下打量。一个打扮酷似《非诚勿扰1》里范伟女秘书的小助理带着我七拐八绕地来到山崎雅彦的办公室。

我拎着公文包站在门口，看见沙发上横躺竖卧着几个人，无不是穿着印有锁链、皮靴、骷髅图案的黑T恤。乐队的几个人都在，山崎雅彦坐在舒适的老板椅上，闪亮的黑皮鞋蹬在红木办公桌上，似笑非笑地盯着出神的我。

“空尼奇哇——”我迅速调整出一个精神抖擞的表情，进了办公室，并且和这几个红头发小子寒暄着。

没人理我的茬儿，几个人冷笑着打量我的周身，光看不说话。

为了表示友好，我对主位上的山崎雅彦说：“我听过你们的歌，算是你们的粉丝吧。”

这一次山崎说话了，他用他高得有些惊人的鼻梁照了照我：“你这样的人，也听得懂摇滚？”

“啊，啊……”面对这样的反问我有点语塞，干咳了两声说，“还可以吧，外行，听个热闹呗。”

在场的几个人“哄”的一下全笑了。

山崎雅彦也笑了，边笑边咬牙切齿地自语：“夏树悠爱这个傻瓜，竟然找了这样一个阿呆……”

我有点挂不住了。我花了整整一个晚上跑来这儿，不是听你横加讥讽的，明星很了不起吗？想到这里，我绷紧了面皮一本正经地问他：“阁下让我来这里是有事儿吧？不妨直说，夏树还在等我回家吃饭呢！”

沙发上的三个人一跃而起，站成一个三角形将我围在当中。

山崎雅彦摆摆手示意他们冷静，眯缝着眼睛说：“我的几个伙伴很好奇夏树找了个什么样的男人，所以我就把你叫来让他们开开眼。现在已经没事了，你可以走了。”

我再怎么生气也得忍着，因为我明白光棍不斗势力的道理，所以我怎么来的就准备怎么回去了。谁知山崎那三个兄弟并没有放过我的意思，三个人讪笑着把办公室的门堵得严严实实。我就知道，一场争执在所难免了。

“我让你带的东西呢？”山崎慵懒地躺在老板椅上，发号施令。

我冷漠地回过头，从牙缝里挤出两个字：“没带！”

三个人劈手夺掉了我的公文包，牛皮的包带都给拽断了。我眼睁睁地看着这三个流氓一股脑把包里的东西倒在地上，我刚想制止就被一只大手摁住了胸膛。他们从中拾起那本漫画书，掸了掸上面的灰，抛给了山崎雅彦。

这家伙傲慢地拈起书的一角，翻了几页丢在一边，冲着我正色道："肖臣先生，这大概就叫物归原主吧？是谁的，就该给谁，你这样一个28岁的老人家，不会不明白这个道理吧？"

我揣在裤兜里的手突然攥紧了，掏出来的时候把那三个穿骷髅头的小子吓得一怔，他们连忙挡在山崎雅彦的办公桌前，生怕我一冲动挥着拳头把他们的主唱给伤了。

看见他们如此紧张的样子，我咧开嘴笑了。在他们如临大敌的注视下，我迈着方步来到山崎面前，紧攥的拳头慢慢松开，手心里，是一颗粉红色的桃心。夏树悠爱折的。

那颗用皱纹纸折出来的桃心是夏树打上去的包装，一年前，她把书和桃心一同交到我的手上。

我笑着对山崎说："书我可以物归原主，但这颗心我可要留下！"

他瞪大了眼睛刚想抓过去看的时候，我合拢了手，一把撤了回来："哎——是谁的，就该给谁！我可是夏树悠爱的男朋友，至少现在这一刻，我是！至于未来嘛，我可没看出你有什么希望。"

山崎咬了咬牙，无声无息地笑了："好吧，我们恭送夏树悠爱的男朋友回家吃饭。另外，我提醒你，尽快享受你的美食和好日子吧，为你后半生多攒一点美丽的回忆，不然我会内疚的。"

我处变不惊地在几个人的虎视眈眈下离开山崎工作室。

出了大门，我脸上的绯红色变成了一坨铁青。我看似占了上风，可我忍得很辛苦。山崎的话虽不多，可句句都像钝器，戳在我心头最柔软的地方。我拄着膝盖大口大口地呼吸，抬起头，电车已经近在咫尺。日本的夜晚在灯火中按部就班地到来，我嗅着空气中飘来的烟火味，不知怎么就伤心起来。

我没有让夏树知道我和山崎雅彦见面的事，可夏树却告诉我，她同意赴他的约，时间就在这个周六。

早晨的时候，夏树静静地坐在梳妆台前，她化了一个透明的淡妆，这样的妆面她化过何止几百次，可这一个早晨，她花了平时两倍的时间，手脚仿佛不听使唤，握着毛刷的手都在不经意地颤抖。大衣是新买的，筒靴打理了好几遍，夏树在衣帽间里犹豫了很久，最后拿上了那只香奈儿手袋。我觉得，这才是最佳状态的夏树悠爱，尽管她已经一个星期没有笑过一次。

撩起窗帘，我看见矢车菊一样的女友款步出门，优雅地抬手打车，脑子里早已夷为一片真空。偏偏林豆豆的电话响起，她大呼："肖臣我在车上呢！两个小时后我就到了，还不出来接我……喂喂——你在听吗？喂——你怎么不说话？"

83

我在本地最大的酒店里招待了林豆豆。彼时的刁蛮丫头经历了感情剧变，尤其拿掉了一个孩子之后，眉宇间像是浮着重重心事，这不是她大声说笑和手舞足蹈就能掩盖掉的。我蓦然发现，林豆豆眯起的眼角上也有细小的皱纹了。

和自己恋爱了五年的前女友坐在一起，尤其是在这样一个敏感的时间段，是个什么感觉？

陌生的气场打了几个转，我们终归在她没心没肺的笑容里归于熟悉，我们俩已经好久没这么推心置腹地聊天了，最让我高兴的是，聊天的过程中，我不带一丝奴才相。这让我找到了久违的心理平衡。林豆豆比原先漂亮了，这大概就叫相由心生，一个女人受了欺负，就连叹息声都是那么婉约。我暗暗地想，其实林豆豆也算是个很美的姑娘，至少我说不出哪里是不美的。那是一种均衡的得体的美，没有惊鸿一瞥，用不着心惊肉跳。在一起的时候不必担心失去，分开了也不会有剜珠于蚌的撕裂感。

我不知道什么叫美，我只知道什么叫般配。

我也不知道自己为什么会这么想，可冥冥中就是有股生冷不忌的力量，强迫我不去看表，不去想城市另一边的那场一诉衷肠的故事。

林豆豆笑着啜了口咖啡："嘿，不是我说你啊，怎么感觉你从进来就心神不宁的，想什么哪？"

一句话，一瞬间，犹如穿透五脏六腑的狂风，令我一下午的辛苦忍耐化成乌有——夏树悠爱的那张俏丽的脸一下子又飞进了我的脑子里。我想起自己是如何千辛万苦将这个日本女孩子追到手，又是怎样度过了美好的九个月的甜蜜日子，我一想着城市的另一端有人正向她表白（抑或是正接受她的表白也说不准），我的心就本能地像这个季节里的树叶，紧紧蜷成一个团，恨不得蒸发掉所有的期许，用悲伤将自己燃成一副枯萎的模样。

我想下一秒就告诉林豆豆，对不起我不能陪你了，有件生死攸关的事需要我去做，继而在她迷茫的目送下跑出酒店的大堂，赶去夏树的约会地点，再气喘吁吁地，一把将她从咖啡厅里捞出来。我拉起她就走，不容分说。如果她拒绝，我就大声说我爱她；如果她二次拒绝，我就捧起她的脸，在初冬的街道上就着细碎的鸟鸣声和她吻到天荒地老——如果我今年25岁，对爱情有着一腔热忱和孤勇，我一定会赶去找她——我的双腿已经离开了板凳，几乎就要站起来跑出去。我不是没想过这些！

林豆豆一脚踢在我的迎面骨上："说话呀，我问你想什么哪？"

我惨白着一张脸，微微笑了下。不说话。

恋爱中的人都是绝佳的电影导演。导演想得到的情节，我怎么会想不到？可人生毕竟不是故事。即便我把夏树从咖啡厅里拉出来，她也未必会跟我走；即便我祭出那天荒地老的一吻，她也未必会交给我矢志不渝的一生。

如果你活到我这个年龄，你就知道爱情不是靠一时的冲动和浪漫就能解决的事。

所以我只是略微地把屁股欠离了凳子15度，就又心虚地坐了回去，打哈哈地说"这板凳怎么这么硬啊"，装作调整坐姿。

"好吧。"林豆豆莞尔一笑，"你不说话，那么我说！我这次风风火火地来日本找你是带着任务的，我要把你带回国。”

“是……是哦……”我低头巡视了一圈餐台。我想找张面巾纸擦擦汗。

林豆豆适时地递过来一张：“现在，我要听听你的意见了，肖臣，你跟我回去，还是不回？”

我更结巴了：“豆豆，那个……你也知道，我在日本，我和夏树，我们处得挺好的……我……”

林豆豆一下子笑开了：“是吗？不是吧？你和那个日本妞恋爱也快一年了，结婚的话，总得拿出点姿态来——你告诉我，你们什么时候拍婚纱照？什么时候办婚礼？订的哪家酒店？你说着，我听着，听完我立刻就走！如果你们能终成眷属，我愿意做个顺水人情。”

我吞吞吐吐：“这个……尚未计划，不过会有的……”

林豆豆落寞地笑了，一下一下地抠着包包上面的水钻：“我知道，你还在埋怨我，埋怨我爸妈。可我已经知道错了，我妈连肠子都悔青了，谁没有过一叶障目的时候？谁能保证不走回头路？我不相信五年的感情说没就没了，夏树悠爱是你女朋友，可那又怎么样？她还在犹豫，可我已经打定主意了——肖臣，你跟我回去，一个月之内我们就结婚。我不问你们家要一分钱，我要的是你这个人！”

我略带惊诧地抬起眼，看见林豆豆笃定的笑容。渐渐地，我眼里的吃惊演变成痛苦。真的，这个时候让我做一个选择出来，简直令我为难得吐血。我是那样一个视婚姻为至宝的人，当初我负气远走，无非是因为我得不到一个女人的终身之托。诚然我爱着夏树，那股热烈是我此生前所未有的。可命中注定的，她有她的山崎雅彦。我不过是一个后来者，一个没机会居上的后来者。一直以来我那么无所顾忌地爱着夏树，自以为只要我爱她，只要让我爱她，就一切都不重要——可直到今天，直到此时此刻我才意识到，我索要的回报一点都不比其他男人少。我来日本已经一年多，至此，我到底违背了自己的初衷。

我想结婚。

84

冬天的日落很早，不知不觉，大堂的落地窗外，霓虹妖冶，夜色阑珊。

我没有给林豆豆答复，顾左右而言他。结果“言”的这个“他”，却不幸言中了整个晚上的要害。我说：“天不早了，你早点回房间休息吧。”

她摆弄着一副水晶甲，扑哧一声笑了。“你呢？跟我一起吗？”

我就语塞了，半天才咕哝了一句：“还是别了，我还得早点回家，夏树在家等我呢。”

这句话里我一点自信都没有，我不确定在我打开家门的一刻，等待我的是否只有夏树一个人。说到底我是个懂得拒绝的男人，可林豆豆却不干了，她一跺脚：“喂！我大老远出国来看你，只有一天自助游的时间，难不成你让我一个人住酒店啊！”

我勉强地说：“谁让你一个人住了？我可以……留下的……我只留下陪你说说话……仅此而已……”

“怕我吃了你呀！”林豆豆凶相毕现。

就在这个时候，我的电话响了。不过是半天时间，“小爱”两个字跳动在屏幕上，竟然恍如隔世。

“肖臣，”她的声音很淡，听不出一点情绪在里头，“如果我打扰了你和林桑聊天，请替我说声抱歉，可我想知道，你什么时候回家。”

我咬了咬牙：“那个，我可能不回去了……你知道的，林豆豆专程来看我，只有一天的时间……”

尚未说完，我听见夏树无奈地叹了口气。她打断了我：“可是，我要你回家。”

“不不，你可能没听懂我的意思，”我说，“林豆豆她明天就要……”

“你带林桑一起，回家！”夏树再次打断了我，口气坚决，“肖臣，我是你女朋友，我会替你招待她，还有——”她顿了顿说，“就算是忌妒吧，我也有这个权力。”

夏树悠爱果断地挂了电话，再打，关机。

我耸了耸肩膀，冲林豆豆无奈地笑笑：“把房退了吧，小爱要你去家里住。”

晚上9点多，我把林豆豆带回了夏树的家。两个25岁的女人一见面，莺声燕语地寒暄和拥抱，入戏之快，令我咂舌。

好吧，这不是唏嘘的时候，人呢我是带回来了，可随之而来还有更棘手的问题——夏树悠爱家里只有两个卧室，我们一男二女，怎么睡啊？犹豫的工夫，夏树已经安排林豆豆洗漱完毕了。如之奈何？干脆我回我屋吧，你们乐意怎么睡都行，反正跟我没关系了。想到这里，我打了个人工的呵欠，慢悠悠地说：“说了一天的话我都困了，我去睡了，晚安。”

刚转了一个身，我就听见身后的中日两位佳丽齐刷刷地冲我吼了俩字儿：站住！

我垂头丧气地被两个人拉到客厅里，她们俩坐沙发上，我愁眉苦脸地盘腿坐在地上给她们削苹果。

“要么……”我怯生生地看了看林豆豆，又瞅了一眼夏树悠爱，“要么我还是睡觉去得了……”

林豆豆率先发难：“有你这么招待客人的吗？客人住哪儿都没安排呢，你睡什么觉！”

夏树悠爱接过话，谦和地皮笑肉不笑了一下：“林桑，抱歉了，我家只有两个卧室。如果不介意的话，请你和我睡在一起，可以吗？”

“哎呀呀。”林豆豆更是笑得一脸烂漫，“那多不好意思？哪能刚来就给你添麻烦呢。没关系，我这人很随意的，我跟肖臣挤着睡就行。”

夏树红润的脸上现出第一道铁青：“不，不行……肖臣……他从来都是一个人睡的，我怕他睡不习惯……嗯，他明天还要上班呢。”

介于二声和四声之间，林豆豆长长地说了句“哦”。

“这么说来？这么长时间了你们俩都没有住一块儿？”她那双闪烁着八卦的眼睛一下子射出光芒，笑得叫一个诡秘，“呵，呵呵，原来这样啊，那就更不打紧了——我和肖臣早年就是情侣，他习惯着呢！”

夏树的脸色彻底青了，就连肩膀也在瑟瑟颤抖：“不！不行！要么你和我一个房间睡，要么你睡我的卧室，我去和肖臣挤着睡！”

Chapter 29

两个女人一台戏

85

两个女人一台戏啊。作为议题的中心，此刻的我是个什么表情？

我没表情。我把一张脸埋在裤裆里，低着头把苹果皮切成了一段一段。桃花运演变成桃花劫，我到现在都没弄明白，昨晚上我还是一个人抱着枕头睡到天荒地老的孤苦相，怎么转过天就成了两位大小姐眼中的香饽饽？

都跟我睡个什么劲呀？我有那么抢手吗？

林豆豆的嗓音也提高了："怎么就不行啊！夏树悠爱你要知道，不是我死乞白赖地跑你家住，是你请我来的哎，我干吗要听你的安排？再说我们仨也不是第一次睡在一起，别忘了上回你喝醉了，我是怎么周到又妥帖地让你睡在我家的！我有你这么挑剔吗？"

夏树一下子语塞了。本来她就不善言辞，让她用汉语跟一个中国女主播理论，谁强谁弱，高下立判啊！

占了上风的林豆豆还不忘讥笑两声："哦，我不来，你和肖臣各睡各的；我来了，你就巴巴地跑去跟他一被窝——我可不是来加速你们未婚同居进程的，别再因为我改变了你们这对‘情侣’的日常习惯。”

就在我认为小爱败局已定的时候，她突然笑了。她笑眯眯地站起来走到我的身边，无比亲昵地挽起我的手，面向林豆豆不卑不亢。

“你说的那些我都记得，不仅如此，我还记得当时你让肖臣睡在了我的身边，差点儿闹出误会来。林豆豆是个慷慨的女人，但夏树悠爱不是，我气度很小，我不会像你那样，凡是我喜欢的都会倾力争取，我不会让给别人。不要以为我傻——早在我出现的时候你就不爱他了吧？一个优质男人和你生活了五年你都没能抓紧，你又能怪谁？我又怎么能放过这个机会？对不起，林桑，上次我们怎么睡的，今天我们就怎么睡。正如你所说——我们都要尊重以往的习惯！”

那么牙尖嘴利的一个女主播林豆豆在听完夏树悠爱一番滴水不漏的陈词后，麻木地张了张嘴巴，一个字都没有说出来。

“被褥和枕头我都换了新的，空调的遥控器就在枕头旁边。如果林桑还是不习惯，我会连夜给您安排本地最豪华的宾馆。现在，我要和我的あなた（亲爱的）回房了，那么林桑，让我们互道晚安。”

小爱一口气地说。

林豆豆拎起皮包就走了，送也没让我送。穿好鞋子，她回头冲我和夏树微微施礼，说了句“承蒙款待，再会”，才使得这次分别少了些尴尬。可林豆豆没有善罢甘休，她在回眸一笑过后丢下一句话：“肖臣，我回国等你。”

林豆豆走了，家里又恢复了平静。我一个人站在莲蓬头下，让热水冲刷我一团乱麻的情绪。山崎回来了，林豆豆走了，我该怎么办？是就势向夏树悠爱求婚，还是任由这场异国恋像一篇记叙文一样，按照事情发展的顺序四平八稳而又听天由命地进行下去？我不知道。我乱极了。

可当我一边擦着头发上的水珠一边回到卧房的时候，我的心情就不能用“乱”来形容了。

我惊愕得简直说不出话来。

我看见夏树悠爱规规矩矩地仰面躺在我的地铺上，用被子紧紧裹住自己，只露出一个小小的头和两个白皙的肩膀。她没有看我，空洞的大眼睛直直地望向天花板。

“嘿，”我冲她苦苦地笑了下，“上错床了吧？你的卧室在那边。呵，呵呵——你别是来真的吧？林豆豆她都走了，假戏真唱？那啥……我看就没这个必要了吧……”

小爱没说话。整个房间里充斥着情欲的气息，湿润的头发、空洞的大眼睛、白到透明的皮肤、体香和沐浴露的味道……我昏昏欲睡的某根神经不由自主地打了个战。这个时候，我居然还有心思猜想——夏树被子下面的内衣是什么颜色呢？

她的拇指摁在了台灯上，轻轻一扣，屋子里陷入漆黑，只有窗外的白月光，透过窗帘的缝隙，在小南风的吹拂声里，细密地洒下。一片静谧中，我蓦然明白了被子下面的答案——夏树悠爱，她没穿一件衣裳。

我战战兢兢，规矩得手足无措。我就那样默默地和夏树悠爱并排躺在一起。哀愁，像一面裹着玉体的大被，我在被子这头，我的新娘在那头。

口干舌燥，我咳嗽了两声打破沉寂。

“为什么要这样？”我说，“咱们不这样……不是也挺好的吗……”

夏树偏过头看了我一眼。那一眼，让我所有言不由衷的花花肠子在瞬间土崩瓦解。

“你见到山崎雅彦了？”我问。

“嗯。”这会儿，夏树把小小的下巴也缩在被子里，只露出两道彷徨的眸光。

“那你是怎么想的？回去他身边吗？”

我想，这一夜该不会是最后的晚宴吧？夏树悠爱想跟我分开，又因为没什么好纪念的，思前想后决定给我一个吃干抹净的机会？

“我什么也没想，”她慢慢错动着嘴唇，“他想破镜重圆，而我已经有了你，就这么简单。”

“就这么简单？”我看着她的眼睛，直到她浓密的睫毛里生生结出一滴泪，顺着光滑的脸颊淌到枕巾上。

“小爱，”我轻叹了一声，慢慢说，“和你在一起这么长时间，真话和谎言我还是能听出来的。如果真是这么简单，你就不该躺在我身边，像包装礼物似的把自己送给我——咱们不是已经说好了吗？你要把第一次留给丈夫，而我要做的全部就是静下心来等。为什么中途变了卦？为什么要在这样一个要紧的节骨眼上？”

黑暗中，夏树悠爱猛地翻身，一把抱住了我，泪如雨下：“肖臣，我不等了！我坚持不来！我已经认准了你，我不后悔！请你接受我，我要你做的一切，就是接受我。”

那最后一句“请你接受我”是用日语说的。“库达赛以”几个字被她说得很重，几乎是咬牙切齿。

于是我笑了。不是因为得意，而是我看穿了真相。

86

请不要把我的反应归结为一个处男的矫情——只要你站在我的立场上，稍微动动脑，你就知道我没法去遂夏树的愿。没错，她说了不后悔，她说这是深思熟虑的结果，可她省略了最重要的信息——她拿自己保留了二十五年的清白之身来做她破釜沉舟的砝码。也就是说，今晚的夏树越是疯狂笃信，就越昭示了她内心的惶恐。她根本就是举棋不定的，她唯恐有朝一日后悔才会走出这样一步！

对此我怎么想？如果她最终的选择是肖臣，那么我为什么不能细水长流地品尝爱情？为什么非要杀鸡取卵似的占有她？如果她最终选了山崎雅彦，那么这种告别礼一样的缠绵又有什么意义？多少年后，山崎和夏树过着琴瑟和谐的夫妻生活，唯独这一夜，成为揉在他们心头的一粒挥之不去的沙。我不想做那样的恶人。

没错，对于一个未经人事的肖臣来说，这样的蛊惑简直渗到了神经里，我紧张得直磕上下牙，浑身上下的每一个细胞都做好了准备，就像嗜血的小虫子张开了血盆大口一样。唯独大脑里负责下令的那个指挥官，用微不可闻的声音在做最后的把持：我不能、我不能……

我去夏树的卧房又取了一床被子回来，再次和夏树并排躺在一起时，燥热的周身开始冷却，我做了好长一串的深呼吸才得以平静。

“你还是……还是再考虑考虑吧。”我谨小慎微地开了个头，对夏树说，“还记得你送我的那本漫画书吧？我已经看过了，情节和对话倒背如流。女主角亚美对那个大明星男主角一见钟情，人类已经不能阻挡她对他的爱慕，那不是别人，那正是你自己！虽然那本漫画还没有结局，可你和他的结局不是就要揭晓了吗——山崎已经回到了你身边，明星反过来哀求那个花痴小女生了。小爱，不是我矫情，更不是我懦弱，而是我知道换位思考，是你们俩这段感情太过美丽，太过无懈可击！还记得你在中国的那一晚你哭成什么样子吗？你趴在我的后背上，眼泪淌满了我的脖子。那个时候我就想，神啊，如果你看见这个日本女孩子伤心的模样，你就把她的男朋友还给她吧——大概是神听到了我的心声，于是他真的让山崎雅彦回到了你身边。小爱你听我说，我比你大三岁半，我比你懂得爱情。人生最残忍之处在于人一辈子可以爱上很多人，但是伴侣却只能有一个。即便我走了，回国，再也不踏进日本一步，我也会想着你，想你一辈子。到我老了的那天，躺在摇椅上，我会偷偷地抱着小孙子说，爷爷娶了奶奶，可在千里之外的日本，我还爱过另一个人……

“她给爷爷做过墨鱼汤，她只背爷爷送的包，她有十个最美的画面，她在最好的年华里和爷爷生活了九个月……”

说到这里我有点哽咽，眼睛发烫、嗓子干痒，可我还是坚持着用流利的日语艰难地说完这句话：“小爱，我是除山崎雅彦之外，另一个会铭记你一辈子的人。不开心的时候，只要想想大洋彼岸会有人时时刻刻想着自己，境遇就永不会糟糕。我并非不爱，也不是不珍惜，就是因为你太重要，所以我一定要让你过你最想要的生活，和你最爱的人在一起，你能明白吗？”

不知不觉，夏树悠爱早已哭得撕心裂肺。

其实并非我无私，我也在大言不惭之后偷偷地等着她说：“肖臣别说了，你才是我最爱的那个人……”

我听到的只是哭声，却没有那句起死回生的话。

也许夏树光顾着哭，哭着哭着忘说了。

说到这里我不得不感叹一句，女人啊，纵使你的泪可以把男人的心焚出一个大洞，可那也不如一句他等着盼着想听到的话有力道啊。

于是我豪情万丈地笑了笑，伸出手抹去她眼角的泪。

也许是房间太暗，我的手指不光触到了一片濡湿，还触到了她额头上的一块血痂。

夏树吃痛地“咝”了一声，用力一躲。

这一系列动作提醒了我。

我猛地打开台灯，看见夏树惶恐的脸，她一边退缩，一边低下头。与此同时，她用右手整理自己的头发，装作若无其事。

我二话不说地拨开她的手，近乎粗鲁地撩开她的头发。额头上，有一块拇指大的瘀青，中间已经破了，刚刚结了层暗红色的血痂。

额头是撞破的。

纵使我再傻，我也知道这处伤是怎么回事。

没说话，我甩开夏树阻拦的手，大步流星下了楼。我听见身后的哭喊，她叫我不要去，然后便听到她手忙脚乱穿衣服的声音。

屋子里乱成一团，夏树喊破了音地跟我解释。

我在夏树冲下来之前跑到户外，伸手叫车。

司机在后视镜里看见那个披散着头发追赶过来的女孩子，征求地看了我一眼，我说：“别管她，去市内的山崎工作室！”

87

在出租车里，我的两个太阳穴烧得滚烫，尽管夏树极力地替山崎遮掩，说这只是个意外，说他不是有意的，可我还是在她的字里行间里还原了当时的画面：

山崎猛地攥住她的手腕，瞪裂了眼角："再说一遍，夏树悠爱，我让你再说一遍！爱着他？你竟然还爱着他！没错，当初是我选择离开你进军艺能界，可那是任谁都会做出的唯一选择！如今为了你，我把乐团解散，我把好容易攥到手里的声誉和成就都扔在了地上，还不是因为你？还不是因为我想回来跟你过你想要的生活！别挑战我的底线，你和他生活了九个月，九个月！差不多能发生的事情都发生了吧？哈，这光滑的面颊、这柔软芳香的嘴唇、这温润的气息，还有你苦苦保留了二十几年的女人最宝贵的东西，通通都被他占据了吧！这些我都原谅你，可你怎么能在我回来之后还口口声声地说爱他！"

他用力一甩，夏树细弱的手臂就像狂风里的树枝，她重重一个趔趄，被他从沙发里甩到地上。失去重心的夏树一头撞在了咖啡厅的储物柜上，她捂住头，手掌里见了鲜血。她艰难地看着山崎雅彦那张秀丽的脸，他如梦方醒，他后悔不迭，他犹豫着是不是过来给她包扎……之后，山崎雅彦就完全泡在了她的泪水里。

司机咕哝了一句："有点快啊，要不要慢一点儿呢？很急吗？"

我咬着牙，把拳头攥得紧紧的："对！急，很急。"

山崎工作室里还亮着微弱的灯光，我推开那扇虚掩的雕花木门就冲了进去。我忘了在通往山崎雅彦办公室的一路上遇到几伙人的阻拦，我用尽蛮力，没人成功地拦下我。我带着一阵风进了他的办公室，迟疑的目光在山崎的脸上一闪而过，在他站起身欲言又止的时候，我的拳头已经到了。

我把拳头挥在那张明星脸上，运足了力道。他应声而倒，后背、两只手，最后是他的头重重地磕在实木地板上，一大串滚石一样的撞击声弥散在屋子里。我身后的所有人都傻了，直直地看着山崎像泥鳅一样抱着头在地上扭动身子。

那是我最后一个英气的镜头。

我被县警带走的时候夏树已经赶到了。她只是泪眼婆娑地目送我被几个穿警察制服的人摁着头塞进警车，我扭过头，心虚地不敢看她的脸。

Chapter 30

道 高 一 尺 ， 魔 高 一 丈

88

肖臣，28岁，中国赴日工程师，因蓄意伤害被拘留。

我在小单间里蹲了72个小时，我在通风口的那一小束光亮里看着日夜交替，想着出狱后的日子。不用想，我已经被公司除名了，至于还有无资格留在日本也是件值得商榷的事。那三天，福岛下了今冬的第一场雪，雪势很猛，铺天盖地。

我对一个相对客气的老狱警说："麻烦，帮我带句话，让那个守在门外的女孩子回家吧。求您了，她身体不好，这么冷的天她撑不过去的……"

他笑了笑："同样的话我都帮你带了三遍了，你还是先顾好自己吧。另外，那个女孩子昨晚在雪地里站了一夜，今天没有来。"

第四天的时候雪停了，阳光很足。

我被人保释了，不是被夏树，而是被山崎的家人。

保释我的人用一台雷克萨斯的大黑车把我拉到了一片富人的园林里，园林的深处，布局考究地建了几栋高档寓所。

出人意料地，我在山崎的家里受到客人般的礼遇。而接待我的，是一个叫裕子的老人，山崎雅彦的祖母，深宅大院里辈分最高的人物。裕子年过七十，头发已经全白，但是眼睛明亮、笑容可亲，就连说话也一板一眼，一看就是一位涵养极高、镇得住的老太太。

裕子还为我的到来配备了中文翻译一名。可想而知，面对这样一位豪门长者和她热情的邀约，我有多么不知所措。

裕子笑眯眯，带着礼貌的口吻说："您就是肖桑，悠爱那孩子的男朋友对吧？你们三个人的事我都听说了，是我孙子冒犯您在先，说起这些，我这个做祖母的还得替他道个歉呢。"

我红着脸对老人家说："您还是别用敬语了，直呼我名字就行，这么客气的话我做小辈的受不起啊。还有就是，您找我来肯定另有所图，不然也不能正儿八经地找来翻译，没关系，您直说就成。"

翻译逐字逐句地把我的汉语译成日语。

没想到我的一番话引来老人的捧腹大笑，她做了个夸张的表情瞪大眼睛看着我："我呢，就是喜欢你们年轻人来家里坐坐，陪我这个老人家说说话，喝一盏茶。一年前悠爱那孩子就经常来陪我，后来她和雅彦分开，也就不再来了。怎么？你连我的乖孙媳妇都给掠走了，替她和我这老太婆说说话，有什么不情愿吗？"

听见裕子这么说，我明明一百二十个不相信也干没辙，权且静观其变吧。

我说："谢谢您保释我出来，我那晚下手可不轻，山崎雅彦，他没事吧？"

"嗯，很是不轻呢。"老人一笑，"他在医院躺了一天，已经上了药出院了。你这一拳打在他最看重的面皮上，雅彦逢人就问会不会破相，就快疯掉了。不过——他已经没事了，倒是悠爱那个孩子，在雪天里巴望了你几天，发了高烧，现在在医院里输液呢。"

我刚刚平复下来的情绪又乱了，心急如焚。老人看在眼里，安慰说："别着急，喝杯茶，吃些点心，我差人送你去医院看望她。"

随后的半个小时，老人带着我缓步穿梭于她的府邸。冬天的草坪仍旧翠绿，用人正穿着水鞋小心地除掉覆在草上的积雪，见到老人无不躬身施礼。厨房里，国外请来的面点师正在烤面包，沁人的香味四溢。老人盈盈笑道："要说啊，悠爱还在我的厨房里烤过面包呢，大概是两年前的样子吧，她央求我放了面点师的假，自己跑到厨房烤了雅彦最爱吃的红豆吐司给他，试图以假乱真呢，没想到只吃了一口就被他拆穿……你说说，雅彦这孩子天生就没有取悦女生的天赋，明明味道差很多，也不能当着面说吧？对了，这两年，悠爱的厨艺有进步吧？"

我有点沉默。真的，越是随意的问题，我就越不知道如何回答。好像整个厨房里飘溢着夏树的欢声笑语，我甚至产生了幻觉，看见她生气地举着面包追打山崎的画面。

老人泡了自制的乌梅茶，引我落座，倒了一杯给我："请尝一尝。"

我的心思已经不在茶上了。

"夏树虽然没给我烤过面包，但是她经常做料理给我吃。"我说。

"我知道，她对你肯定是照顾有加的，这丫头从小就特别知道疼人。"老人笑呵呵地拦过话，"这些天她站在收容所的外面守着你，一站就是两天一夜，单单从这一点来看，她就比宝贝雅彦还要宝贝你。"

89

我正犹豫着怎么接这句话，就听裕子眯起眼继续说："说起来，悠爱也曾经在雪里等过我们雅彦的，这里还有一小段佳话呢。那时候雅彦还没多少名气，只能在一些小规模的剧场里演出。那时候雅彦还不知道悠爱的名字，只知道每次演出台下都坐着一个女粉丝笑眯眯地看着他。哼哼，这个傻小子到底不傻，遇见了悠爱那么漂亮的女孩子也会动心。那天下着大雪，演出结束后雅彦他们要开庆祝会，这个腼腆的小子早在心里打定了主意——要是散会之后悠爱仍然在剧场外等着他，他就放下虚荣心把她追到手。结果，呵呵，散会之后，悠爱果然站在雪地里，衣服全白了，雪人儿一样。雅彦走过去刚想对她表白，不料这个小丫头哆哆嗦嗦地说了一句话，声音小得像蚊子一样，她说的竟然是‘你做我男朋友吧’——傻小子愣了一下，狡猾地勾起嘴角，哼了一声说‘我考虑考虑吧’……”

裕子的笑声很爽朗：“你说，这是不是一段阴错阳差的故事？后来我就对悠爱说，不管什么时候，不管遇到多好的男人，做女人的一定要矜持。因为没准儿他早就被你俘获了心，只是装作不动声色罢了。”

裕子又给我续了一杯，笑着问我：“现在的悠爱不好追吧？呵呵，那是因为我这个老人家早向她面授过机宜了。”

乌梅茶是很酸的，一直酸到我的牙根。我抿了抿嘴唇，故意把目光放得很远，不去想那个浪漫的故事。

“这里有些老照片，都是我和悠爱的合影呢，你有没有兴趣？”老人笑呵呵地让翻译捧出一本影集来。有些是小爱和裕子的合照，有些是她的单人照，地点大多是在这所园林里。夕阳、微风，小爱站在一片麦地的中央，戴着一副大耳机慵懒地仰着脸沐浴在柔和的光线里，手臂舒展，华丽丽的45度仰望。我的手指在那张照片上摩挲了许久，爱不释手。

还有一张是三个人的合照，山崎和夏树站在裕子的两旁，老人坐在椅子上，被一对金童玉女簇拥着，眼神慈爱又满足。

裕子见状，忙把影集接了过去：“你该不会介意我保留这张照片吧？我是真的很喜欢悠爱这小丫头呢，不管她嫁给了谁家的小伙子，我都会把悠爱当作自己的孙女看待。”

“瞧您说的，我怎么会在意这些……”我说，“您喜欢她，把她当亲人看待，终归是她的福分。”

时候不早了。

确切地说，我是真的坐不住了。我害怕老太太一高兴再拿出点让我心惊肉跳的典故来。真的，我已经自惭形秽了，我跟人家没法比啊。

裕子给了我一张名片，没有任何称谓，只有一串号码，那是她的私人电话。

“工作的事你不必担心，我的家人都会尽力让你留在日本，就当是成全你和悠爱的婚事吧。”老人说，“如果遇到麻烦就打我的电话，最不济，我还可以安排你在自家的会社里上班。”

我红着脸，鞠躬、感谢。

我起身告辞了，随之而来的，裕子也亮出了今天最重的戏码。她朝用人点了点头，那个五十来岁的老管家就风风火火地开了一辆车过来。

“肖桑，开这辆车回去吧，”裕子一笑，“没什么好送的，这辆车，就当是送给你和悠爱的结婚礼物吧。希望笑纳。”

还没上牌照的，崭新的讴歌MDX越野车，是我最最讨厌的一款车，不包牌也得六十多万人民币。我讨厌它，唯一的原因是小爱对它赞不绝口，而我买不起。

我抿着嘴，苦笑了一下。与此同时，裕子把车钥匙交到我的手上，用眼神示意我试驾一圈。

于是我钻进驾驶室，手指荡在金属仪表盘上，它奢华得让人心动。插入钥匙、旋转，梦想中的座驾在清脆的打火声里整装待发，我的心在震颤中缓缓沉沦。

我熄火，下了车。

我站在裕子的面前，归还了车钥匙，微笑。

“谢谢您的款待，我想，我知道该怎么做了。”我对老人说，“这一个下午您让我明白了许多。您不动声色地就讲述了悠爱和雅彦的恋爱史，您带我亲眼目睹了她过去和未来的生活。最重要的是，她还有您这样一位智慧又慈爱的祖母。”

是的，什么叫魔高一尺道高一丈啊。山崎雅彦的刁难和挤对不曾令我放弃，可老太太云淡风轻地邀我逛了一会儿花园，我的信念就土崩瓦解了。

我输得是那么心甘情愿。我笑呵呵地想，如果我走出夏树的世界，等待她的日子将是多么完美？

我笑着向老人深鞠一躬：“我认输了，山崎雅彦有您这样一位祖母，真是好福气。我输得心服口服。”

被我说穿，老人不觉突兀，相反坦诚地眯起眼：“呵呵，雅彦这孩子太不成熟，不然哪会轮到我这个做祖母的替他出头？还请肖桑见谅，也许多年后你有了自己的孩子，就能明白做长辈的一片苦心了。”

“我还有最后一件事相托，”裕子慢慢摘下眼镜，笑容里有些不好意思，“今天的事……”

我抢着说：“我知道，我会守口如瓶的，我不会对悠爱说半个字。您放心好了。”

逆着光，裕子的眼睛眯成了一条线。

我就这样被一个日本老太太给吃定了，吃得妥妥的。

90

我没有坐计程车，而是乘公交去了医院。并非我不急，而是我不知道见了面该对夏树说点什么。我坐在靠窗的位置，这么冷的天还是把窗子敞开一道缝，引得车里的欧巴桑们纷纷侧目。我想冷静，我想把我一颗发沉的头颅吹得有条有理，我鼻子酸了一路，打了十几个喷嚏，我皱了半小时的眉头，还有三次不由自主地苦笑出声来。

可我就是没想到该对夏树说什么。

我在医院见到夏树的第一眼，她正平躺在病床上，额头敷着毛巾，嘴里衔着体温计。见我站在门口，夏树一个激灵就坐了起来，毛巾也掉了。她看着我，久久不相信眼前的一切。

夏树咬着体温计，手臂上挂着吊瓶，一时间不知道用什么方式来迎接我的回归，只有一双大眼睛蓦地涌上了泪，在暮色的映衬下放出温情的光。

她一下子笑了，嘴角弯出一个好看的弧度。

那一刻，我对这段爱情的负荷达到了临界点。我把她扶回去躺好，同时在毫无准备的情形下脱口而出了一串话。

我说：“小爱我跟你商量个事儿，挺大的一件事儿。嗯……我妈，她最近催我结婚，催得很急……我就想，我也老大不小了，干脆就把婚结了，一了百了……”

夏树乖乖地躺好，仰着脸做我的听众。

我说：“唉……本来我是准备一回来就办手续的，可你病成这个样子……你让我怎么办啊……”

天知道夏树是不是把“办手续”理解成注册结婚了，这会儿眼睛一眨不眨地看着我，等我讲下去。

我说：“我妈连良辰吉日都选好了，听说下个月就有一天特别适合婚嫁。我准备那天去登记……”

夏树一边听，一边连连点头，眼睛里满是笑意。

我说：“所以，我得赶快回国，买东西去林豆豆她们家提亲……你大概不知道，中国人认老理儿，结婚得讲究四彩礼什么的……要是准备不周，林豆豆她妈妈一准儿会挑理的……”

夏树来不及收起的笑容像是冻在了脸上。有一个瞬间，她向我微微蹙起了眉毛，仿佛是在问：肖臣，你告诉我，是我听错了吗？

于是，我低下头继续说：“小爱，我……打定主意和林豆豆结婚了，你出院之后我就去办回国手续，嗯……好不好？”

夏树的眼睛再也没有天真地眨下去，那一动不动的瞳仁里有一颗冰冷的芒心，带着某种顽固的决绝，斩钉截铁地望着我。

我小声地吐出最后一句：“小爱，对不起……”

护士从门外进来，将夏树悠爱嘴里的体温计摘下。我看了眼体温，39.8℃。

我想去握夏树的手，她缩了一下。那个下意识的动作让我心碎了，也许夏树已经意识到，面前这个和她耳鬓厮磨的男人，已经和她再无瓜葛。他说的，他要娶别人。

我忍着内心的痛楚，近乎执着地抓住了夏树的手。她极力地想把手攥成拳头，我就用了蛮力将它掰开、握紧。

当我终于把它抓在手里握住的时候，我后悔了。

夏树悠爱的手心一片冰冷。烧到39.8℃的小爱，掌心里只有冷汗，没有温度。

Chapter 31

原来你曾给我美丽心情

91

第二天小爱就出院了，因为我说了那句“等你出院我就去办手续”。

姑且让我感到安慰的是，这全套的手续办下来，最快也得半个多月吧？要知道，我来日本的时候可是有个证件足足办了一个星期呢！这是我和夏树最后的半个月了，我想，每一寸时光我都要裁下来缝进枕头里，在未来的几十年里，伴着我入梦。

我故意挑了最为忙碌的周一下午。

我手握一大把需要盖章的证件和材料，懒洋洋地在午后1点40分踱进相关的办事处。

四十分钟之后，也就是午后的2点20分，我被一个黑衣黑裙的日本女人恭恭敬敬地送出了大门：“您走好，欢迎您下次再来。”

她站在台阶上，微微鞠躬，脸上是春风化雨的笑容。

我没弄明白：“不不不，先别急着撵我走，我问你，你们确定把所有的手续都给我办齐全了吗？要知道，我来日本的时候可是……”

她那和煦的笑容像是长在了脸上一般自然：“您都问了好几遍了，方才从进了门开始就是我陪同您逐个窗口完成了盖章和签字，是否齐全，有无遗漏，您不是都看见了吗？对了，如果您在出境前接到回访电话，请您如实给我的服务进行评分好吗？没关系，您的满意度有多少，您就打多少分给我。谢谢您的合作，再见。”

再见？再个屁见！这是想再见的意思吗？你就不会多挽留我一会儿吗？你知道我这一走哪辈子才能再来一趟日本？人家用一周办下来的证件你们凭什么用四十分钟就给我搞定了？你们凭什么！

我不知道哪里来的一股邪火，指着那位漂亮的日本女职员大吼：“哎，你是公务员不？你有没有点职业素养？顾客的需求你看不出来吗？我让你陪同我、引导我办手续了吗？我让你这么快办完了吗！你还想要好评？做你的梦去吧……”

我这么一嚷嚷，女职员的主管一行人等也纷纷从大楼里出来。我失去了往日的沉稳和优雅，几乎是逮着谁就一顿臭骂，女职员早就在我张牙舞爪的淫威下抹起了眼泪儿。可是，任我再怎么发疯也无济于事，手里的那些资料和证件早就盖上了大红章，我已经没可能留在夏树身边了。

半个月的预期就这样变成了区区一个晚上。我一屁股坐在计程车里，灰白的脸色像大病了一场。司机没看出我是个外国人，笑眯眯地说这位客，看起来您情绪不高啊，给您放一首外文歌曲放松一下吧。然后他就朝CD机里塞了一张唱碟，Beyond乐队的《谁伴我闯荡》。黄家驹那苍凉得宛如寒号鸟的声音响彻耳廓的时候，我捂住了脸。我想，我的日本之旅结束了，我和夏树的爱情也在那颤音中，化作烟云散去。

92

起程的那天夏树依旧没有退烧，可她还是早早地起床，给我做了一桌子的菜饯行。没有青菜花，没有墨鱼汤，却都是些复杂费时的中国菜。路过夏树房间的时候我偷偷潜进去拿了她一张照片，却在她的电脑上看见没来得及关闭的百度知道和她昨晚发的求助帖：男朋友就快回国了，我从没给他做过一餐像样的中式料理，拜托你们告诉我中国男人喜欢吃什么，我没有分送，可我很急！在线等，拜托了……

网友给出的答案五花八门、菜式难度极高，可一夜过后，它们都盛在盘子里放在了饭桌上。有些已经糊了，有些还没熟，那一餐我吃得很饱，但我的味蕾早就丧失了任何功能，只是有一个声音反复地涌上来：这是你28年里吃过的最好的饭菜，最爱的女人烧给你的。

吃饭的时候夏树已经开始第三轮规整东西了，我的行李不多，一口箱子就能装下，可就是那一口箱子，夏树翻来覆去地整理，长袖的衣服打开又叠好，方位换了一遍又一遍。

我怯生生地冲着夏树的背影问了一句："小爱，你的烧还没退，不用送我去机场了吧？"

"我送，"夏树没回头，直了直后背，"我送你去机场！"

从机场大巴下来到候机大厅还有三百多米的距离，箱子的轱辘坏了，正当我要搬起来前进的时候，夏树却抢先我一步，把箱子的把手攥在手里不撒开。

我说："给我，这活儿你干不了。"

夏树没理我。

我急了："你烧还没退呢，逞什么能！"

夏树不仅没松手，相反鼓着腮帮子，把一种威慑和哀怨交织的眼神投射在我的脸上。她是那么执着地跟我对峙，仿佛我若再跟她抢那口箱子，她就能当场掉下泪来。

我不敢造次了，眼睁睁地看着夏树悠爱搬着箱子走进机场。她瘦小的身体和那口沉重的箱子形成了鲜明的反差，她一路自顾自地搬着它，身子斜得很厉害，搬不动她就用腿垫起来，一步一蹭地，到底把箱子搬到了托运处。

这一个早晨我们都没怎么说话，我不知道说什么，而小爱，她好像始终在蓄积一股力量。终于，在我安静地加入安检队伍，缓步前行的时候，那股隐形的力量达到了顶峰。

“肖臣——”小爱在队伍的侧面，一刻不停地跟着我，她喊我的名字，肖臣两个字被她咬得穷凶极恶。

“肖臣，你就要走了，你想一想，有没有什么东西送给我？没关系，什么都行，多小的一件东西我都接受！”

我心里一凉，完了！这几天光顾着感伤，我连一件分别的礼物都没准备，就打算这么灰溜溜地离开她。

小爱看清了我的窘相，一绺没扎好的头发垂下来，挡住了她自嘲的笑容。前面的旅客越来越少，我在队伍里，她在队伍外，一同随着人流涌动挪着步子。夏树悠爱说：“没关系，我随便问的，我也同样没有礼物送给你。咱俩，互不相欠。”

我前面的旅客还剩下两个，地勤小姐手里的仪器在快速扫动。小爱咬了半天嘴唇，蓦地又对我说：“肖臣，要是我送你一样满意的礼物，你就回赠我一样，好不好？”

我把一种复杂的眼神投在我深爱的那张脸上，身前的旅客又少了一位，就快轮到我了。就在电子仪器的噼啪声渐渐吞噬了我的思维时，夏树闭上了眼，淡淡的歌声从她的嗓子里飘涌而出。

这一幕多么熟悉？

一年前，为了央求我以达到回国的目的，夏树悠爱就曾在人头攒动的商场里唱中岛美雪的歌给我。

当那轻烟一样的旋律再度飘在我的耳畔，绕在嘈杂的机场大厅时，我的鼻腔如同被浓酸狠狠地呛到。夏树悠爱唱的那首歌，是本多ruru的《美丽心情》，中岛美雪那首歌的中文版。而她说过的，永远不会唱的中文歌，此刻就像一场铺天盖地的雪，厚实地覆在我心上。

多雨的冬季总算过去
天空微露淡蓝的晴
我在早春清新的阳光里

看着当时写的日记
原来爱曾给我美丽心情
像一面深邃的风景
那深爱过他却受伤的心
丰富了人生的记忆
……

93

不知不觉，夏树悠爱已经泪流满面。她说："肖臣，还记得你说过的话吗——如果我向一个中国男人提要求，如果我想打动他，就要唱他听得懂的中文歌——你还记得吗？你说过的话，还算不算！"

我的身前早已空无一人。

地勤小姐不断提醒我走进黄线安检，身后的旅客开始不耐烦地躁动。夏树悠爱眼巴巴地等着我给她一个答案。

我拎起挎包，一脚踏进黄线里。

我怕再慢一秒的话，就会推翻初衷、违背心声，就会跑过去紧紧抱住夏树悠爱，就会抛开自己的廉耻，牺牲她的幸福，去乞求那一段奢侈的姻缘。心里一个声音反复地做着最后的鞭策：肖臣，你如果爱她，你如果足够爱她，就独自离开吧。放手，是爱情的最高境界，终有一天她会明白你的苦心……

然后，那些闪烁的仪器扫过了我的周身。结束的那一刻起，我和夏树，我和日本，我和我追逐的爱，一同绝缘了。

我一直向前走，始终没有回头。在我即将消失在转角的时候，身后的啜泣终于演变成一场绝望的号啕。夏树悠爱喊的最后一句话是："可恶的中国——把我的男朋友还给我——"

尾音落定的一刻，我的眼泪刷地就下来了。

飞机爬升的时候，我打开遮光板，狠命地望向身后的福岛机场，多少年来第一次哭得稀里哗啦。整个旅途的上半场，我热乎乎的眼泪顺着下巴滴在前襟上，泪满青衫。待到下半场的时候，我已然六神无主地歪着头，任凭脸上的泪水风干，结成咸涩的泪渍。

Chapter 32

再见夏树

94

我木雕泥塑般走下飞机的时候，林豆豆已然等在大连周水子机场迎接我了。她热烈地拥抱我，拍我的头，然后推着行李车带我到蒸功夫机场店去吃鸡蛋羹。看着林豆豆把喷香的鸡蛋羹端在我面前，我清了清干哑的嗓子，一股长途跋涉的风沙味道哽在喉咙。

林豆豆笑得银铃一样：“一走就是一年多啊，可把你给出息的！不过那又怎么样？还不是乖乖地回来了？我就不信孙猴子能蹦跶出如来佛的手心！”

“明天跟我看房子去吧！”林豆豆笑靥如花，“我妈说了，她出钱！”

我告饶似的扬起脸看了看她，小声地说：“嗯……豆豆，有件事我得对你说清楚，我的确跟夏树悠爱分手了，也的确回国了，但我不是……不是为了你才回来的。你肯定听不懂了是吗？说真的连我都搞不懂自己了。上飞机之前我满脑子想的都是如何把夏树悠爱忘掉，可下了飞机我却改变了主意，我想记着她，我会拼命地记着她，就这么记一辈子——豆豆，我才28，我和她在一起的时间还不到一年，可我确定肖臣此生都会跟夏树悠爱这个名字系在一起了。我不想她的存在扰乱别人的生活，唯一的办法就是，我不会跟别的姑娘结婚。我会默默地念着她，能多久就多久，那也不失为一种幸福……请你，多体谅吧。”

说完这些话，我垂下眼、竖起耳朵，等待着林豆豆把一杯鸡蛋羹扣我脑袋上。可林豆豆只是抓起塑料杯冲我比画了一下就放回到桌子上。她笑了。

“我想臭骂你一顿，可我骂你点什么呢？舍近求远？好像不妥。舍本逐末？好像也不贴切。婚姻本来就不能抵爱情的值，所以早在我拿结婚做筹码劝你回国的时候，我就预见到了我的失败。肖臣我挺敬佩你的，过去你是那种为了结婚俩字儿就甘愿放弃一切的蠢蛋，好像你就为了那张九块钱的破证而活似的。而那个日本小丫头却把你畸形的价值观给矫正了过来，一个优质女人是一本好书，你和她生活九个月的感悟比和我五年的总和还多。我能说什么呢？我心服口服了。”

我抿着嘴唇，如释重负地说“谢谢你的海涵”，结果林豆豆“噗”地笑出声来：“谢我？别开玩笑了，我恶毒着呢！你不乐意结婚拉倒，反正我没得到的东西那个日本妞也没捞着！我有什么好憋屈的？我平衡着呢！”

我看见林豆豆邪恶地咬了咬牙，顺便丢了把勺子给我：“还不快吃！”

我不好意思地挠了挠头：“那你……下一步打算怎么办？”

“笑话！”林豆豆大咧咧地笑着说，“没了你我还不能活了怎么着？说真的，经你这么一坦白我才觉得，其实在咱俩结婚的意义中凑合过日子占了很大比重。你没看上我，说不定是给我提供了更好的机会！你充其量小毛驴儿一头，而我要找的是千里马！骑驴也是找马，步行也是找马，有你没你，还真差不多！”

林豆豆很潇洒地跟我告了别。

在我静下心写这篇故事的时候，她依旧没有觅得她的千里马，只是心态比先前平稳多了。林豆豆说，如果仍然找不到一位Mr. Right，她就心甘情愿地做一名Miss Left。反正剩女年年有，明年会更多。

我在日本工作一年多攒下的日元全都让夏树给换成了人民币带回了国，加上保险一共二十多万，差不多够首付一套一居室了。我把钱存在银行里一分都没动，租了一套简陋的房子，一头扎进去过起了宅男的生活。我也没急着找工作，整个人没魂了一般，对什么都提不起兴致。每早醒来我都习惯性地想去隔壁叫夏树起床，直到阳光彻底刺醒了我困倦的灵魂，我才怅然若失地缓过味来。我抱着棉被静静地想，原来，我和夏树已经分开了，真的分开了。

我戴上眼镜，在电脑前写博客，写我的日本见闻，写我和夏树悠爱同居时的种种逸事。标题让我踌躇了好一阵，我在《我的日本女友》和《我的日本老婆》之间纠结了许久。“老婆”这个词近几年来大泛滥，才没人管你有没有那张大红本本呢。起先我也是这么想的，可就在我敲上去又删掉，反反复复地犹豫了几个回合之后，我才渐渐明白“女友”和“老婆”这两个称谓真的不能等同。

我规规矩矩地在“老婆”二字上加了个引号。

写累了我就去厨房做鲫鱼汤和麻婆豆腐。端上桌，一个人闷头大吃。

总觉得自己的厨艺退步了，我做的菜再也没了当初的味道。

原来有些东西非得在别人虎视眈眈地跟你争食的时候，才会吃得香。

我也去访问山崎雅彦的推特，他迟迟没有复出的打算，围观的粉丝们伤心欲绝。

我想，佳人失而复得，看来这小子是学聪明了。

95

周末去逛商场，竟然又被我撞见了婚纱影楼做展，更巧合的是，仍旧是邀请小爱客串模特儿的那一家。

《婚礼进行曲》回响在空旷的小广场上，我扶着二楼的栏杆，俯瞰台上的演出。女模踩着步点款款而出，长长的鸢尾花婚纱拖在身后，冷艳的表情不苟言笑，像一个端庄的远古的公主。

商场里没有一丝风，可我却觉得仿佛有滚滚的风沙扑面，在某一个刹那里迷住了我的眼睛。

我又找到了那位穿黄马甲的导演，她已经不认识我了。我笑眯眯地问她："一年前你们有件做展的婚纱，日本设计师的，很昂贵的那款……你还有印象没？我……嗯，我想买下它。"

那件价格不菲的婚纱如今的境遇远没我想象的体面。

第二天，导演在一个呛人的仓库里找到了它，完好无损，只是落满了灰尘。

我把我在日本赚到的全部积蓄都带在了身上，凭着一股冲动，我准备砍砍价，把这件曾经标价五十万的婚纱买下来。

导演先说话了："你要是诚心买，不二价，就给五千块钱吧？"

我就说了一个字："啊？"

她马上就改口："要不两千也行啊，不能再低了。"

"当初你不是说，这件婚纱有多么珍稀多么昂贵，绝无仅有的吗？怎么才卖这几个钱？"我问。

她笑笑："是啊，衣不如新，人不如故嘛，崭新的婚纱当然值那些，可这么长时间过去了，穿着它走红地毯的人一批又一批，出嫁了、幸福了，它也算是功德圆满。哎——我怎么糊涂了？你到底是嫌贵啊还是嫌便宜啊？"

我没费口舌，把这件婚纱买了下来。她好奇地问我："这么一件旧婚纱，你买给谁穿啊？"

"给第一个穿了它的女人。"我笑了，这样回答导演。

我把它送去干洗，又挂在家里。

他娶了她的人，可我保留了她穿过的婚纱。这样想着的时候，我不仅没感觉到狼狈，还有一种窃窃的幸福。

两个月之后，我收到了一封来自日本的信。

展开信纸，夏树悠爱那淡淡的气息扑面而来。

肖臣敬启：

见字如面。

昨天福岛又下雪了，随之而来的是一场很强的寒流。一年来我第一次感觉寒冷。我这才意识到，那个一遇到坏天气就会把围巾摘下来给我围上的人已经不在身边。

不知不觉，你已经离开两个多月了。早就想写信给你，无奈这两个月的事情太多，我办了离职，卖掉了房子。我舍不得卖掉沙发，周末的时候我们偎在那里一起看电视；我也舍不得卖掉灶台，那是一个美食家曾经变魔术的地方；还有你睡过的榻榻米、你站过的玄关……我蓦然发现，原来这个家，已经无处不刻着你的痕迹。

今早我坐上了去京都的飞机。妈妈上个月又去做了复查，瘤体有了萎缩的迹象，切片的等级不升反降。医生告诉妈妈，这是一个奇迹。我就默默地想，是不是我许的愿奏效了。

可我许了那么多愿，为什么偏偏是关乎我幸福的那一个，却没法实现呢？

我陪妈妈住几天，就准备去一个新的地方生活了。别问我去哪儿，有一种人，即便远隔重洋，想起他的时候，都会像坐在壁炉旁，一直暖在心里。对吗？

有一个消息我犹豫了很久，还是要告诉你。肖臣，我要嫁人了。我很开心，也很满足。只是想起你的时候会有淡淡的忧伤——你那么喜欢喊我“夏树”，可你知道吗？我就快改叫别的姓氏了，你会不会觉得拗口呢？

可我始终还是你的“小爱”，不是吗？

如果有一天，你老了，坐在摇椅上抱着小孙子，请你不要告诉他肖臣和悠爱的故事。只要在心里面记得，偷偷地记得，就好了。

祝我幸福吧。

夏树悠爱

平成23年冬

看完了这封信，确切地说，是看过了“我要嫁人了”这几个字，我的眼前就开始模糊了。我看着娟秀的字迹，想象着夏树正在经历的幸福，福岛的那场大雪殷实地压在了我的心头。

96

夏树的这封信让我难过了整个冬天。春暖花开，胡子拉碴的我终于试着振作起来。我去应聘了一家新公司，依旧是日企，依旧做软件。我凭借多年的带队经验和赴日经历，不费吹灰之力地坐上了项目经理的位子。

手底下有三个人都是当年我的旧部下，流水的营盘铁打的兵啊！我想，工作是最好的疗伤药。即便是虚荣吧，我也要证明给夏树悠爱看，离开她，我依旧振作。

上任的第二周，小弟们眉飞色舞地凑过来问我：“老大，有好消息！部长给咱们找了位女外教，从下周开始，每天早晨两节课的日语专项培训。你要不要报名？”

我哼了一声：“不报！”

小弟很狗腿地笑：“我可听说，这是部长费了好大周折才从日本聘过来的女老师，精通中日两国语言，还懂技术！年纪轻轻的单身赴任，准备在中国定居呢。不仅如此，那漂亮得叫人心动！老大你正好也单着呢，不去试试？”

一听这话，我就不得不有感而发了。

我拉过一把椅子，语重心长地教导他：“既然你喊我声老大，那么我就得负责任地给你上一课——日本的漂亮妞是不少，可你以为人家是那么好泡的？你以为几堂课的耳鬓厮磨就能让她爱上你了？两国文化差异你分析了没有？人家的恋爱史你调查了没有？人家要是有男友了怎么办？万一是个大明星怎么办？人家变卦了想回国怎么办？这些你都想过没有！难不成你要死缠滥打地跟到日本去？即便跟去了又能怎么样？人家能跟你同居吗？同居了又怎么样？能结婚吗？还不是怎么灰溜溜地去，就怎么灰溜溜地回来！你算算，全是不靠谱的因素，这种破培训课还有什么好报名的！”

“呃……”小弟被我调教得频频点头，“是是是，还是老大分析得透彻、想得长远，什么大明星啊，同居啊都想到了。不过，部长大人发过话，培训成绩是和涨工资挂钩的。”

我又报名了。

人为财死，鸟为食亡啊。

周一早晨我起得有点晚，又磨磨蹭蹭地做完了“洁面乳、爽肤水、润肤露”三部曲，然后照常地搽了一点提拉紧致的复活霜。这一套下来，出门的时候又不早了。出租车一如既往地堵在红色饱和区，照例有事故发生。还是这群苦闷的上班族，还是这些司空见惯的场景——鸣笛、拍照、发微博……我已经免疫了。

小弟的短信在8：31的时候发过来。

老大你怎么还没到啊！你猜怎么着？这日本妞儿，她她她比我描述的还漂亮！

歇着吧！我心说，你们这帮没见过漂亮姑娘的家伙！

司机问我，要抄个近道吗？

不不不！我说，就这么堵着我不急。再度闭上眼，美美地靠在椅背上打了个盹儿。

这个粗制滥造的早晨，一切都在按部就班地进行。如果人的心灵也有磁场一说，那么身心疲惫的我，早就在日复一日的奔波中失去了感应。

窗外，枝头上新芽吐露。我尚未意识到，这已是新一年的春天。

习惯性地省下一块钱——计价器刚刚蹦过两毛我就叫了停车。站在公司培训室的门口的时候，我晚了半个小时，第一堂课尚未结束，我听见了整齐的朗读声，由一个女人带领着，声线甜美，有好听的尾音。

我礼貌地敲了三下，推开了门。

从那一刻起，二十八岁半的肖臣迎来了自己的新生。

我和讲台上的女老师有了长达半分钟的对视。

她穿了身正统的职业装，眉如新月、双眼含波。我进门的时候她正在写板书，一绺头发不听话地垂下来。她回过头，用手背撩了一下，眉宇之间凝了一层薄薄的神采。椅子上搭着她的外套和一只七巧板一样的碎皮包包。满堂学员聚精会神地制造了一片静谧。微风徐来，系在包上的铃铛慢条斯理地闪动在光线里，在那心照不宣的安静之中，一晃一晃。

图书在版编目（CIP）数据

在喜欢你的路上，我一腔孤勇 / 卓越泡沫著 . — 成都：四川文艺出版社，2016.8
ISBN 978-7-5411-4333-5

Ⅰ . ①在… Ⅱ . ①卓… Ⅲ . ①长篇小说－中国－当代 Ⅳ . ① I247.5

中国版本图书馆 CIP 数据核字（2016）第 118506 号

ZAI XIHUAN NI DE LUSHANG, WO YIQIANG GUYONG

在喜欢你的路上，我一腔孤勇

卓越泡沫　著

策划出品　磨铁图书
责任编辑　王筠竹　周　轶
装帧设计　46 设计　刘珍珍

出版发行　四川文艺出版社（成都市槐树街 2 号）
网　　址　www.scwys.com
电　　话　028-86259285（发行部）　028-86259303（编辑部）
传　　真　028-86259306

邮购地址　成都市槐树街 2 号四川文艺出版社邮购部　610031
印　　刷　北京嘉业印刷厂
成品尺寸　146mm × 210mm　1/32
印　　张　9　　字　　数　240 千
版　　次　2016 年 12 月第一版　　印　　次　2016 年 12 月第一次印刷
书　　号　ISBN 978-7-5411-4333-5
定　　价　32.80 元